A E
& I

Nomeolvides

Autores Españoles e Iberoamericanos

Pilar Eyre

Nomeolvides

Planeta

Avda. Diagonal, 662-664, 08034 Barcelona
www.editorial.planeta.es
www.planetadelibros.com

Diseño de la colección: © Compañía

Primera edición: octubre de 2015
Depósito legal: B. 23.249-2015
ISBN: 978-84-08-14586-8
Preimpresión: Víctor Igual, S. L.
Impresión: Cayfosa
Printed in Spain - Impreso en España

El papel utilizado para la impresión de este libro es cien por cien libre de cloro y está calificado como **papel ecológico**

Para mi amigo Luis Otero *ab imo pectore*

1

—Hostia puta.

Mi peluquero detuvo por un momento su apacible trasquileo sobre mi cabeza, levantó las tijeras y me miró frunciendo el ceño, a través del espejo. A pesar de mis ojos desorbitados y mi gesto de inequívoco horror tapándome la cara con las manos, solo dijo a la inglesa (el establecimiento es muy fino, un poco más allá está sentada la dueña de Codorniu, Letizia vino una vez):

—¿Perdón?

Pausa dramática. Lentamente, dedo a dedo, fui descubriendo mi rostro ya libre de morados y hematomas. Los ojos, psches, hombre, ningún poeta diría tus ojos son como palomas, o tus ojos son la patria del relámpago y la lágrima, o son ríos tus ojos, yo camino por ellos, ni siquiera eso de que mis ojos tienen el color de la luna, pero cosas más deplorables se han visto en este mundo. Una ceja más alta que la otra, eso sí, pero el botox que me había puesto una semana antes había corregido la anomalía.

Una semana antes.

Botox, rellenos, ácido hialurónico, yo qué sé. Para los ojos, bien. Pero la boca, ay, la boca; Houston, tenemos un problema. Mira que mi benemérito cirujano plástico me lo había advertido:

—Pilar, si ese... evento misterioso del que no me quieres decir nada es el día 15, ¡esto irá un poco justo! No respondo de cómo te quedará el tratamiento, que conste en acta.

Pero ¿me querías meter miedo, querido? ¿A mí con esas? ¿Yo, que había sido la primera en tirar un cóctel molotov en la Universidad de Barcelona y estuve a punto de arrojar asimismo y ya puestos al mismísimo rector por la ventana? ¿Yo, que a mis quince años me había enfrentado a la portera de mi casa al grito de sí, va a subir un chico, no, mis padres no están, y estos son mis poderes (veinte pesetas de la época, que era bastante)? ¿A esta, en resumen, que había desafiado el clima extremo del Valle de Arán en minifalda? Porque, aquí entre nosotros, ¡qué heroicidades hemos llegado a hacer para no dejar nuestra minifalda ni a tiros! Y cuando me preguntaban:

—¿No tienes frío?

Sobre todo al ver los verdugones color violeta que la temperatura de varios grados bajo cero arrancaba a mis esbeltos y desnudos muslos, contestaba tan asombrada como si me hubieran preguntado la composición química de los asteroides lunares:

—¿Frío yo? ¡No! ¿Por qué?

Yo, que me había enamorado de un hombre casi veinte años más joven y recuperarlo se había convertido en el eje de mi vida. Ah, Sébastien, cuántas locuras he hecho en tu nombre. ¡Joder, cuántos cientos, miles de horas amándote!

Y por eso, yo, en fin, que me había presentado al Premio Planeta y pretendía ganarlo pesara a quien le pesara, le dije a mi buen médico:

—No, Ramón, adelante, yo arrostro las consecuencias.

Quiero volver a ese momento de estupidez supina. ¿Dónde está el botón para rebobinar la existencia? Claro que, si existiera este botón, lo utilizaría para otras cosas, para volver a esa primera noche en Llafranc, Sébastien me abrió el cuello de la blusa para ver la cruz que llevo sobre el pecho mientras sus ojos brillaban con un fulgor insoportable. Nos pusimos serios, el tacto de sus yemas sobre mi clavícula, ah, ese mechón canoso que le caía sobre la frente.

Yo me preguntaba ¿cómo amará?

O aun antes, en el comedor de El Gitano, yo hablaba con mis amigos, tú con tu hija, y en la distancia te adivinaba el ansia de arrancarte el cinturón, tenderme sobre la mesa y destrozarme y destrozarte. Respiramos al unísono como si nos faltara el aire y se hundió nuestro estómago, el ombligo se pegó a la columna vertebral por la parte de dentro, y de algún sitio, quizás desde los muslos temblorosos, surgió un rugido de tren en llamas, pero apreté los dientes y volví a hablar con Santi, Camila y Martín, y aunque ahora me metieran palillos entre las uñas, no podría decir qué coño de conversación tenía con ellos.

Amor, lo usaría para repetir mil veces el sonido de mi nombre en tu boca, Pilar. Pilarita. Pilarita.

Para todo eso usaría el botón de *replay*.

¿Lo volveré a ver? ¿Me buscarás, hombre alto?

Lo imposible ha sucedido. Pero ya lo contaremos. Tenemos un largo viaje de trescientas páginas por delante.

El deseo viene y va como el hipnótico rumor de las olas.

Bien, no despistemos, estábamos en lo de mi boca. Un periodista que me entrevistó al día siguiente del premio la definió así: «Pilar Eyre tiene una extraña cara algo desmoronada en la parte inferior, pero que no deja de resultar atractiva».

Qué cabrón. Aunque habrá que darle las gracias.

Mi peluquero se alejó unos metros, entrecerró los ojos, usó los dedos índices en ángulo con los pulgares como quien está mirando un fragmento de cuadro, se fue hacia atrás sin dejar de observarme, dio una pirueta que devino en vertical, varias volteretas, se colgó de la lámpara, tomó impulso para columpiarse ante el asombro de todas las clientas en distintos grados de embellecimiento, una con las piernas estiradas y algodones entre los dedos de los pies, la otra con una capa plateada sobre los hombros y unos hilos de leves mechones de cabellos untados en arcilla extendidos sobre ella como los grandes jefes maoríes que salen en las novelas de Sarah Lark, la otra con las pezuñas extendidas frente a una bella muchacha sentada en una sillita baja, algunas con las cabezas metidas en armatostes de distintos tamaños que las asemejaban a abejorros gigantes, una poniendo morritos con una capa de cera sobre el labio vulgo bigote y las cejas teñidas de negro a la manera de Marianico el Corto, todas ellas mirando a mi peluquero-acróbata, que hace mutis por el foro después de haber levantado una copa imaginaria y entonado el aria del brindis de *La Traviata*:

Libiamo libiamo nel'lete calici
Che la belleza infiora.

Nos ponemos en pie también brindando, nos unimos a él, la de la capa encabezando el cortejo:

Libiamo libiamo...

A mi peluquero le gusta la ópera, una vez fuimos juntos al Liceo y yo me quedé dormida sobre su hombro. Nos hicieron una foto que luego sacaron en las redes sociales con comentarios jocosos tipo en manos de quién está nuestra cultura. Payasa. Drogada.

Libiamo libiamo...

Era capaz de todo el cabronazo con tal de no darme su opinión sobre mi nueva imagen.

Fue la manicura la que constató de forma dubitativa:

—Qué exagerada eres, solo estás un poco...

A ver. Déjenme explicarlo desde el principio. Yo me había presentado al Premio Planeta y mi seudónimo había salido ya publicado como uno de los diez autores que habían llegado a la final. Coral Teide, Coral por el nombre de una amiga mía, y Teide para conservar la música de mi apellido.

Y ahora, redoble de tambores, salta la gallina.

¡Sabía que iba a ganar!

Siempre he sabido que tarde o temprano obtendría el premio. Esa certeza personal e intransferible me animó a escribir y me ayudó a convertirme en profesional de la literatura. ¡Creo que el viejo Lara, que entonces era joven, claro está, ya pensó en mí cuando creó el premio en 1952! Se decía, mientras sentaba las bases en uno de esos veladores de mármol donde solían buscar inspiración los escritores, o si no, copas de coñac o de anís Machaquito, de gorra a poder ser:

—Creo que está naciendo ahora la persona que lo ganará dentro de sesenta y tres años.

¿Que no coinciden las fechas y que quizás no tengo la edad que confieso, sesenta tacos? Oiga, que lo mío tampoco son las matemáticas.

El Planeta se falla el día 15 de octubre, Santa Teresa. Y yo tenía el íntimo convencimiento de que sí, de que era ahora o nunca. ¿Cuándo me lo van a dar, si no? Bien, no descarto que los astutos agentes de marketing de la editorial pretendieran salir en el futuro en los papeles, por el premio en sí, y también en el libro de récords Guinness por habérselo dado a la escritora más longeva. ¡Ya veo los titulares! ¡Gana el Premio Planeta a los ciento cuatro años! ¡Va a recogerlo acompañada de sus tataranietecillos!

Ahora en serio, yo necesitaba ganarlo por encima de todo, en primer lugar, porque mi vida abierta en canal en formato libro lo merecía. Soy una escritora que cuenta en su haber, mal que les pese a muchos, con algunos bestsellers, sí, ya sé que ciertos críticos desprecian mi obra y también que nunca figuraré en una antología de los mejores libros del año. Pero, gracias a estos libros, me he comprado una casa en la Costa Brava, mi hijo ha tenido una educación de príncipe real y yo puedo ir a mi médico de estética, tenderme en la camilla, cruzar mis manos sobre el pecho y decir:

—Procede, Ramón.

Porque el día de la entrega del premio quería lucir joven y bella. Mi rostro aparecerá en toda España y allende los Pirineos... ¡Francia! ¡Sébastien!

Y aquí viene la auténtica razón de que me haya presentado a este premio: su fuerza arrastrará a Sébastien hacia mí; otros ofrecen corbatas, perfumes, relojes, hijos, yo te ofreceré el Planeta, hombre del norte, ¿cómo podrías resistirte? Ven, ven, nos amaremos de nuevo sobre un lecho de flores.

El juego de nuestras lenguas. Tu semen, ese río incandescente que me circula por dentro. Tu boca tibia y húmeda.

¡Si me abrieran las venas, no encontrarían sangre, sino Sébastien!

Por primera vez en mi larga vida profesional no había escrito ni una novela histórica, ni una biografía. Durante ese breve invierno de lluvia e incertidumbres, había vertido sobre el ordenador este amor loco, esta ansia descontrolada de beber de sus labios. Mi hijo había leído el resultado y había dictaminado:

—No sé de qué va, pero está de puta madre.

Y así, sin saber que eso que estaba escribiendo tenía un nombre y que ese nombre era autoficción y encima estaba de moda, decidí presentarlo al premio. Todo debía ser llevado en secreto. Había enviado el manuscrito a la editorial por correo certificado en el mes de junio y durante tres meses me había estado comiendo los puños de loca impaciencia. Cuando terminaba con los míos, mis hermanas, mis primas y mis amigos me dejaban los suyos un rato.

Sí, es el mismo género en el que estoy incurriendo ahora, quedan ustedes avisados. Que nadie crea que esto es invención, sino el relato de lo que me pasó desde ese 15 de octubre, porque a mí solo me ocurren sucesos asombrosos.

¿Alguien creía que no iba a luchar a muerte para poder recuperarlo? Esta pasión me ha vaciado de todo menos de Sébastien. Sé que hay muchas historias en el mundo, yo misma he escrito sobre ellas en decenas de libros, pero ahora solo puedo hablar de ti. Venid aquí, recuerdos, compareced y formad uno detrás de otro. Yo creía que su sexo sería el último que tocarían mis labios. Quizás.

Pobre ilusa. No es mi vida. Es la vida de todos. Levantas una piedra y debajo aparece lo extraordinario.

Pero en esos momentos, en la peluquería, todo se había borrado de mi mente y solo veía mi rostro. La manicura, que también tenía sus añitos, inclinó la cabeza sobre un hombro como un pájaro y dijo pensativamente mientras escogía un tono geranio para pintarme las uñas:

—Me recuerdas a Mari Trini; era guapa, eh.

La encargada, que pasaba a cobrar una factura in situ antes de que una concejala de nuestro ilustre ayuntamiento ingresara en prisión por deudas con Hacienda y cuentas sin declarar en Andorra y más allá, soltó dando un toque culto:

—Picassiana.

Lo que llamó la atención de la esteticien que acudía rauda a arrancar la tira de cera del bigote de su clienta, y no sé qué dijo exactamente debido al berrido agónico de la buena mujer, solo sé que terminaba en:

—... con personalidad.

Y allí estaba yo, con una inseguridad brutal, a dos días de la concesión de un premio que llevaba esperando toda la vida y que iba a proyectar mi imagen en todas las pantallas de televisión, en las revistas y en los periódicos. Todos los conjuntos que me había comprado me esperaban colgados en sus perchas como amigos desnutridos, una chaqueta de cuero verde, sexy pero elegante (me había costado un huevo), un dos piezas de Mad (otro), unos pantalones que solo me podía abrochar estirada sobre la cama y subiéndome la cremallera con la meticulosidad de una operación a corazón abierto porque ni bragas, esa palabra tan fea, podía llevar, y unos zapatos de tacón tan vertiginoso que me asemejaban a una de esas gigantas que alegran nuestros pueblos en el día de su fiesta mayor (algunos de estos pueblos también tiran cabras y pavos por los campanarios en señal de jolgorio, pero este es otro tema).

Dos días para arreglar ese desaguisado. Cuánto me entenderán todos esos colegas que salen en televisión, que se someten a escondidas a algún arreglillo estético y a los que su médico dice:

—¿Cuándo tienes pantalla? ¿En una semana? Ca, hombre, en una semana estarás cojonudo.

Y han de salir con gafas oscuras o han de poner de sustituta a Terelu.

Metí en internet estas palabras: «efectos secundarios indeseables de las infiltraciones de relleno», y me salieron setenta mil respuestas.

Lo probé. Todo. Me unté los labios con Halibut, Hemoal, Thrombocid y varias pomadas de cortisona, me puse cubitos de hielo, calor y cubitos de hielo, sucesivamente. Unos decían que debía permanecer en silencio, otros que, al contrario, debía gesticular mucho. Alterné las dos modalidades.

Por la noche me cubría de pasta de dientes y me tapaba los labios con una gasa. Nada. Entonces me vi obligada a desarrollar mis propios métodos, me dije, Pilarita, recuerda que aprendiste a hacer los antecitados cócteles molotov siguiendo las instrucciones de un camarada alemán miembro de la Baader Meinhof que no hablaba ni palabra de español y era un entusiasta practicante, además, de lo que en aquella época se llamaba amor libre.

Un salido, vamos. Me tuve que acostar con él, porque así lo mandaban los reglamentos no escritos del manual del perfecto revolucionario, pero al fin logré elaborar unos artefactos bastante potables que no llegaron a estallar, por supuesto, pero hacían un ruido de pfffiiit muy parecido al de un globo al deshincharse y también acojonaban lo suyo.

Me puse una tirita disimulándola con maquillaje. Se notaba mogollón. Una goma elástica alrededor de la cabeza como si me doliera una muela o fuera un conejo de Pascua. No servía. Una pinza. Nada, rápido, rápido, apenas quedan unas horas. Y opté por reinventarme. Aprendí a sonreír solo por el lado bueno, como si dijéramos, para que hiciera pareja con el lado malo que ya se iba él solo hacia arriba.

Inténtelo. Ahora. Difícil. ¿No?

Vale, sí. El único inconveniente era que tenía que sonreír sin parar, aunque el resultado de las votaciones al final no fuera el esperado, cuando lo que me pediría el cuerpo en caso de perder sería arrojarme al suelo pataleando después de romperle algunas muelas a los miembros del jurado de un puñetazo. Tampoco si ganaba, como era mi idea, podía reírme a carcajadas, sino que tenía que corresponder con una sonrisa a media asta como si, en lugar de estar entregándome el premio más importante de las letras españolas, estuvieran indicándome cómo se va al lavabo, al fondo a la derecha.

Todas estas maniobras tuve que realizarlas encerrada en mi habitación, ya que ni por un momento se me ocurrió comentarle mis cuitas a mi hijo. Él estaba montando en internet una empresa nueva y no me prestaba mucha atención, solo una vez me preguntó con brusquedad:

—¿No te habrás vuelto a hacer algo en la cara?

Abrí los ojos como platos, y con toda la inocencia del mundo pintada en el rostro, la inocencia del alba que ha de venir, la de los niños recién nacidos y los animalillos del bosque, le dije:

—No. ¿Me tomas por una enferma?

—Sí.

Fingí ofenderme y me retiré dignamente a mi habitación para seguir ensayando mi nueva sonrisa.

Hasta mi perro Fender se asustó con mi extraño comportamiento y se metía debajo de la cama; solo se veían sus ojos brillantes como botones de azabache; una vez me arrodillé para dispensarle una caricia y reptó de espaldas hasta lo más oscuro gruñéndome y enseñándome los dientes como si no me reconociese. Creo que consiguió incluso poner las dos pezuñas en forma de cruz para ver si así conseguía alejarme.

Perro, que te saqué de una jaula donde te esperaba un destino peor que la muerte.

Ya ven que mi comportamiento era anómalo, incluso para el ambiente locatis en el que me muevo, pero creo que me van a entender. ¡Psicoanalista de guardia, al loro!

Y es que yo, señores del jurado, vengo del país donde habitan los niños raros. De pequeña era fea, esquelética, granuda, miope y no me gustaba bañarme. Escribía versos y me tragaba cuanto papel impreso pasaba por mis manos, mis libros siempre estaban manchados de aceite y de chocolate, desde las gamberradas de Guillermo el Travieso hasta la *Ilíada*:

Canta, oh musa, la cólera de Aquiles.
Cólera funesta que causó infinitos males a los aqueos,
y precipitó al Hades a muchas almas valerosas de héroes
a quienes hizo presa de perros y pasto de aves.

Iba con chaquetas de mi madre arregladas con no demasiada pericia por la costurera que venía a casa todos los lunes, parecía Toulouse Lautrec, toda yo cuerpo, además era algo tartamuda y enfermizamente tímida, y todas estas circunstancias hacían que en el colegio no tuviera amigas. Solo hablaba con las que entraban nuevas, ¡a servicial no me ganaba nadie! Les enseñaba dónde podían fumar en el patio y cómo comunicarse con los chicos del colegio de al lado. A la hora de salida, íbamos juntas por la Vía Augusta y me atrevía, primero con cortedad, pero luego arrastrada por el entusiasmo, a mencionar incluso los libros que leía. A veces me embriagaba contando, por ejemplo, la muerte de Ana Karenina, «dijo, he buscado el placer, pero la dicha que he conseguido no era la que esperaba, ¡y se lanzó a las vías del tren!», y me detenía en medio de la calle gritando, gesticulaba con frenesí remedando a Ana en el instante de saltar:

—¡Se lanzó al tren!

Mi nueva amiga se sentía incómoda, y al darme cuenta, mi voz iba perdiendo ímpetu y terminaba por mascullar, temiendo haber incurrido en un ridículo espantoso:

—Bueno, en realidad lo he leído a trozos... —mentía—, es demasiado largo..., se hace aburrido...

Como luego he hecho con muchos hombres, me rebajaba por ella, me disminuía, me vulgarizaba, yo, que soy alta, incluso me encorvaba para llegar a su estatura física y no digamos mental, y me ponía a hablar de la colección de cromos de Sissi Emperatriz y de que los chicos adivinaban que tenías «eso» por el color de las palmas de las manos.

Hasta en «eso» mentía, porque me vino la regla muy mayor, cuando todas mis condiscípulas llevaban meses luciendo lánguidas ojeras y portando notas de sus madres para que las dispensaran de hacer gimnasia por aquello tan violento de saltar al plinto.

Esto duraba hasta que ellas, las nuevas, dejaban de ser nuevas y se iban con las otras. ¡Soledad de los diferentes, nunca te he olvidado!

Pilarita, niña rara, sigues viviendo en mí, ¿verdad? Quédate ahí donde has estado metida todos estos años, bien adentro, puedes ir todo lo suciota que te dé la gana, ¡las uñas de luto!, ¡el pelo grasiento!, ¡el cuello de la camisa de color grisáceo! Ha llegado tu hora, con ese premio vas a resarcirte, pequeña.

¿Te acuerdas, Pilar, de ese 15 de octubre de 2014, a las ocho de la tarde? Cómo no, ¿verdad? ¡No hace tanto! ¡Menos de un año!

Salí de casa con una gravedad impresionante, porque en el último momento, sin reflexionar, me tomé un ansiolítico. Recorrí el corto trecho de mi casa al Palacio de Congresos en taxi, y miraba las calles ensombrecidas y la luz agonizante prendida en los ventanales más altos de los edificios, ese paisaje tan familiar que volvería a recorrer unas horas después ya siendo otra.

Nos sentaron a mi hijo y a mí junto a una escritora joven y guapa a la que no conocía. La acompañaba su padre. La muchacha reía ferozmente, tenía una dentadura deslumbrante y unas cejas negras a lo Frida Kahlo, pero sin llegar a juntarse por el medio. Si digo lo de Frida Kahlo es porque al verme dijo:

—Carajo, y pues.

Colegí que era mexicana y que también competía por el Planeta. Pobre, habrá venido de México creyendo que iba a ganar, pensé yo. Miré a padre e hija compasivamente, ¡habrían invertido todos los ahorrillos duramente ganados con el sudor de su frente haciéndose falsas ilusiones! No es que parecieran necesitados, sino al contrario, pero yo sé leer las almas de las personas, por algo me he hecho escritora. Quizás después del premio debería invitarlos algún día a cenar como compensación. Podríamos ir a Via Véneto y que el maître les hiciera su habitual número de prestidigitación pelando una naranja.

Pilarita, hombre, ya sé que vas a ganar 600.000 euros además de las rentas que cobras todos los meses de esas casas viejas que os dejaron vuestros padres, o sea que por dinero no es, pero yo creo que es más simpático ir a uno de esos bares del extrarradio llenos de colorido indígena. Ahí donde honradas amas de casa con sus carros de la compra vacíos se juegan el dinero de la comida de sus criaturas en las máquinas tragaperras con esa alegre musiquilla. Tiririríii.

Con estos pensamientos misericordiosos me había olvidado de mi sonrisa impostora y presentaba mi rostro asimétrico con un punto incluso de desfachatez. La mexicana me miraba con curiosidad. Me forcé de repente a sonreír. Como un espejo, la muchacha me devolvió la sonrisa. Me puse seria. Ella también. Risa, seria. Basta.

Luego me dijo que creía que era un juego y yo una gilipollas.

Pero yo permanecía ajena a sus deducciones, y para que se viera que tenía mundo y conversación, le dije:

—Y pues.

Exhibía su fresca e insultante belleza embutida en un apretado traje blanco, sus brazos, esa zona tan difícil, al aire, y sus maneras eran altaneras y un tanto bruscas. Vi que miraba con atención el collar de brillantes que había heredado de mi madre y temí por un momento que se lanzara a mi cuello para arrebatármelo, igual quería recuperar ese mítico tesoro robado a Moctezuma por los hombres de Hernán Cortés. Eh, que yo no estaba allí ni tengo la culpa.

Me removí, incómoda, en mi también ajustada chaqueta tipo corsé, por detrás me quedaba corta y según como me ponía se me veía un paliducho trozo de espalda. Siguiendo los consejos de Karmele Marchante, me había llenado el sujetador con algodoncitos impregnados en mi perfume Acqua di Parma que habían hecho estornudar a

Fender, que ni aun así había abandonado su refugio debajo de mi cama. Mi amiga también me dijo:

—No bebas, porque, si no, tendrás ganas de hacer pipí.

No, por la Madonna del Orto, tener que estirarme en el suelo del cuarto de baño para abrocharme el pantalón, tal vez habría charcos de orina que me empaparían el pelo.

No me atreví a preguntarle a la muchacha cómo se llamaba, quizás era la escritora más famosa de México y yo no la reconocía, ¡estaba tan centrada en mis problemas personales, en mis amores y mis desamores, que todo lo demás era tierra incógnita! Recordé un nombre, Elena Poniatowska. ¿Sería ella? Con disimulo miré el iPhone. No, la tal Poniatowska era casi una anciana. Tecleé rápidamente el concepto «escritora mexicana». Sor Juana Inés de la Cruz tampoco podía ser, más que nada porque la ilustre monja llevaba muerta cuatro siglos.

Al final fue ella misma la que adelantó un paso, me tendió la mano y me dijo con voz breve y dura, sin rastro de acento:

—Alma Delia.

El padre se mantenía aparte con aspecto atribulado, dulcemente melancólico, como si todo ese asunto no le interesara mucho. Mi hijo le estaba hablando de su empresa y del mundo internauta, y él cabeceaba como un viejo caballo percherón. Por decir algo, le comenté a gritos, no sé por qué pensé que era sordo:

—Debe estar usted muy orgulloso de su hija.

Me miró con espanto. Farfulló algo que no entendí, un gruñido afectuoso que no le comprometía a nada. Intercambié una mirada con mi hijo: debía ser un pobre loco, qué bondadosa su retoña trayéndolo a un evento tan importante.

Después me explicó que había creído que le hablaba en catalán.

Miré a mi alrededor, todo el mundo se había sentado. Mil personas, autoridades, la flor y nata.

José Manuel Lara. Nadie sabía que iba a ser el último premio que presidiría, porque se ha ido a montar editoriales en el cielo.

Ruidos apagados por la moqueta, conversaciones aun en voz tenue. Un periodista de programas rosas, Lolo Santillán, me cortó el paso y me susurró:

—Sé que vas a ganar.

—Y una mierda.

Me lanzó un beso:

—Para ti, rica. Mucha.

—¡Gracias!

Porque eso, mucha mierda, es mucha suerte en nuestro lenguaje tribal, y Lolo y yo somos muy amigos desde que me hizo una entrevista para la revista de su colegio (sí, bingo, acertaron, es más joven que yo). Y después me cogió por el codo y me dijo:

—Estás genial, chocho.

Me sentí tan agradecida por su piropo madrigalesco que le hubiera lamido los zapatos. Como siempre que estoy mona, pienso, jolinchus, si me viera ahora Sébastien.

La mexicana y yo, mi hijo y su padre, codo con codo. No podía comer nada, pero me llevaba el tenedor a la boca y movía los carrillos como un buey impasible con el oído atento al runrún de las copas al chocar y el murmullo de las conversaciones de empresarios y autoridades, aristócratas y periodistas, escritores, los camareros pasaban con las bandejas en alto, lámparas doradas pendían sobre nuestra cabeza y los manteles almidonados empezaban a llenarse de manchas de vino.

Mira, allí está mi amiga Mary Luz. Fui a cenar con ella hace dos semanas. La Barrantes y yo estudiamos la carrera juntas y empezamos a la vez en *La Hoja del Lunes*, luego ella se fue a Madrid, donde se ha hecho famosísima (no tanto como se imagina, de todas formas). El otro día me llamó al móvil. Me pidió que nos encontráramos en un sitio discreto, por «ejem, ya sabes», y yo tardé solo un segundo en darme cuenta de lo que se esperaba de mí:

—Ah, claro, quieres pasar desapercibida, pero ¡te será tan difícil!

Quedamos en el restaurante que está delante de mi casa. Llegó tarde, como siempre, iba con su abrigo de mouton con estampado de tigre, un enorme foulard que le llegaba al suelo y le tapaba media cara, y gafas oscuras de Gucci tipo antifaz. Era todavía septiembre, hacía calor y, naturalmente, todo el mundo la miró. Se dejó caer con expresión hastiada sobre la silla:

—Oh, qué coñazo, ahora empezarán todos esos a agobiarme.

Pero «esos» ya habían vuelto a hundir las narices en sus platos pasando de todo, y Mary Luz suspiró como con alivio:

—Qué gusto da Barcelona, qué europea, qué discreta es la gente, me encanta poder cenar en un sitio tranquilamente sin que te acosen.

Demasiado tranquilamente.

Mary Luz se puso de pie, se sacó el abrigo y lo colocó con cuidado en una silla, doblándolo interminablemente. Nadie la miraba. Mary Luz tosió alto y llamó al camarero a gritos. Nada. Mary Luz quiso cambiar de sitio y ponerse en el centro del restaurante porque decía tener frío. Nada de nada. Mary Luz sacó el móvil y empezó a vociferar:

—Javier, ¿qué hacen Penélope y Mónica y tu madre, es decir, la madre de Javier Bardem?

No había manera, y me dio tanta pena que fingí ir al lavabo y le dije a un camarero que le pidiese un autógrafo, pero fue peor, porque el chico le explicó todo el rato que era un admirador de su arte y que qué bonitas las sevillanas que canta. Sobre todo esa del polvo del camino.

Al final empecé a aburrirme y le pregunté qué quería de mí exactamente, porque Mary Luz es de esas personas que no dan puntada sin hilo, como repite ella siempre en sus programas de televisión, donde también dice mucho a día de hoy y a los pies de los caballos. Así que se puso a explicarme en un cuchicheo emocionado que la verdadera razón de por qué ha venido a Barcelona es para hacerse un *lifting* con mi médico y que a ver si la recomiendo, porque va a presentar por fin su programa de testimonios a nivel nacional y:

—Mira lo bien que estaría así.

Y se pone las manos a ambos lados del rostro y se estira las arrugas. Parece que se haya puesto una media y esté a punto de dar un golpe en una sucursal bancaria con una escopeta de cañones recortados gritando todos al suelo y cuidadito con hacerse el valiente, pero que el médico le ha dicho que tenía que bajar a siete cigarrillos diarios, si no no la operaba, y que a ver qué me parecía, que si le mentía podía pasar a mejor vida en la mesa del quirófano, para entendernos.

Yo la empujé alegremente a la inmolación.

Cuando salimos, nos encontramos a Pepe Popescu, ese actor joven protagonista de la serie de la 1 en televisión. También iba provisto de sus gafas oscuras, su chaqueta con las solapas levantadas y su foulard, y en esos momentos estaba bramando su nombre:

—¡Popescu! ¡Popescu!

Mientras, el maître comentaba impertérrito consultando su libro:

—Pepe ¿Romescu? ¿Ceascescu? ¿Manolescu? Ah, no, me parece que no tenemos mesa reservada a su nombre, no me suena, señor Bodelescu.

La Barrantes se bajó las gafas hasta la punta de la nariz para dirigirle al actor una mirada complacida en la que leí claramente:

—A que duele, amiguito.

Mary Luz hoy, en el Palacio de Congresos, va también con las mismas gafas oscuras tipo antifaz. La miro. Me mira. Se levanta un instante las Gucci hasta la frente y las vuelve a bajar con rapidez, pero me ha dejado ver sus ojos amoratados y ambas nos sentimos más que cómplices, hermanas en lo de querer ser tan jóvenes por fuera como nos sentimos por dentro.

¿Es malo eso? Dios, ¿por qué me das arrugas y flacideces en lo que se ve, mientras mi oculto interior está lozano, terso y jugoso como una lechuga recién recolectada? Joder, qué mal montado está el mundo.

Solo lo entendemos nosotras, Mary Luz y yo. Tengo ganas de juntar mi meñique con el suyo. Si pudiera, levantaría mi copa y brindaría con ella en la distancia:

Libiamo, libiamo nel'lietei calici
Che la belleza infiora...

Pero esto se ha de llevar en secreto, es una hermandad tan misteriosa como los masones y los rotarios. El viaje de los años. A los jóvenes os causa risa este empeño desesperado, como Sísifo intentando empujar la roca hasta la cima de una montaña para que vuelva a caer una y otra vez, esta lucha inútil contra el tiempo, no te afanes, alma mía.

Os burláis. Operada, para vosotros, es un insulto, ah, imbéciles.

Ya os llegará vuestra hora, y también os diré, como Mary Luz a Pepe Popescu:

—A que duele, amiguitos.

Suspiro. Tú, tranqui, Sébastien, que esto no va con nosotros.

Empezó el baile de las votaciones. Era tal mi seguridad, que ni siquiera atendía y paseaba mi mirada por el vasto salón, ahí estaba una escritora que triunfó con su primera obra y se había quedado en joven promesa con cincuenta años. Peloteaba a las editoras, al final agarró del brazo a Belén López y trató de explicarle un argumento que se le había ocurrido para un próximo libro:

—Cojonudo, rollo sadomasoquista, un tío guaperas y una estudiante, muy fuerte.

Su forma ansiosa de hablar, los temblores de las manos, la nariz torcida y apenas sin tabique delataban a la consumidora habitual de cocaína.

Más lejos se sentaba ese escritor de pelo teñido de negro que solía perseguir jovencitas a poder ser orientales, aunque a estas horas de la noche ya iba un poco al bulto. Yo estaba segura, porque lo conocía bastante, de que antes de venir se habría tomado una pastilla de viagra y la quería amortizar caiga quien caiga. Lejos habían colocado a mis compañeros de periódico, brillantes y sofisticados. Oía a Emili Rosales anunciando mi seudónimo, Coral Teide, otros nombres, D. Casino, Tade Lizarbe, Daniel de Jorge, Luis Cabrera, Eduardo Nevado, José Miguel Martínez, Lares. Todos iban cayendo, pero el mío se mantenía, Coral Teide, y también Eduardo Nevado. De la mesa de los escritores jóvenes de verdad, que mantenían con nombre ficticio un blog en el que nos ponían a parir a todos los que teníamos más de treinta años, surgían risas alcoholizadas. Los críticos de los suplementos literarios lo miraban todo desdeñosamente con los párpados caídos sobre sus ojos cansados (no voy a escribir lo que en realidad pienso de esos ágrafos pretenciosos, porque aún tengo la esperanza de que alguno me ponga bien sin necesidad de haber muerto previamente). Una escultural actriz que había escrito un libro de recetas combinadas con sexo tántrico se paseaba por la zona de los peces gordos luciendo sus tetas nuevas a modo de airbag.

Coral Teide, Lares, Eduardo, Coral, Eduardo.

En mi mesa había otras personas, mi vieja amiga Carmen Ramírez, la editora Puri Plaza, un chico alto y silencioso que me miraba con ojos llenos de curiosidad. Se llama Mario y se ocupaba de la organización del evento. Y una escritora de gran éxito, pero presuntuosa y pedante, que nos explicó a todos, incluido un antiguo premio Planeta que estaba enfrente de mí y que escuchó la estupidez con sosegada benevolencia:

—Yo no me presento porque está desprestigiado.

Solté una carcajada y mi hijo me recriminó:

—Compórtate, todo el mundo te está observando.

Con los ojos le conminé a que mirara hacia abajo. A mi mano bajo el mantel. Estaba con el dedo medio totalmente enhiesto, haciendo eso que los cursis llaman una peineta y los demás vete a tomar por culo. Ferri no se rio. Movió la cabeza con esa expresión de infinita paciencia que se le pone cuando habla conmigo y ni siquiera se molestó en responderme. Al fin y al cabo, ¿qué era yo? ¡Una madre! ¡En el escalón más bajo de su cadena de intereses! Mario se fue al escenario a trajinar con los micros y yo me distraje observando a Alma Delia. La veía sonreír como si guardara un secreto precioso, su seudónimo quizás todavía no se batía en retirada. Bebía vino blanco con avidez, le pedía al camarero como el general que solicita más fusiles y más cañones:

—¡Otra copa!

Entre trago y trago sacaba a pasear sus espléndidos y múltiples dientes, y otra vez se me escapaba un poco la risa mientras le decía mentalmente, sí, eres muy guapa, ¡hueles a juventud!, pero has tenido que venir acompañada de tu padre. No tienes ni marido, ni novio, ni un amante que comparta contigo la divina exaltación de esta espera.

Ya lo dijo el papa hace poco, la peor enfermedad del siglo XXI es la soledad. ¡Que la decreten pandemia y que la traten en los ambulatorios, que investiguen cómo se cura! No vayan más lejos, consúltenme a mí: amor es el nombre del remedio. Ese amor que te abre el pecho con las manos y te arranca el corazón. ¡Sébastien, está a punto de llegar nuestro gran momento, tú también has escrito el libro! Voy a echar los dados, solo puede salir repóquer. ¿No ves que si gano voy a tenerte de nuevo?

Caían nombres, me imaginaba las ilusiones que caían a la vez, Casino, Lares, José Luis... Pero yo me había convertido en una cerda egoísta que solo atendía a lo mío, y reía, reía por dentro. Me cosquilleaba la garganta, ¡por fin la dicha y el éxito se acercaban a mí con pisadas seguras! ¡El amor y la gloria! Miraba a la mexicana con tierna compasión, chamaquita, la conminaba con el pensamiento, vete haciéndote a la idea, ¡perdiendo, que es gerundio!

¡Sébastien y el Premio Planeta!

Sentía hormigueos en la punta de los dedos, creo incluso que llegué a adormecerme quizás por influencia del ansiolítico, y desperté de golpe cuando Carmen Posadas desde el escenario dio el nombre del finalista. ¿Finalista? ¿Qué me importaba?

Ese segundo puesto sería seguramente para un escritor novel. Miré bonachonamente a mi alrededor, pero alguien me dio un codazo:

—Eres tú.

Me señalé a mí misma con el pulgar en un gesto muy ordinario que hubiera merecido la repulsa de mi madre, pero es que no daba crédito:

—¿Yo?

Mi hijo me pegó un empujón que casi me tiró al suelo.

Mientras mi mente permanecía aún estupefacta, mi cuerpo empezó a enterarse de la catástrofe. Me puse a sudar de una forma bárbara, se me secó la boca, los pies me pesaban horriblemente, un pito largo y agudo me comenzó a subir desde los bronquios. No me acordaba de si tenía que sonreír por el lado derecho o izquierdo, y subí al escenario tan trémula y aterida como esa primera estrella solitaria que parpadea en lo más alto de una montaña.

Adiós, pasión de labios sedientos.

Y después dijeron:

—El ganador es Jorge Zepeda.

El padre. Era el padre. En realidad no era el padre tampoco.

Se puso a mi lado encima del escenario mientras esgrimía en alto su trofeo, a nuestros pies centenares de fotógrafos disparaban sus cámaras. La mitad de los asistentes al Palacio de Congresos eran amigos míos, periodistas con los que había trabajado en distintos medios, colegas con los que me encontraba periódicamente en cenas y reuniones, rivales de juventud en la lucha por la exclusiva, compañeros de universidad; advertía sus ojos abiertos, quizás envidiándome, quizás pensando que el premio era inmerecido, quizás alegrándose, ¡no lo sé! Lo que sí sé seguro es que todos creían que ese era el momento cumbre de mi carrera, pero yo me sentía como un miserable gusano.

¿Conformarme con reptar y arrastrarme cuando yo me había visto como águila imperial, volando en pareja? ¡Sébastien, te iba a ofrecer el Planeta, pero ya se lo han adjudicado a otro! Mi postrera oportunidad ha pasado de largo subida a ese último tren. Adiós sueño del viento, adiós hombre alto. ¡Estuve tan cerca!

Ciega por los flashes, con los ojos arrasados, con un amargor de incredulidad y angustia en el estómago, miraba al frente sin ver, queriendo lo imposible: ser yo el año pasado.

—Échate hacia atrás, Pilar.

Me hacían gestos con la mano que no sostenía la cámara como dándome un empujón. Echarme hacia atrás significaba dejar al ganador en primer plano. Me hundí en las cortinas polvorientas de color granate que estaban detrás de mí como el que cae de espaldas a un pozo oscuro, hondo. Llegué abajo con la nariz taponada por el agua turbia, con los pelos flotando como algas, pero una mano misteriosa me rozó la piel desnuda de la espalda y empecé a subir lentamente atravesando nubes de fango y oscuridad.

Hacia ti, buscándote, Sébastien.

2

Resplandece la luz lechosa de la mañana siguiente. Jorge Zepeda me está esperando en la terraza del último piso del hotel Princesa Sofía rodeado de un equipo de reporteros, cámaras en ristre, y de un séquito de azafatas sexys que solo tienen ojos para él. La gente de la editorial se mantiene aparte pero igualmente interesados, incluso los camareros observan de soslayo al flamante ganador del Premio Planeta mientras fingen recolocar los inmensos macetones para que luzcan hermosos en las fotografías. Salgo del ascensor tropezando con la alfombra, pero nadie me hace mucho caso. Mientras me acerco al círculo de poder, le pregunto malhumorada a la chica que me han puesto de acompañante este día después para cumplir con el horario previsto:

—¿Esto es como las monarquías?

—¿Qué quieres decir? —me pregunta a su vez en un susurro conspiratorio sin perder el paso—. No te entiendo.

—Que, si se muere el que ostenta la corona, le sucede su segundo.

La muchacha, puntillosa, precisa:

—Pilar, eso no son las monarquías, es en la presidencia de Estados Unidos. Si muere el presidente, le sucede el vicepresidente, acuérdate de Kennedy y de...

Me detengo de golpe y la miro con incredulidad ignorando la impaciencia de fotógrafos y ganador, que llevan una hora esperándome, pero juro que no es mi culpa, ¡he estado toda la noche sin pegar ojo y me he quedado dormida justo cuando tenía que sonar el despertador del móvil! Que no sonó, precisamente porque se había agotado la batería, y si el móvil está apagado, el despertador no funciona, desvelándose así uno de los grandes misterios de la humanidad que hasta ese momento nadie había tenido el valor de comprobar.

La miro con ojos de asesina:

—¡No me des lecciones de historia! ¿Sucede eso en el Premio Planeta? ¡Joder, no es tan difícil la pregunta!

Aterrorizada, se limita a contestarme:

—No, Pilar, no sucede.

Abandono con tristeza la intención de arrojar a Jorge Zepeda terraza abajo, diez pisos, y con un suspiro de resignación me coloco dócilmente a su lado. Sin mirarle ni gestos de saludo, me aprieto contra él y sonrío bobamente al vacío.

El recuerdo de Sébastien me atraviesa como una picadura venenosa. Qué alto era Sébastien. Sus brazos duros y morenos desnudos hasta el codo.

Pilar, sí, ¿lo vas a decir? Lo de esa noche en vela. Que lo llamaste para ofrecerle el humilde presente de vuestras vidas convertidas en premio, menor, pero premio al fin. Marcaste el 33 680 48 54... con dedos temblorosos, y unas palabras robóticas en francés te explotaron en el oído «este número ya no existe». ¿Vas a decir que empezaste a susurrar con voz apenas audible «¿ya no existe? ¡Ya no existe!», te costaba articular como si tuvieras los labios muertos, ya no existe, ¡se había roto el tenue cordón umbilical que os unía, ya no servían esos números gastados por tantas llamadas reales o imaginarias, sobre todo de madrugada, cuando esta perra desesperación te coge por el cuello y parece que no vaya a soltarte nunca! Y hora tras hora la noche avanzando como un tren en llamas habías seguido llamando con una pena terrible y profunda para oír «... ya no existe..., ya no existe...». ¡Mil veces rechazada, Pilar, a Cristo solo lo negaron tres y han montado una religión, un estado y la Biblia en verso sobre todo aquello!

Los fotógrafos disparan sin mucho entusiasmo. Sigo sonriendo, ahora, además de al vacío, al puto futuro.

Cuando me arrimaba a Sébastien mi pecho quedaba casi en su cintura, sí, mis pechos, me los chupaba como un ternerillo y me pasaba la lengua por todo el cuerpo, las clavículas, el esternón, el espinazo, los riñones, ni un centímetro mío quedaba sin lamer, y mientras yo sentía calambres, ardía, me mareaba desbocada y sin aliento, «eh, Pilar, aquí, aquí», dicen ahora los fotógrafos, y tengo que cerrar los ojos, la oscuridad se llena de destellos polvorientos, me estremezco ahora con un frío glacial y me vuelvo a estremecer al sentir una mano familiar que se desliza entre la cinturilla de la falda y la blusa y noto sobre la piel el tacto helador de unas yemas ásperas y endurecidas.

Jodeeeeer, la mano de Jorge. La reconozco. Era su mano la que me había aguantado la noche anterior en el escenario del Palacio de Congresos cuando estaba a punto de desmayarme, cuando pateé para no hundirme. Pero qué me pasa, tendré que consultar al doctor Google, «escritora gilipollas al borde del colapso». Exhalo un suspiro ruidoso y lleno de incredulidad; él, sin dejar de sonreír y de mirar a la cámara, me susurra:

—Aguanta un poco más, compa.

Su voz es tan cariñosa que la que está a punto de caerse por la terraza soy yo. Y lo miro, creo que por primera vez desde que nos hemos conocido, hace apenas doce horas. ¡Cuánta, cuánta agua bajo el puente ha corrido en estas últimas doce horas!

Doce horas. Doce horas antes, a medianoche del 15 de octubre, había quedado muy claro que Jorge Zepeda era el ganador del Premio Planeta 2014, mientras a mí se me otorgaba un digno puesto de finalista, una decorosa medalla de plata...

Espera, espera, no empieces mintiendo, Pilar, ¡tía, a estas alturas de la película, no vas a ir de buena! Porque creo que *urbe et orbi* se sabe que no eres santa Teresa, ni de Lisieux, ni de Calcuta, ni siquiera Nativel Preciado, que le cae bien a todo el mundo porque es muy amiga de sus amigos, que debería ser lo normal, porque no vamos a estar dándonos bolsazos entre nosotros, digo yo. Soy envidiosa, competitiva, ambiciosa, infiel, inmodesta, susceptible, intolerante, paranoica y cínica. Me he desnudado tantas veces en mi vida y de forma tan feroz que el otro día una señora me paró en un aeropuerto y casi me escupió al decirme:

—Las personas como usted deberían estar prohibidas.

¿Y quieres ir de buena? ¡No te lo crees ni tú, Pilar Eyre!

Y soy así desde que era pequeña. Entonces ya tenía pensamientos atroces, ¡que nadie me hable de la inocencia de los niños! Imágenes pornográficas que aún no comprendo de qué magma se alimentaban, en las que había sangre, violencia, humo, desnudos extenuados, hombres enmascarados, oscuridad, rugidos, las escenas más repugnantes y lascivas poblaban mis noches. ¿Dónde, en qué lugar las había aprendido? ¡No lo sé! ¡Aún ahora me ruborizo al recordarlas!

Bueno, bueno, tanto como eso, tampoco, no nos pasemos, que no somos ninguna damisela.

Cuando me confesé la víspera de mi Primera Comunión, el párroco de la iglesia San Antonio de Padua me preguntó con aire aburrido:

—¿Tienes malos pensamientos?

¿Cómo? ¿Malos pensamientos? ¡El infierno a mi lado es un balneario! ¡El Bosco es Walt Disney!

Respondí con comedimiento:

—Sí.

El cura siguió interrogándome con tono cansino, me imagino que mientras iría leyendo su breviario o quizás incluso haciendo un crucigrama:

—¿Te imaginas cosas con tus primitos?

¿Cómo? ¿Mis primitos? ¿Esos chiquillos que iban con pantalón corto y solo sabían arrearle patadones a un balón de fútbol? Yo soñaba con que Belcebú me hacía suya en medio de un coro de sátiros coronados con hojas de parra mientras unas mujeres lascivamente desnudas se arrastraban gimiendo por el suelo en medio de una orgía de fuego, piedras y sangre, pero me sujeté el velo que siempre se me resbalaba, me remetí los calcetines para que no se vieran los tomates que llevaba en el talón y contesté con la mirada baja:

—Sí.

Hala, pues arreando, un padrenuestro y tres avemarías, criatura, y deja pasar al dueño de los almacenes La Moderna que va detrás de ti, que ese sí debe tener unos pecados gordos como globos aerostáticos.

Yo me persignaba y lo observaba de reojo, ¿qué iba a confesar aquel pobre hombre que se secaba el sudor de la frente con un pañuelo que llevaba sus iniciales bordadas?

¿Un honrado adulterio? ¿Una orgía de tres en el barrio chino? (A nadie se le ocurría que dedicarse a robar o al estraperlo pudiera ser considerado pecado). Pilarita lo observaba desde su altura de tremenda pecadora mientras pensaba con cierta satisfacción:

—Yo soy peor.

Tenía entonces siete años.

O sea, que vamos a dejarnos de pamemas: lo de haber quedado finalista, hablando claro, me sentó como una patada en el hígado, hasta el punto de que me olvidé de mi propósito de permanecer todo el rato como una impávida belleza estatuaria sobre el escenario en el que nos habían entregado los galardones y me puse a hacer pucheros, que todos sabemos que es lo que menos favorece del mundo si no eres Brigitte Bardot en sus buenos tiempos. La gente creía que era de emoción, y me enviaban gestos de cariño pensando quizás por dentro:

—Mira qué comedianta.

También me quedó claro que no solamente ese mexicano desconocido que se había sentado en mi mesa era el ganador, sino que Alma Delia no era su hija, sino su novia, deducción bastante fácil a tenor del beso de tornillo que le propinó. Alma Delia no dejaba de mirarme con un punto de arrogancia, como diciendo:

—Chúpate esa, gachupina.

El único que comprendía las tormentas que bullían en mi alma era mi hijo, que me cogió del brazo mientras yo permanecía aún sobre la tarima envuelta en las cortinas como un senador romano y oscilando como un trompo, el alma carcomida por la infelicidad:

—Mamá, espabila... —impaciente, me conminó—. Tienes que vender tu libro, ahora es tu oportunidad.

Ese desdichado libro que había quedado finalista.

Y me propuso apresuradamente:

—Di que es una historia imaginaria, aunque parezca basada en hechos reales, no entres en detalles, sé ambigua... Déjalo en el aire.

Oh, sí, que nuestra intimidad no quede al descubierto, sobre todo.

Pobrecito, qué duro es tenerme como madre.

A partir de aquí, mientras por megafonía repetían una y otra vez el fallo del jurado como el coro trágico de *Edipo Rey*:

De terrible manera hay que enterar a la gente.
Tenemos que contar vuestros asuntos, oh, Zeus poderoso.

Fui llevada casi en volandas, sin tocar el suelo, a varias entrevistas en radio, televisión, internet y prensa escrita, cada medio había montado su pequeño set en el inmenso comedor, distintos compañeros me preguntaron cómo me sentía, cuántos años tenía, de qué iba el libro, qué iba a hacer con el dinero, de quién era la chaqueta. Yo solo balbuceaba incoherencias tratando de sonreír al mismo tiempo por ambos lados de la boca, aunque ya había dejado de preocuparme el tema, no era la protagonista de la noche, qué más daba si me parecía a Angelina Jolie o al Pato Donald:

—Es una novela sobre un corresponsal de guerra y una periodista, sí, un poco soy yo —me atragantaba—, quiero decir, no mucho, solo algo...

Mi voz sonaba insegura, falsa, me daba cuenta yo misma, que por algo soy del oficio. Lo que decía no enganchaba, no daba titulares, no había convicción en mis palabras, notaba que mis entrevistadores se removían con impaciencia. Carles Mesa, de Radio Nacional, me comentó meses después:

—Por un momento temí que te desmayaras... Tenías la mirada perdida, era como si se te hubiera muerto un familiar...

¿Que se te mueran las ilusiones no viene a ser como si se te muriera un familiar? Vale, una tía lejana.

A mi lado, una sombra, el ganador, contestaba sudoroso también a parecidas preguntas; yo le reía al de mi izquierda con una mueca forzada:

—Es un momento tan feliz...

Al de mi derecha le lloraba con el recuerdo de mis padres:

—Ojalá estuvieran aquí...

Al de más allá le confirmaba con un grito que más parecía un ladrido:

—Sí, totalmente inesperado, una gran alegría... —Agitaba las manos e intentaba mostrar entusiasmo—. ¡Uau!

Invitados habituales en este tipo de eventos, amigas del veraneo de Sitges y del colegio, autoridades menores, gente que no conocía, todos me saludaban con grandes abrazos y me chuperreteaban la cara. Una directora que me había despedido cuando me quedé embarazada se puso a chillar mientras intentaba que las dos diéramos saltos en corro:

—Eo, eo, eo.

Estuve a punto de vomitarle encima. Lo intenté, pero no hubo manera.

Otra con la que había compartido un amante me dio un pellizco en la mejilla de tal manera que se llevó todo el maquillaje, pero lo que para la ganadora hubiera representado un drama, a la finalista no le importaba. Sentí también las miradas bondadosas de algunos colegas que se preguntaban, sin embargo, por qué ellos no y yo sí. Los ojos esquivos de ciertos miembros del jurado me decían sin necesidad de palabras:

—Lo sabes, ¿verdad? Yo no te voté.

Y yo, pensando aún, perdona, Sébastien, no puedo entregarte el Planeta, ni siquiera una estrella menor. Ni un pájaro, ni un avión. ¿Puedo ofrecerte el finalista? ¿Cómo se dirá finalista en francés? Qué rabia, Dios. Unos dientes de acero me roían por dentro. Sí, Dios, Dios, qué mal te has portado.

Y después de varias horas, zarandeada, con el rímel en las uñas de los pies, el pelo húmedo de sudor pegado a la nuca, tocándome una oreja desnuda, gritando con voz enronquecida:

—Un pendiente, ¡se me ha perdido un pendiente!

Tratando de bajarme la chaqueta para no enseñar la barriga, me llevaron a otra sala y me sentaron en una silla al lado de Zepeda frente a lo más granado de la profesión, bien, lo más granado que había decidido aguantar allí hasta las dos de la madrugada, en lugar de largarse a tomar copas al hotel, barra libre, posibilidad de follar, tal vez.

Me sorprendió la cantidad de mexicanos en esa primera rueda de prensa. Creo que esa noche, en el Palacio de Congresos, había más mexicanos que en el mismo México. Y todo era Jorge por aquí, Jorge por allá, tu libro anterior, tu periódico, o sea, ¿que Jorge Zepeda era famoso y yo sin enterarme? ¡Pilarita, siempre viviendo en tu pequeño mundo! Recuerdo que una vez entrevisté al secretario de Salvador Dalí y le pregunté qué sentía su jefe al ser un genio universalmente admirado. Enrique Sabater me contestó:

—¿Sabes qué? Al él lo que le importa de verdad es que lo admiren en Figueras.

Sí, podía recrearme en estas batallitas de mi pasado porque nadie me preguntaba. Ah, vale, gracias, uno al fin se decidió, levantó el dedo y yo me incorporé prestándole toda mi atención:

—¿Qué le parece Jorge Zepeda?

¿Qué me parece, *mon Dieu,* este señor cuyo nombre me es tan desconocido como el del inventor de la aspiradora Rumba? En vez de investigar sobre su novia, tenía que haber investigado sobre él, burra de mí, pero piaste tarde, pájaro. Farfullé que era un gran escritor:

—... mexicano...

De pronto pensé que le disgustaría este toque tan local y rectifiqué:

—... mundial... —quizás seguía pareciéndole poca cosa—. Universal más bien... Su obra está muy valorada...

Recé para que nadie me preguntara el argumento de su libro anterior, al parecer el único que había escrito, y Dios vino a verme:

—Le habrá gustado *Los corruptores,* entonces.

Reí aliviada y pude responder con entusiasmo:

—*¿Los corruptores?* Hombre, claro, ese libro magnífico sobre... ¡la corrupción! ¡Buenísimo! ¡Lo mejor que he leído!

Arracimé los dedos delante de la boca y torcí los ojos de una forma impresionante enseñando solo lo blanco, como si estuviera hablando de los guisos de mamá (es un decir, mi madre lo máximo que sabía preparar era un nescafé con leche). El mismo periodista se giró hacia Jorge y le preguntó si le gustaban mis libros; para quien no lo sepa, he escrito veinte. El hombre, tranquilamente, respondió:

—No la conozco, ni a ella ni a su obra.

Ole tú.

Lo miré furiosa. Lo hubiera estrangulado y le hubiera ordenado a mi Fenderucho que meara sobre su cadáver. ¡Yo tampoco te conocía, muchacho! ¡No tenía ni puta idea de quién eras, y allí estaba como un pepe, alabando tus libros y tu persona como si fueras Shakespeare y Truman Capote en una pieza!

Estuve el resto de la rueda de prensa meditando sombríamente si quedaría bien que levantara el dedo pidiendo la palabra para aclarar:

—Perdón, yo tampoco sé quién es este señor, lo había confundido con Mario Moreno «Cantinflas».

Pude meditar largamente frases más ingeniosas todavía, rememorar anécdotas de mi vida que creía olvidadas, miraba los pequeños aparatos de grabar que existían ahora y recordaba los enormes armatostes con los que nos movíamos cuando yo empezaba, tenía uno que casi precisaba de un carromato para ser trasportado.

¿Siguen preguntando esos jodidos al ganador?

Siguen.

En ese punto me puse a contar todos los hombres que han pasado por mi vida y por mi cuerpo, es un entretenimiento que suelo efectuar antes de dormir en lugar de contar ovejas, y remontándome al Pleistoceno me percato de que el primero era francés y fue en Sitges. Se llamaba Lionel.

Francés, el primero, y francés el último, quizás.

Yo decía «no, no», pero era que sí, dormimos abrazados y por la mañana entraron sus amigos cantando la marcha nupcial. Me enamoré, claro que me enamoré de Lionel. Después vino mi primer novio en la universidad, un andorrano, los primeros salen bastante bien, de carrerilla, cuento con los dedos, Santiago, Carlos, Pedro, Tino, Jordi, Rafael, hombre, era la época de la liberación sexual y una debía tener todas las relaciones posibles, aunque debo confesar que, a pesar de eso, yo entraba en la categoría de las «frescas».

No lo hacía por placer, como Ana Karenina, sino para que me quisieran, entregaba mi cuerpo y a cambio solo quería amor, esa moneda tan devaluada, pero tan difícil de conseguir, ¡no conocía otra manera de comprarlo!

Enrique, Juan Carlos, Pablo, otro Pedro, otro Jordi, Rafael, Tito, Santi, Borja, Elías... Veinte, treinta, ah, y los de Galicia, y luego llegaba un largo periodo de oscuridad debido al gran consumo de porros y algunos viajes de LSD, y después... Eh, parece que un periodista quiere preguntarme:

—Sí, sí.

Falsa alarma. Se estaba rascando la nariz. ¿Por dónde iba?

¿Cuántos amantes llevaba contabilizados? ¿Cuarenta? ¿Cien? ¿Mil quinientos, como el rey? ¡Estaría bien establecer un pugilato con el monarca emérito! ¿No dicen que se aburre tanto? ¡Diversión a precio de saldo, sin salir de casa! Venga, venga, una tú, uno yo.

¡Churro, media manga, mangotero!

Me reí silenciosamente por dentro. De pronto, sin tener nada que ver, como pasa en algunos momentos no se sabe por qué, un recuerdo estalló ante mis ojos, Sébastien, durmiendo, desnudo, con el pelo revuelto, cerré los párpados y este amor me golpeó el estómago y estuvo a punto de doblarme en dos, qué dolor juvenil y tumultuoso, me rehíce y procuré prestar atención a las preguntas inteligentes de los periodistas mexicanos sobre secuestros, el maltrato a las mujeres, la violencia urbana y rural, la trata de blancas, el índice de analfabetismo, la corrupción institucional y la condición humana. Que todo esto salía, al parecer, en el libro de Jorge.

No, por Sébastien no se interesó nadie.

Pude incluso trazar algunos dibujillos en un papel. ¿Os acordáis del monigote del hombre y la horca que hacíamos cuando éramos niños? ¿Y lo del seis y el cuatro y aquí tienes tu retrato? Mi padre era pintor; yo podría dedicarme al oficio quizás en el futuro.

Nos levantamos todos locos por llegar a la cama sin que apenas nadie hubiera mencionado mi libro. Los miembros del jurado en sus conclusiones finales hablaron mucho de la corrupción, la trata de blancas y blablablá, y una periodista muy mona, minifaldera y escotada, me pidió la palabra. Con gestos de asentimiento tan pronunciados que estuve a punto de desnucarme, volví a la silla y se la concedí. Me preguntó:

—¿Qué se siente al haber escrito una novela como *Mi color favorito es...*

Pareció dudar ante el título. Yo añadí débilmente:

—*... verte...*

—*Mi color favorito es el verde.*

Protesté:

—*Mi color favorito es verte.*

La imbécil se asombró:

—Pero verte no es un color... Vaya título estrambótico. Bien, pues qué se siente al haber escrito una novela tan edulcorada como *Mi color preferido...*

—*Favorito.*

Roja de indignación, la periodista chilló:

—... escrito esa cosa al lado de un alegato tan fuerte como el del ganador?

Zorra.

¿Luego se extrañan de que no haya pegado ojo en toda la noche?

Por eso, al día siguiente en la terraza del Princesa Sofía, a punto de someterme a mi segunda rueda de prensa, la de verdad, porque nuestras declaraciones son las que irán mañana en portada de los periódicos, estoy todavía con las pestañas resecas por el rimmel que no me he podido quitar a conciencia y procuro mantener la mente en blanco para no hundirme. Jorge me tiene cogida por la cintura, las nubes se deshilachan más allá de las cristaleras y las cámaras hacen ese ruido especial, shiiiiuu shiuuuu. Yo me he puesto una gabardina beige de Marella; él es un poco más bajo que yo.

Los fotógrafos gritan:

—La finalista un poco a la derecha.

¿No tengo nombre? A pesar de la diferencia de estatura, inclino la cabeza sobre el hombro de Jorge aun a riesgo de ser atacada de tortícolis fulminante, y así saldremos en todas las fotografías que aparecerán mañana en los periódicos. Hace viento y el pelo de los dos se levanta en la misma dirección. Yo estoy tan fascinada por este roce masculino que permanezco así aun cuando las máquinas dejan de disparar y los periodistas desaparecen. Al oído me dice, regocijado:

—Ahorita te suelto, no te vayas a caer.

Tiene los ojos muy negros y sonríe con los dientes apretados. Automáticamente pienso, tendrá bruxismo, quizás duerme con aparato.

Me sabe mal tener estos pensamientos tan prosaicos, porque él me mira con complicidad y cierta fraternal ternura. Me arregla el flequillo que el viento se empeña en levantarme mientras me pregunta:

—¿Te encuentras mejor?

Me aparto de golpe con suspicacia:

—¿Por qué lo dices?

Vuelve a reír y me aprieta el brazo en plan amigote. La novia ha desaparecido. Los periodistas no han huido, según sospechaba yo, sino que están reuniéndose alrededor de una mesa enorme, frente a un café con leche, croissants blanduchos y zumo de naranja de un color improbable mientras se disponen con gesto fastidioso a preguntarnos de nuevo. Carlos Crehueras, el director de Relaciones Externas, nos señala dos asientos, Jorge muy pegadito a mí. La cruda luz de la mañana de octubre me remarca seguramente todos los defectos, con las prisas solo he tenido tiempo de untarme en el coche con una muestra de maquillaje que llevo milagrosamente en el bolso y que me han regalado con la revista *Lecturas*, y el cansancio y el desengaño me han tensado los rasgos y enrojecido la esclerótica de los ojos, pero me da lo mismo, Jorge es mayor también, ¡tiene mi edad! Su cara está surcada de arrugas y sus párpados tan marchitos como los míos, y sobre todas las cosas, maldita sea, no es Sébastien.

Lo amaba tanto todavía.

¿Cómo demonios conseguiré tenerlo de nuevo? ¡Debo intentarlo, aunque sea lo último que haga en esta puta vida! ¡Sébastien, joder, mi interior arde como un bosque entero!

¿Por qué te has cambiado el teléfono?

Se me acerca Lolo y me pregunta:

—¿Cómo estás, prinzessin?

Aunque me encanta que me llame prinzessin, como la protagonista de una de mis novelas, le contesto con furia:

—Pero, jolín, ¿qué os pasa a todos? ¿Tan monstruosa estoy?

Retrocede un poco y levanta las palmas en plan manos arriba:

—Vale, vale, qué borde eres... Es que ayer te vi muy tensa, no parecías tú. —Señala hacia la mesa—. Y mira, no he sido el único en notártelo y en pensar, solo pensar, eh, que quizás necesitarías ver caras amigas... Ya sabes, *with a little help of my friends...*

Sentada entre todos como una reportera de a pie, ella, que es una estrella, fingiendo que no advierte que le hacen fotos con disimulo, está Mary Luz, que intenta sonreírme. La cabrona me emociona, me acerco a ella y la beso en la frente. Me coge la mano y se la lleva a los labios, primero el dorso, después la palma, mientras canturrea con su voz de fumadora:

With a little help of my friends.

Con gafas oscuras, arrostrando la curiosidad y tal vez la burla de los otros periodistas, ha venido solo para apoyarme. A su lado, Pedro Palacios, que había sido nuestro director en *Interviú*, se sacude una solapa imaginaria como dándose aires y luego me guiña un ojo. Lolo me empuja hacia la cabecera de la mesa y me susurra al oído:

—Sé tú misma y gánatelos a todos.

Me siento. Suspiro hondo, miro uno a uno a los periodistas, casi todos distraídos, hablando entre sí, pasándose la cesta con las pastas, ninguno piensa que vamos a decir algo nuevo, distinto a lo de anoche. Hoy a muchos no los conozco, son muy jóvenes, tienen blogs literarios, otros son *free lance.* Los de mi edad, que trabajan en la sección de cultura de los grandes periódicos nacionales, leen de reojo la prensa del día sin apenas prestarnos atención, o tienen la mirada fija en la pantalla de su móvil. Alguno bosteza y se estira sin disimulo. La noche ha sido larga.

Carraspeo. El jefe de comunicación de la editorial me mira con asombro, su intención es darle la palabra al ganador, es lo protocolario. Pero yo no lo veo a él. Me veo a mí misma escribiendo y escribiendo en esas noches enloquecidas en Llafranc, con la dulce y monótona canción de la lluvia cayendo sobre el tejado, sin la tiranía de los rostros humanos y las voces. Pienso en esa Pilarita que ya había bebido la pócima mágica, yendo a Barcelona en coche, cantando y siguiendo el ritmo con el volante, o en esa otra que viajó a Montpellier, enflaquecida, atormentada, presa de delirio, persiguiendo los postreros esplendores del crepúsculo.

Emitiendo rugidos ahogados que espantaban a Fender. Tirando el ratón del ordenador al suelo, las pilas desperdigadas por la habitación, abriendo la boca como *El grito* de Munch, golpeando el teclado y apoyando luego la cabeza en las manos y preguntándome por qué me había tenido que pasar esto, por qué.

Escribiendo, escribiendo en el profundo luto de la noche.

¿Tengo que esconderlas, esas horas solemnes? ¿Lo más auténtico que me ha ocurrido en la vida? ¿Tengo que decir que es mentira esa historia en la que me he apostado el corazón? ¿Me voy a avergonzar?

Tengo dos dossieres delante, el mío es de color azul. Lo señalo, mi garganta se ha estrechado tanto que apenas deja salir la voz:

—Esa soy yo... Este libro es mi vida. Hace apenas un año conocí a un hombre francés en Llafranc, nos enamoramos, estuvimos tres días juntos en una intimidad absoluta, me dijo que era corresponsal de guerra, se fue... Y traté de averiguar quién era en realidad, y, sobre todo, si me había amado de verdad, que, en el fondo, era lo único que me importaba.

Lo había conocido cenando en un restaurante. Yo estaba con unos amigos, él se había sentado en la mesa de al lado y no había dejado de mirarme, había mantenido durante una hora sus ojos ardientes y sensuales clavados en mí. Después estuvimos juntos tres noches en mi casa, fuimos furiosamente felices, ¡nos amamos!, ¡tanto que hubiéramos querido caricias sin estrenar, virginidad, el comienzo del mundo! Me puse enferma de amor, ¡yo sé lo que es eso!, ¡se te caen los dientes, se te rompen las uñas, te disminuyen los pies!

Porque Sébastien, ese hombre misterioso, se fue a Siria. Y desapareció. Yo no me contenté con eso. Investigué, busqué, me desesperé, contraté detectives. Fui a Montpellier. Y casualmente, en el hotel, cuando ya pensaba que no lo iba a ver más, puse la televisión y averigüé la verdad.

Le hacían una entrevista. No era corresponsal de guerra. Era un profesor de universidad, había escrito un trabajo académico sobre los enviados especiales a zonas de conflicto basado en los mensajes y correos que intercambiaban con sus familias. ¡Dijo que eran mensajes de los periodistas a sus novias, a sus mujeres, pero en realidad eran las palabras desesperadas que yo le había escrito a él, enferma de amor y de añoranza! ¡Me había copiado!

Y es que nunca había estado en Siria. Tenía mujer, una hija, y me había engañado, pero eso no había sido lo peor. Lo peor es que prefirió quedarse con ellas.

Me presenté en su casa. Lo fui a ver. Caí de rodillas al

suelo cuando apareció en la puerta, ¡nos besamos!, ¡las voces antiguas de nuestros besos al alba! Le conté que iba a escribir un libro sobre nosotros y solo me dijo «c'ést une belle histoire».

Y esas eran las palabras con las que concluía el libro.

¿Me había amado? ¿Me habías amado alguna vez, hombre alto?

Volvería a preguntárselo. Sí, volverían a encontrarse nuestras bocas. ¿No comprendes que por eso he escrito nuestra historia? ¡Para recuperarte! ¿Cómo podrías resistirte? Ni premios ni hostias. Solo tú.

Estos pensamientos pasaban por mi cabeza, raudos como cohetes.

Chitón, niña, no te pases dando información, que tú eres muy dada a destripar argumentos.

Advierto que, de pie, al lado de la puerta, hoy vestido con informalidad, está Mario, mi vecino de mesa de anoche. Me mira con seriedad expectante, como los otros que llenan esa improvisada sala de prensa. Dejo de lado toda retórica, el discurso que había preparado, y cuento parte del argumento sin desvelar el desenlace con palabras sencillas, la voz se me afianza y me quedo sentada tranquilamente esperando las preguntas. Que llegan, después de un momento de estupor, claro que llegan:

—¿Pero es tu vida de verdad?

—¿Existe ese hombre?

—¿Sabe que has ganado este premio, Pilar?

Buena pregunta.

Yo ya no soy la «finalista». Tengo nombre.

¿Si existió? Todavía llevo su sabor en mi boca.

Larga pausa que rompe un periodista joven, pelirrojo y desgarbado, que me pregunta con burlona agresividad:

—¿Juras solemnemente sobre la Biblia que todo lo que sale en el libro es verdad y te ha pasado a ti?

Levanto la palma de la mano y contesto:

—Lo juro.

Pausa. El pelirrojo se pone a apuntar algo frenéticamente. Al final les digo con laconismo señalando la carpeta:

—Está todo ahí. Mi vida.

Se hace el silencio en la sala. Hasta Jorge se quedó mirándome pensativamente. Algunos toman notas con nerviosismo, otros se ponen a hablar entre ellos. Todos meten mi dossier en la cartera, incluso uno que había olvidado recogerlo se apresuró a pedírselo a las azafatas. El jefe de comunicación sacude la cabeza como despertando de un sortilegio, suspira y se dispone a presentar a Jorge, que empieza a hablar de la trata de blancas, la corrupción y, en suma, de la condición humana. Yo no vuelvo a abrir la boca.

Mi hijo llega a la carrera cuando ya estamos levantando el chiringuito, Pedro Palacios, desde lejos, me hace el gesto universal de llamar por teléfono, algunos compañeros se arremolinan alrededor de mí pidiéndome entrevistas, pero Crehueras se acerca a nosotros para apartarlos con educada autoridad:

—Hasta que no estén los libros en la calle, dentro de tres semanas, no vamos a hablar con nadie... Chicos, ya sabéis que ese es el pacto, como todos los años. Pilar ni siquiera va a dar entrevistas a su periódico, con esto os lo digo todo, y Jorge tampoco, eso que es director del suyo.

Ferri me pregunta sin aliento:

—Pero ¿qué ha pasado? Se los ve muy interesados, uno se ha enfadado porque dice que le han cogido tu dossier... ¿Les has contado que...?

—Solo les he dicho la verdad.

Lo entiende. Asiente gravemente y me pone la mano sobre el hombro:

—Has hecho bien.

Estas palabras me sobrecogen. Tengo un escalofrío.

Alcanzo a ver a Mary Luz y Lolo entrando en el ascensor. Antes de que se cierren las puertas, me miran radiantes, a veces la amistad conmueve más que el amor.

Se acercan Paco Barrera, en nombre de los comerciales, y Mario, ambos se quitan la palabra con sus recomendaciones:

—Pilar, hasta que salga el libro, lo mejor es que hagas una vida discreta, no vayas a lugares públicos ni a eventos... —Mario baja la voz—. Después, nos vamos a ver mucho.

No es tan joven como yo imaginaba, hoy lleva gafas de pasta negra y tiene algunas canas en el pelo cortado al rape, añade:

—Vamos a viajar juntos, vas a ver...

Me empujan con delicadeza hacia la salida, y yo, sin querer irme ahora, paseo la vista por mi alrededor, tímidamente los periodistas más jóvenes alzan la mano como saludo, Jorge también me mira, y desde lejos hace un gesto de asentimiento con la cabeza y me sonríe.

Cuando salgo, cae una lluvia fina y pegajosa que traza surcos de polvo en el pavimento. Tres semanas. Se dice rápido, tres semanas.

3

Cuando llegué a casa, mientras estaba aún desabrochándome el sostén, descalzándome y sacándome la gabardina, en este orden, recibí una última llamada de la editorial:

—Te vamos a dejar en paz durante tres semanas, tú imagínate que estás en un convento, prepárate para lo que te espera y no te dejes ver mucho. Sería bueno que interrumpieras por ahora la colaboración en tu diario.

Cuando pregunté cómo estaría organizada la gira, me tranquilizaron:

—No te preocupes, está todo controlado, ¡llevamos sesenta y tres años haciéndola! Tendréis dos personas que os acompañarán, además de la jefa Isa Santos, llevarán vuestra agenda y os dirán día a día lo que tenéis que hacer. Vosotros solo debéis saber que visitaréis medio país y que os harán decenas de entrevistas para hablar de vuestros libros. No tienes que preocuparte de nada más...

Pregunté por Jorge. Silencio. Después se limitaron a responderme:

—Se ha ido con su novia a viajar por el sur de Italia, ha desconectado el móvil y no queremos saber nada de él..., ni de ti.

Puto Jorge, puto premio, putos todos.

Rencorosamente, pensé, claro, con 600.000 euros ya puede ir a Italia. ¡Pues me parece poco! ¡Con lo grande que es el mundo! ¡Será tacaño el tío! Yo no tenía a nadie con quien viajar en plan celebración, claro que, al no ser primer premio, supongo que lo propio sería no llegar más allá de Hospitalet. O el pasillo de casa. Así, así, caminaba furiosamente levantando las rodillas haciendo el paso de la oca y repitiendo como un mantra, tacaño tacaño tacaño. Pisé un juguete de goma de Fender que emitió un chillido espantoso; se me pusieron los pelos de punta, pero repetía obsesivamente tacaño tacaño tacaño, hasta que la palabra perdió su significado y solo servía para desfogarme; a la vez, refunfuñaba que yo con ese dinero me iría a Marte o quizás a las Maldivas, a esas playas de aguas color turquesa y arena blanca con una palmera sobre la que suele estar tendida una mulata de pelo largo.

Perdón, ¿podríamos cambiar mulata por bombero de los que salen en los calendarios navideños, si es que existen en la realidad?

Venga, va, a quién quieres engañar, pedazo de idiota. Te irías a Montpellier a lanzar los billetes sobre cierto jardín situado en las afueras para comprar aunque solo fuera una sonrisa. Hasta con una mirada me conformaría, sus ojos de terciopelo valen 600.000 euros. Y además, añadiría al lote el sol, la luna y los planetas, nueve, porque para mí siempre estará Plutón entre ellos, ya que así me lo enseñaron en la escuela y no me creo a esos 2.500 astrónomos hijoputescos reunidos en la convención de Praga que degradaron a Plutón de su condición de estrella obligándolo a malvivir como un simple «asteroide enano». Es decir, una especie de finalista, ¿a quién me recuerda? (Risa triste).

¡Sébastien, si el sufrimiento ennoblece, aquí tienes a una reina!

Me senté en el suelo sin darme cuenta. Me estiré, abrí los brazos en cruz, Sébastien, Sébastien, ¡te lo doy todo!, el hambre de mi corazón, la memoria de un amanecer que vi hace tiempo, mis antepasados, que vinieron desde Irlanda dejando atrás familias y haciendas. El abuelo de mi bisabuelo se instaló en Galicia y en el dintel del pazo que construyó en la Ribera Sacra escribió: «Per aspera ad astra». ¡Así llegué yo a ti, por la áspera pendiente hasta las estrellas!

Llaman a la puerta. Odio a la gente que usa la mirilla, me parece zafio y mezquino. Abro a la aventura.

Hola, hermanas. Una es alta, la otra no tanto. Una es más joven, pero da lo mismo, porque ya todas somos mayores, aunque las tres seguimos teniendo la misma y rara voz. Se limpian los zapatos en la alfombrilla, entran al vestíbulo, se miran. Me abrazan con torpeza, no solemos prodigarnos muestras de cariño, nos enfadamos por tonterías, que si nunca vas a las reuniones con los administradores, has vuelto a perder la llave de la azotea, dónde están los álbumes de fotos de mamá. La pequeña estuvo muy enferma, ¡la tara familiar! Entonces se llamaba bronconeumonía, el olor a eucaliptus impregnó nuestra infancia, siempre había un hornillo con una caja metálica que contenía agua hirviendo y jeringuillas en una esquina de la habitación de mis padres, mi hermana abultaba apenas bajo la sábana de la enorme cama de matrimonio. Tenía los labios azules y luchaba angustiosamente por respirar, incluso en ocasiones traían un balón de oxígeno, se oían en una habitación lejana los sollozos de mi madre, papá, en mangas de camisa, con la corbata desanudada, siempre agitaba un termómetro en el aire y se inclinaba sobre su hija menor intentando bromear:

—Mecachis en la mar, qué ganas de fastidiar la niña esta, todo para que le hagan caso.

Mi hermana sonreía con los labios resecos, las sienes pálidas y sudorosas. Olga y yo, desatendidas y hurañas, nos mirábamos en silencio, ella iba con su uniforme de cuadritos de las monjas alemanas, yo con las trenzas siempre deshechas y un delantal lleno de lamparones que nadie se preocupaba en cambiarme. Supongo que teníamos miedo, pero no decíamos nada, yo me chupaba las puntas de las trenzas, ¡aún recuerdo el sabor agrio que tenían!, quedaban tiesas como cordeles. Y después, en nuestras literas las dos, yo echaba medio cuerpo fuera de la cama y proclamaba con solemnidad:

—Ahora me irá la sangre a la cabeza y me moriré.

No quería que Georgina se fuera sola, o quizás pretendía llamar la atención y que también me hicieran caso, ¡no lo sé! Lo que sí sé es que soy una exhibicionista y me gusta estar en primer plano, ¡este libro es una prueba!

Quizás incluso envidiaba el balón de oxígeno.

Con nadie más en el mundo puedo compartir esto, solo con ellas, solo ellas saben de qué pie cojeo.

Las tres alrededor de la cama de mi padre cuando se iba a morir, ¿os acordáis, hermanas? La mirada aturdida de papá mirando a una, a otra, a la otra, diciendo sin palabras, «no me dejéis irme, no quiero dejaros solas, qué coño vais a hacer sin mí...». Se llevaba la mano a la frente, su mano de artista, y lo veíamos musitar aunque ya no pudiera pronunciar las palabras:

—¡Qué desastre!

Qué desastre es morirse, joder.

Las últimas noches, desordenadas y crueles, debíamos turnarnos para velarlo, pero buscábamos excusas para no irnos, hoy duerme tú en el hotel que no tienes buena cara, hoy me quedo yo porque tengo que escribir y total lo hago aquí, hoy me toca a mí, porque ninguna quería ausentarse.

Vete a cenar, luego iré yo, pero ninguna se iba, ni siquiera al comedor del hospital, papá tenía que morirse con las tres al lado. Sus hijas.

Luego, cuando todo pasó, lo poníamos verde:

—Era tremendo, menudo carácter, pobre mamá, lo que tuvo que aguantar.

Y era que estábamos cabreadas porque nos había dejado, mierda, papá, menuda putada nos hiciste muriéndote.

Mis hermanas. Carraspean y me dicen clavando la mirada en un cuadro, en el ramo de lirios, en la alfombra de Nani Marquina, en Fender:

—Qué orgullosos estarían de ti.

Se van las dos, con sus chaquetones de invierno. Cierro la puerta tras ellas, me apoyo en la madera. Cuando ellas ya no estén, ¿quién me recordará de niña? Cuando yo no esté, ¿quién las recordará a ellas? ¿Quiénes recordarán a nuestros padres? Entonces sí que se morirán de verdad, cuando nosotras ya no estemos aquí para evocarlos. Los ojos de papá detrás de sus gafas. El olor a madre de nuestra madre.

Me fui al cuarto de baño y empecé a desmaquillarme con lentitud frente al espejo, me emborronaba los ojos y la boca como un clown intentando llenar desde ya esas tres semanas que tenía por delante sin nada que hacer, caso único, creo, en mi vida. Cuando no hay actos, exposiciones, presentaciones de libros, cenas literarias, premios periodísticos, hay una columna que escribir, hay una necrológica o un relato erótico o terminar un libro o pergeñar el prólogo de un amigo o es que el rey abdica o tengo que contestar a un cuestionario o ese mail que debo desde hace siglos o venga Twiter, que lo tengo muy abandonado.

O si no, hay que ponerse triste sin saber muy bien por qué y otra vez todos los ángeles de la muerte cercándome en mis noches en blanco, por qué cojones las llamarán en blanco, las noches de vigilia son en negro, porque lo peor acecha por la noche, pajarracos, bultos informes que se mueven, jinetes del apocalipsis, para qué venís, quién os ha convocado. ¡Miedo, de todos los bares del mundo, has tenido que entrar en este!

Con el algodón manchado de negro y rojo en una mano volví a pasearme por la casa hablando sola. Fender me seguía con cautela, llevaba su juguete de goma en la boca babeante y no sabía si quería jugar o iba a suicidarme.

Bobo, ¿la finalista del Planeta?

Le indiqué el salón con un gesto ampuloso:

—Quizás vendrán a hacerme reportajes aquí.

Mi salón necesita una mano de pintura, pero es tan escasa la porción de pared que se ve con tantos libros y cuadros que nunca me decido.

Soy hija de pintor, la casa de mis padres estaba abarrotada de cuadros, colgaban de las paredes desde el suelo hasta el techo, se apoyaban en los muebles en difíciles equilibrios, ni el cuarto de baño se salvaba de aquella superabundancia de paisajes y retratos, a cada miembro de la familia papá nos había pintado decenas de veces. Así, cuando me casé, mi sueño era tener una casa con las paredes desnudas y blancas, pero, poco a poco, sigilosamente, los cuadros han ido invadiéndola, yo creo que llegaban de noche desde los trasteros en los que estaban guardados y se colgaban solos, y a la par fueron llegando los libros. Muchos. Todos. Distraídamente, me acerco a mirar los lomos, ¡hay títulos tan absurdos! Los han dejado sucesivos novios y también mi difunto marido, *Del socialismo científico al socia-*

lismo utópico, Cómo ganar amigos, de Dale Carnegie, *La curación por las plantas* (no de los pies, sino del campo), *La eutanasia, La realidad alemana, Vida íntima de un miembro de las SS, África joven.*

Cuántos temas aprendemos en la universidad de la vida conyugal, más que nada, porque ellos no suelen escuchar nuestras cuitas, y nosotras, sin embargo, ansiamos compartir su vasta sapiencia. Yo tuve un novio que era gestor, se llamaba Lorenzo, y ya podía yo haber entrevistado a Rafael Alberti y a Adolfo Suárez en el mismo día, que nos íbamos a cenar y tenía que escuchar una charla interminable sobre los clientes de su gestoría, que si no se fiaba de un fulano que quería abrir una sociedad porque las tres sociedades anteriores eran inoperantes y quizás lo que está haciendo es funcionar de testaferro de otras personas, y todo del mismo estilo, sí, ya sé que es un rollo, pero las enseñanzas de Lorenzo se han grabado en las circunvalaciones de mi cerebro de forma indeleble y aún ahora puedo explicar todos los detalles de la soporífera actividad de aquel maldito negocio. ¡Dios, qué hace esa basura en mi cabeza, apenas queda sitio para cosas de verdad importantes, como mi talla de sujetador o dónde he dejado aparcado el coche!

De Lorenzo es precisamente *El manual del perfecto gestor.* Está al lado de un libro encuadernado con auténtica piel de vaca, muy grueso, con el nombre Federico en letras doradas. Acaricié sus hojas en papel biblia:

Pero yo te sufrí, rasgué mis venas,
tigre y paloma, sobre tu cintura
en duelo de mordiscos y azucenas.

Déjame morder largamente tu piel elástica, Sébastien. Por ti caminaría sobre fuego y cristales rotos.

Lo volví a colocar en la estantería, sí, había que pintar, pero más tarde, más tarde. ¿No hay nada más interesante que proponer, monada? Un tedio negro, hondo, ancho empieza a invadirme por dentro, me sube por los pies, amenaza con durar mientras esto dure. Tres semanas.

Espabila, espabila.

¿No te empezaba a gustar un poco Jorge? Sigue por ahí, suéñalo, inténtalo. Piensa en él, cuando te tocó la espalda, sus dedos duros, encallecidos... ¡Si pudiera desenamorarme de Sébastien, carajo! Una obsesión imposible y no correspondida es la mejor forma de malgastar el resto de mi vida, que no creo que sea muy larga. Además, Pilar, qué te pasa, ya estás yendo contracorriente, para variar, ¿no sabes que los amores enfermizos e inalcanzables son propios del género masculino? Petrarca tuvo a su Laura, Dante su Beatriz, Antonio Machado su Leonor, ¿qué mujer ha habido que se haya ofuscado de tal manera por un hombre?

La vocecita frívola que todos llevamos dentro me susurra: «Carrie Bradshaw y su míster Big... *Sexo en Nueva York...*».

Pilarita, otra cosa no sabrás, pero quitarle con estos referentes altura y categoría a un texto lo bordas como Dios. ¡Hala y que te vayan dando!

Llegará un día (sí, también lo contaré) en el que Sébastien me dirá, con esa mirada cautivadora que me convirtió en su esclava:

—Aún no entiendo por qué me quieres tanto.

¡No lo sé, demonios, no lo sé!

¡La eternidad no son estas tres semanas, la eternidad es no tenerte! Los padres espirituales nos decían que cuando una gota de agua cayendo de hora en hora sobre una bola de acero del tamaño de la Tierra la haya desgastado completamente no habrá acabado la eternidad, más te digo, ¡ni siquiera habrá empezado! Ay, Dios, sí, qué razón tenían aquellos buenos curas. Mi hijo me mira con preocupación y me aconseja como el padre de su madre que es:

—Mamá, aprovecha este tiempo muerto y dedícate a tus cosas.

Me parece bien, pero ¿cuáles son mis cosas, si no puedo hacer nada? Vale, intento lanzarme de cabeza a mi rutina habitual, mejor dicho, intento inventarme una rutina que no conozco porque mi existencia se compone de una serie torrencial de acontecimientos inesperados sin planificación alguna que me golpean desde que me levanto hasta que me acuesto.

Le pregunto a Fender:

—¿Tú sabes lo que hacen las otras mujeres?

Clases de pilates, masajes para la espalda, Corte Inglés, depilación solo por si acaso, pintarse las uñas de los pies por lo mismo, meterse en un bar a tomarse un café y mirar mucho el móvil fingiendo que lees mensajes, comprar un abrebotellas que funcione. Ir a Zara Home. Entrar en mi ordenador no para trabajar, sino de forma lúdica, los amigos y también gente anónima me escriben mails en los que me felicitan o me insultan, adivinen ustedes quiénes envían cuáles. El único comunicante ajeno a mis avatares profesionales es mi amigo George Dubuffet, un periodista de *Le Nouvel Observateur* tan buen dibujante que además colabora por libre con los locos de la revista satírica *Charlie Hebdo.* Me parece mentira que un hombre elegante, que ha estudiado Ciencias Políticas en la Sorbona, se haya unido a ese equipo de geniales desharrapados que cada semana atacan sin piedad todos los poderes establecidos, la religión católica, el islam o Angela Merkel.

Conocí a George hace unos años, cuando vino a mi casa de Llafranc a entrevistarme sobre los padecimientos privados de la reina Sofía. Ahora me acaba de enviar un correo. No tiene ni idea de que he ganado un premio, es de París, pero habla perfectamente el español porque ha vivido en Latinoamérica como corresponsal, aunque yo me empeño en comunicarme con él en francés por lo que todos sabemos. «Tengo un amigo de Burdeos que quiere poner una ostrería en Madrid. ¿Tú crees que existe alguna mínima posibilidad de que le vayan bien las cosas?», me pregunta. Le digo que triunfará si garantiza que en cada ostra saldrá una perla, él me pregunta si la perla tiene que ser negra o blanca. Nos reímos educadamente por mail. George, en vez de poner ja ja ja, escribe ha ha ha, ahí está toda la diferencia entre una cultura y otra, para esto hicieron una revolución y tomaron la Bastilla.

A mi hijo lo veo tan poco que al final oso preguntarle:

—¿Va todo bien?

—¿Uh?

Me acojono:

—No, que a ver cómo va todo.

—Bien, hoy no iré a cenar.

Emparejar calcetines, pensar que los calcetines que se pierden se van con las tapas de los tupperwares y ahí están, pegándose una juerga tremenda (sí, me sirve para reírme un poco), hacerme una colonoscopia (¡planorro!), ver películas, series danesas, documentales, es decir, que cuando me llamó mi prima Carla para ir a cenar a su casa, sentí la misma ilusión que cuando de pequeña me llevaban al circo.

Pero no, lloraba siempre, me daban miedo los payasos y pena los animales amaestrados, y nuestra niñera me tenía que sacar en brazos y maldecía mientras yo pataleaba:

—*Esta rapaza do demo, sempre dando por cu.*

Ahora comprenderán por qué soy tan mal hablada, lo mamé desde la cuna, como quien dice, espero que lo entiendan y me disculpen. La niñera se llamaba Sara Forneiro Carril y era natural de Sobrado del Obispo (Orense), y tuvo una hija «de soltera» que se murió y que también se llamaba Pilarita.

Aunque se contaba en voz baja, yo no sabía qué quería decir eso de tener una hija «de soltera», pero intuía que debía de ser alguna anomalía, una tara, y comprendía oscuramente que ella tampoco era igual a las otras niñeras, como yo tampoco era igual a las otras niñas, y por esa razón apenas vislumbrada desarrollé hacia ella un amor desaforado. Mis tíos me invitaban a todos los cumpleaños y comuniones, porque era «que vengan las dos mayores» o «que vengan las dos pequeñas», y al ser tres hermanas y yo la mediana, siempre me tocaba. Las tatas debían depositarnos en la fiesta, ellas se iban a la cocina a departir con sus iguales, pero yo me agarraba al cuello de Sara y no la dejaba irse, porque pensaba, si no la quiero yo, quién la va a querer. Y después de los payasos, el hombre que hacía magia y los polichinelas, que yo, por cierto, nunca miraba porque siempre me refugiaba en la biblioteca, nos íbamos las dos juntas cogidas de la mano, y así año tras año, y a mí me parecía que ella disminuía de tamaño, pero era solo que yo cada vez estaba más alta.

Cuando cumplí los quince y empecé a bañarme y dejé de escribir versos, Sara me dijo con la voz impostada, con falsa dulzura:

—Ahora ya te voy a llamar señorita.

Pero al cabo de poco rato, enfadada porque había dejado la ropa tirada por el suelo, empezó a gritar por la galería de casa para que la oyeran todos los vecinos:

—¿Y no quiere que la llame señorita? ¡Señoritinga *da merda*! —E imitaba de forma grotesca mi voz—. Señoritinga..., señoritinga... *¡Da merda!*

Mamá terminó por despedirla, y Sara se volvió a su pueblo. Años después la fui a visitar. Pequeña, con los pelos negrísimos aún como cables eléctricos, con los calcetines caídos sobre las zapatillas, me cogió de la mano y me llevó a su habitación. Estaba llena de revistas desde el suelo hasta el techo. Señalándolas, me explicó:

—Mira, es la *Yola*, la compro todas las semanas para enterarme de si mi Pilarita se ha casado.

Menos mal que, al teléfono, la voz de Carla tenía una nota alegre y disipó en un momento los negros nubarrones que se cernían sobre mi cabeza:

—Vente a las nueve... Hemos invitado a un sobrino de Santi, ¡como te gustan tan jóvenes! Se acaba de separar y a ver si te olvidas de Sébastien.

Coño, ya me gustaría, ¡ni que fuera tan fácil!

Qué orgullosa dijo Carla «hemos invitado», esa primera persona del plural patrimonio únicamente de las personas casadas. Porque mi prima acababa de irse a vivir con Santi y estrenaba casa:

—Me ha dado manga ancha y la he decorado yo solita, ya verás, muy zen.

La casa era un dúplex de 500 metros cuadrados al lado de donde vivía la infanta, la decoración zen consistía en pintarlo todo de color gris, unas alfombras como trapos y unas lámparas con forma de consoladores. Como nota cálida, una rama seca de cerezo en un rincón y un enorme cuadro abstracto de nuestra prima Leo, de una época en la que le dio por pintar solo rayas. Me presentan a Miguel, el sobrino de Santi. Tiene bastantes años menos que yo, pero como lleva los hombros llenos de caspa, el jersey arrugado y con bolas y unos pantalones con unas rodilleras que le arrastran por el suelo, me digo que qué más da, una cosa ya va por la otra. Carla no nos deja fumar, y yo estoy tan nerviosa ante este posible ligue que me tomo de golpe dos vasos de vino (los vasos son de esos modernos, grandes como cubos de fregar el suelo). Miguel me dice:

—¡Hala! Viva Logroño. Te acabas de terminar toda la cosecha de Rioja del 98.

Cuando Carla le explica que soy periodista, comenta soñador:

—¡Qué interesante! Yo admiro mucho a los corresponsales de guerra.

Yo le digo que, bueno, que lo que he hecho casi siempre es crónica social, y él traduce:

—Ah, los cotilleos.

Carla sale en defensa de su prima arguyendo con algo de exageración:

—Acaba de ganar el Premio Planeta.

El otro no se inmuta:

—¿Todavía lo dan? Como comprenderás, no tengo tiempo de leer novelas. YO trabajo... Eso es para mujeres...

Trago saliva, pausa, y le pregunto a qué se dedica:

—Soy arquitecto, ya sabes, un arquitecto es un tío que no es lo suficientemente hombre como para ser ingeniero, ni lo suficientemente maricón para ser decorador.

Todos nos reímos tanto que casi nos caemos de las sillas Jacobsen en las que estamos sentados, lo que hubiera sido un alivio, porque son tan incómodas que seguro que mejor estaríamos en el duro suelo. Carla propone que salgamos a la terraza a mirar el panorama, el Tibidabo está iluminado todavía y se ve la gigantesca noria dando vueltas como un armatoste anacrónico y emocionante. Miguel comenta arrobado:

—Quién fuera pintor.

Cenamos sushi, y suelta:

—Donde esté un buen bistec, tío Santi, ¿te importa darme un tenedor y un cuchillo?

Yo ya no me acuerdo de cómo se coquetea ni lo que se espera que haga. Cuando tenía quince años se decía que tenías que parecer débil, inaccesible y femenina. Cruzo las piernas y no sé cómo parecer débil. Toso un poco. Carla me pregunta si me encuentro mal, que si tengo frío cierra la ventana, que a nuestras edades, ya se sabe, las corrientes son muy traidoras. Intento mirar a Miguel de manera dulce, y a Carla con odio. Tío Santi bosteza. Mañana tiene que coger un avión muy temprano. Va a Nigeria. Miguel se apresura a advertir:

—¡Cuidado! Que allí el panorama está muy negro.

Busco un tema de conversación. Ah, sí, algo que nunca falla. Empiezo a hablar de personajes de la tele. Miguel dice que no la ve, pero enseguida me pregunta por los últimos chismes. Cuando le explico esa anécdota en la que Belén Esteban..., pone cara de incredulidad y se ríe:

—Bueno, ya sé cómo sois los periodistas, todo os lo inventáis...

El resto del tiempo habla de la exmujer.

—Tú, Carla, ya sabes que es un bombón, es una hija de puta, pero está buenísima, ¿a que sí? No se le notan los cuarenta añazos que tiene.

Carla, para animarme, a espaldas de Miguel, con la cabeza me dice que no, pone cara de asco y la palma de la mano paralela al suelo, a una altura imposible a menos que la exmujer de Miguel sea un enano de jardín. Santi bosteza otra vez y coge a mi prima por el hombro en un repugnante gesto de felicidad doméstica que nos expulsa a Miguel y a mí de la casa, como dos proscritos.

Miguel me pregunta si quiero ir a tomar algo, se me cierran los ojos, cosa incomprensible, porque cuando estoy sola y aburrida en casa nunca tengo sueño, pero le digo que sí. Me lleva al Dry Martini.

Está lleno, muy animado. Nada más entrar saluda a un grupo de dos hombres y tres mujeres que están en la barra; tengo la sospecha de que ha quedado con ellos, porque no se ha sorprendido al verlos. No me presenta ni me dice que me acerque, pero veo que todos se giran para mirarme.

Eh, soy la finalista del Premio Planeta.

Sonrío. Las chicas son alegres y jóvenes, van muy maquilladas y con trajes cortos y escotados. Una lleva el pelo muy largo, y tampoco se le notan los cuarenta añazos, porque no los cumplirá hasta dentro de una década por lo menos.

Miguel y yo nos sentamos en unas sillitas como de jardín de infancia y me intereso por su trabajo, una pregunta del manual de *Cómo triunfar con los hombres,* que, según sabe todo el mundo, nunca falla. Y él me informa sobre la política municipal de Barcelona, que:

—Siempre se favorece a los mismos arquitectos, a siete.

Ninguno de los siete es él. La conversación languidece, y ahora me pregunta mientras dirige miradas de soslayo al alborotador grupo de la barra:

—Bueno, cuéntame cómo es tu trabajo de Reporter Tribulete que en todas partes se mete. Porque sigues en activo, ¿no?

Con voz estrangulada le explico que tengo una columna muy popular en el segundo diario más leído de España. Coge un pastelillo de hojaldre con indiferencia, no me presta atención:

—¿Por qué sois tan cotillas todos los periodistas? ¿Qué premio es ese que has ganado?

Trato de vengarme y de ser un poco mala:

—¿Tú has ganado alguno alguna vez?

¡Para qué lo dije!

Puso una sonrisa triste. Einstein, Messi y Cristóbal Colón no hubieran sonreído más tristemente si alguien les hubiera preguntado qué habían hecho en la vida. Con voz de santa condescendencia empezó a explicarme que había ganado un campeonato de atletismo en el colegio, y que si lo habían expulsado de los Salesianos era por ser demasiado inteligente y poner en evidencia a sus profesores, como me podía haber contado su tío Santi, al que no había que hacer mucho caso, porque era tan chismoso que en la familia lo llaman el Salsa Rosa. Y ya en la escuela de Arquitectura...

Corté:

—Vale, vale.

Se acabó la conversación como una bombilla que se funde, los dos dirigimos miradas erráticas por todo el local. Daría un brazo por encontrarme a algún amigo joven y guapo que viniera a saludarme, pero, para empezar, ¿tengo algún amigo joven y guapo?

Sí, pero...

Los de la barra se han callado y están a la expectativa, me pesan los párpados y al final me decido:

—Me voy, que mañana me tengo que levantar temprano para fumar crack y vender mi cuerpo por las calles.

No me escucha, de lo único que se da cuenta es de que por fin he decidido irme. Se pone en pie de golpe, como si se hubiera disparado un resorte en la butaca, y me pregunta:

—¿Te importa que no te lleve a tu casa? Me he encontrado ahí con estos amigos del estudio.

—No, claro que no, cojo un taxi.

Miguel paga y me acompaña a la calle. No sabemos qué decir. Para los dos minutos de vida en común que nos quedan, para qué molestarse en ser divertido.

—Qué simpática es tu prima.

—Sí, sí, tan llena de vida. Y tu tío Santi es estupendo.

Ella es mi prima. Él es su tío. Acabáramos.

—Estupendo, sí.

—Qué bonita les ha quedado la casa.

Cuando para un coche, me tiro dentro, y aún no he cerrado la portezuela cuando él ya ha desaparecido.

Me fumo mi porrito de todas las noches frente al televisor y los echadores de cartas y ahora daría los dos brazos y una pierna incluso para que cualquier ser humano subiera a hacerme compañía y poder reírnos los dos de lo que ha pasado esta noche. No, los dos brazos no, porque entonces ¿cómo nos cogeríamos de las manos el ser humano y yo? Claro que él podría agarrarme con la mano el pie superviviente, intento hacerlo, pero me caigo al suelo con gran estruendo.

Sébastien, qué mierda es el mundo sin ti. Qué asco todo.

Menos mal que la primera en llegar por la mañana es la chica que me ayuda en casa, Tea. Fuimos compañeras de televisión hasta que al final decidió convertirse en *assistant manager*, como se define ella misma con su mejor acento de Vilanova i la Geltrú. Entra abriendo ventanas, coge la colilla y la tira al váter, llena el cacharro de Fender de agua, y mientras va mascullando sin mirarme, a mí, que estoy tendida en el sofá despatarrada y roncando a pesar de estar despierta ya:

—Anda que... si te viera alguno de esos paparazzis, menuda facha llevas.

Deja de prestarme atención y se pone a cantar ese toro enamorado de la luna. Me arrastro hasta la ducha y trato de recuperar mi expresión normal. Oigo trastear a mi hijo en su habitación, el inequívoco ruido de una maleta con ruedas rayando el parquet, vale, es viejo, pero no hace falta castigarlo más:

—Ferri, ¿qué haces?

Se queda inmóvil en el pasillo, en una mano la maleta, en la otra Fender, también inmóvil, también pillado in fraganti, con una pata levantada. Como siempre que no quiere contestarme directamente, Ferri me ataca con otra pregunta:

—Mamá, ¿hace falta cantar ese toro enamorado de no sé quién mierda todas las mañanas a grito pelado, nosotros que somos antitaurinos?

Pero no me voy a dejar distraer; lo cojo por el pescuezo y le repito:

—¿Qué haces?

Se revuelve para desasirse y me mira. Su cara expresa asombro. Un asombro infinito:

—Pero ¿no te acuerdas de que te dije que me iba una semana fuera?

—Adónde.

Me contesta crípticamente:

—Con amigos.

Lo sabía. Mi hijo tiene novia. Se pone Hugo Boss a litros, alguien le ha regalado un jersey, me ha pedido que le compre Finasteride, esas carísimas pastillas para evitar la caída del pelo, y solo escucha canciones de Pablo Alborán. Advierte mi expresión furibunda y para aplacarme concede unas migajas de información:

—Me llevo a Fender para que disfrute del campo.

¿Qué? ¿El campo? ¿Eso por donde pasean los pollos vivos y hay caca de vaca? Y yo qué. ¿A mí que me parta un rayo?

—Iremos a montar a caballo.

Tengo celos de la posible novia de mi hijo. Dios mío, nunca te he pedido nada, haz que el caballo de la adorable niña se despeñe por un barranco y te juro que ya nunca me quejaré, rezaré todos los días y dejaré de fumar (tabaco). Vale, ya ha pasado aquella época en que lo único que teníamos en la vida mi hijo y yo éramos el uno al otro, pero aun así... Me despido de él abrazándolo como si se fuera a la guerra y mojo con mis lágrimas manchadas de rimmel el carísimo suéter de Hermés que creo le ha regalado esa intrusa en nuestras vidas.

Claro que él saca también sus armas y me suelta a la carrera, antes de que pueda contestarle:

—Y menos mal que se te ha ido eso que tenías en la cara.

¿Ah, sí?, sonrío complacida, me distraigo por un momento y entonces no le alcanza mi pescozón, esto es escaqueo y no lo que hace el mago David Copperfield (si digo el Gran Houdini, no lo conoce ni Dios).

Tea se va al fin también, «te dejo comida en la nevera». Ya he degustado en otras ocasiones sus guisos, garbanzos con chorizo picante, albóndigas gordas como pelotas de golf, y le contesto:

—Puaj.

Susceptible, me pregunta desde el descansillo mientras espera el ascensor:

—¿Qué dices?

Saco la cabeza por la puerta arrostrando el peligro de que me vean los vecinos de aquesta guisa, gorro de baño y albornoz, por debajo asoman unos pedúnculos amorfos llamados piernas.

—Ese toro enamorado de la luna.

Y ella, ajena también a la expectación que empieza a reinar en la escalera, se oyen abrirse algunas puertas, me contesta con su voz corriente:

—Que abandona por las noches la maná.

—Es pintao de amapola y aceituna.

Y la oigo berrear a grito pelado desde el ascensor:

—¡Y le puso Campanero el mayoral!

Cierro satisfecha la puerta. Y me quedo yo solita con mi misma soledad.

Mi primera vez sin Fender y sin Ferri será el primer día de muchos si mis sospechas resultan ser ciertas y el hijo biológico se ha echado novia. Sí, es lo normal, lo sé, y todo aquello tan hipócrita de que no pierdes un hijo, sino que ganas una hija también lo conozco, se lo dije a mis suegros y después solo los veíamos por navidad e iban que chutaban.

Gira, ¿cuándo empiezas? Pateo como un caballejo impaciente. Lista estoy para emprender la carrera. Me pongo de puntillas para avistar esa tierra exuberante, magnífica y prometedora que me está aguardando.

Hum. Llevo un rato sin pensar en Sébastien. Cojo el móvil, lo agito como si fuera un termómetro, no puedo llamarte. Ya no sé tu número. Ya no existe. Me ahogo. Pitos. El ventolín. Las pelusas del pelo de Fender por los rincones parecen ratas, creo que estoy loqueando.

La única fiera peligrosa que existe es mi pasión desatada. La agenda, ¿dónde está la agenda? En el móvil, paya, aquellos tiempos en los que la agenda era un librote gordo lleno de anotaciones han pasado a la historia.

Llamo a Lolo. Oigo su lastimero mensaje grabado «me he ido a Benidorm porque me han despedido», le dejo un mensaje, pero no estoy muy afectada. ¡Siempre ha sido un culo de mal asiento! Llamo a Mary Luz. Está en Madrid, a punto de entrar en plató. «¿Quieres algo? Te llamo luego». Ya sé que, cuando estás haciendo un programa, «luego» es igual a «nunca». Llamo a mis hermanas, a mis primas, no contestan, ellas felices, a lo suyo. Llamo a Pedro Palacios. Es el único que responde. Se pone contento, hablamos de lo que significa vivir solo. Él me dice que le llama la atención que el papel de váter no se cambie por sí mismo y que mientras estuvo casado creyó que la taza del desayuno se iba sola de la mesa al lavavajillas. También ha comprendido la inutilidad de los armarios pudiendo dejar la ropa encima de una silla, pero que el peor día para los que estamos sin pareja es el domingo, que únicamente se puede superar a base de suplementos dominicales. Yo le digo que quería mucho a mi marido, pero no he perdido la memoria:

—Pedro, cuando estaba casada, los domingos por la tarde también eran lo peor de todo.

Llegamos a la triste conclusión de que, a menos que estemos muertos o borrachos, los domingos por la tarde no tienen arreglo.

Le pido con voz temblona de pordiosera que a ver si podemos salir, duda, ¡es un amigo tan leal! Dice que me llamará a primera hora del sábado porque no sabe si estará libre. Sé que es por si le telefonea alguien más interesante que una antigua compañera de trabajo por muy finalista del Premio Planeta que sea la susodicha y por deprimida que esté, que él tampoco lo ha notado.

Tal circunstancia se debe producir, porque me llama excusándose.

Lo escucho prestándole el cero coma uno por ciento de atención, solo veo que no tengo con quién salir. El desaliento me envuelve. Mierda, que empiece la gira de una puta vez, quiero viajar yo y que viaje mi libro, que vaya volando hasta Montpellier. Le pondré unas pequeñas alas, quizás será mejor un paracaídas, oh, y todo esto sin estar fumada.

Venga, venga, Pilar, que ya falta poco.

El teléfono es 48 horas de silencio, pero el domingo por la noche, alguien me envía un mensaje, ¡un mensaje al móvil! Como al mismo tiempo el aparato vibra y repta por la barandilla de la terraza, me lanzo hacia él antes de que se caiga a la calle y leo: «Movistar le informa que tiene derecho a un parte diario gratuito sobre el estado del tiempo». ¡A quién coño le importa el estado del tiempo, por qué no me hablan del estado de mi vida hecha pedazos! Por ese amor. Tormentas provocadas por la añoranza de un hombre alto, viento del norte, peligro de soledad, el monstruo más temido.

Tu ausencia es lo único que tiene el don de lastimarme. Llamo para oír una voz humana, y es una cinta que me repite incansablemente:

—Se esperan lluvias en el tercio septentrional de la península, se esperan lluvias en el tercio septentrional de la península.

La voz es masculina. Me acuesto abrazada al juguete de goma de Fender, me pongo el teléfono en la almohada y me quedo dormida sonriendo a su arrullo. Son unas palabras tan varoniles y románticas. Lluvias, septentrión, península...

Pero, como me pasa siempre, lo imprevisto acecha para trastornarlo todo. Cuando llaman a la puerta al día siguiente creo primero que es el puto juguete que se ha disparado solo.

Ah, no, es el timbre. Me arrastro hasta la puerta, hoy no ha venido Tea, un repartidor de la editorial me trae un paquete. Antes de abrirlo, ya sé lo que es.

¿Por qué puñetas no puedo sentir el mismo deslumbramiento por este libro que el que sentí por el primero que publiqué? Los sentimientos, por importantes que sean, siempre pierden un poco de brillo en la repetición, como ese oro que no es oro y que con el uso deja ver el humilde latón. Recuerdo aquel día de hace treinta y dos años como si fuera ayer. Cuando me enviaron el paquete, no me atreví a abrirlo, y después no me atreví a mirar el libro, lo solté como si me quemase. Estaba anonadada y embriagada de mí misma. Salí de la habitación muerta de vergüenza, volví a entrar, lo miré de reojo. Después me abracé a él, estaba sola en casa con el perro que tenía entonces, Bakunín, se lo di a oler y le dije:

—Mi libro, lo he escrito yo.

Hace treinta y dos años de aquella primera vez. Ahora quito también el envoltorio con idéntico gesto. Son, en efecto, dos ejemplares de *Mi color favorito es verte.* En la portada, una pareja madura en la playa. Levanto el libro en dirección hacia donde creo que está Francia. ¡Momento! Ayer vi que en el móvil hay una brújula. La busco, tiene una flechita oscilante que señala el norte. Con el iPhone en una mano y el libro en la otra, grito:

—Es tuyo, Sébastien, lo he escrito para ti. Es una bella historia.

¿Cuánto tardará en leerlo?

Qué ataque de impaciencia me golpea de pronto, una inspiración se me clava dentro como un picahielos. Rápido, rápido, no te arrepientas. Si no sabe que existe, ¿cómo va a leerlo? Cojo uno de los libros, trazo una rápida dedicatoria en la primera página, adjunto un tarjetón dirigido a mi amigo el periodista de *Le Nouvel Observateur*. «George, quizás te hará gracia leer este libro que ha conseguido el primer premio en el concurso literario más importante de las letras castellanas» (ya ven que miento un poco). «Te lo envío porque tiene la particularidad de que es una historia real, que se desarrolla en la casa que tú ya conoces y el protagonista es un francés que está vivito y coleando». Pienso que esto de vivito y coleando escapará quizás a los conocimientos de español de mi amigo y dará lugar a ordinarios malentendidos. Rompo el tarjetón y rectifico: «¡Sébastien existe, es una persona de carne y hueso! Te envío un abrazo».

Que hable del libro en su revista. Que se entere Sébastien.

Reciclo uno de los sobres en los que suelen enviarme algunas de las múltiples inspecciones de Hacienda que me están practicando, meto dentro libro y carta y me voy a correos: sin parpadear siquiera, con los dedos cruzados y besando a escondidas la cruz que llevo en el cuello, lo entrego al cartero con la dirección garrapateada con nerviosismo. Veo cómo echan el paquete con indiferencia en una cesta en la que pone: Extranjero.

No sabía, o quizás sí, el terremoto que iba a desencadenar este simple gesto.

4

—Caray, tu hijo está cañón.

Cómo cañón. Bombardero, portaaviones y toda la flota naval norteamericana, incluso alguna estación espacial, y ni tú, Lolo Santillán, ni nadie es digno de tocarle la orla de su vestido, eso es lo que pienso de mi pequeño del alma que nos despedía en la terminal del aeropuerto de El Prat moviendo la mano a un lado y a otro con la muñeca fija, como los reyes, mientras Fender miraba a su alrededor con aire aburrido, meneando a su vez algo indeciso su corta cola sin saber muy bien a santo de qué.

Pero no podía expresar mis sentimientos en voz alta, ¡no hay nada que encuentre de peor gusto que las madres que alaban sin medida a sus vástagos! Y tuve que bajar los ojos con modestia y responderle a Lolo:

—¡Es un niño normal! ¡Buen chico, eso sí!

—¿No hay ninguna posibilidad, aunque remota, de que sea uno de los nuestros?

—¿Periodista, dices? Hombre, no, lo disuadí yo misma desde bien pequeño, lo suyo es la economía...

—Mira que eres gilipollas, Eyre, digo maricón como yo.

—¡Pero si tiene novia! —replico un poco más airada de lo que sería políticamente correcto.

Con una sonrisa falsa, Lolo me clava el índice en el pecho y me dice:

—Te molestaría, eh, tener un hijo... gay. Confiésalo.

Me miro a mí misma por dentro. Me vuelvo del revés, me ausculto y contesto sinceramente (creo):

—Pues no.

—Si ahora me dices eso de que tienes muchos amigos homosexuales, te rompo las piernas con la maleta y grito tu verdadera edad...

—Tengo muchos amigos...

—Sesenta y...

Le tapo la boca con la mano, intenta desasirse, empezamos a pelearnos maleta contra maleta hasta que viene un guardia civil y nos pregunta:

—Eh, qué pasa aquí. Circulen.

Qué de recuerdos.

Lolo y yo estamos en el aeropuerto de Barcelona rumbo a Madrid, primera estación de nuestro vía crucis o el primer tramo de nuestra ascensión a los cielos. Al final he conseguido empotrar a mi amigo en la expedición que nos iba a llevar a Jorge Zepeda y a mí a los cuatro puntos cardinales del país con nuestros libros bajo el brazo. García Lorca también viajaba con sus poemas por todos los pueblos de España, y cuando le preguntaban «¿lo haces para venderlos?», él contestaba:

—No, ¡para defenderlos!

La presencia de Lolo es fruto de una carambola increíble del destino. Tan solo ayer me había llamado Isa, la jefa de nuestro pequeño equipo expedicionario:

—Pilar, me he quedado muerta.

—¿Zepeda ha renunciado al trono por el amor de una mujer?

—¡Ojalá hubiera sido solo eso! Ha ocurrido lo nunca visto, el que tenía que ser tu asistente se ha puesto enfermo y su sustituto está de vacaciones y no podemos localizarlo, ¡en sesenta y tres años, es la primera vez que ocurre!

—¿Y me tenía que pasar a mí?

Con lo acomplejada que estoy, únicamente me faltaba este puto desastre. Isa me propone, conciliadora:

—Va, no te pongas así... Te voy a dar una alegría, aun vas a salir beneficiada.

Levanto, escéptica, una ceja imaginaria; con el botox es bastante difícil moverla en plan real. Escucho:

—¿Tienes algún periodista de confianza para que venga a la gira? En plan *road manager*, ya sabes, como las grandes estrellas de rock de Estados Unidos. Tina Turner y esa gente...

Menudo ejemplo, Isa, podrías haberte esforzado un poco más y compararme con Shakira, verbigracia, que yo no sé si Tina Turner cría malvas ya en aquel cementerio donde están Marilyn Monroe y Rodolfo Valentino o continúa perteneciendo al mundo de los vivos, espero que sí y que no tenga en cuenta esta laguna en mis conocimientos si algún día lee este libro, por qué no, déjame soñar despierta. Aunque sé que en el fondo Isa, que es una buena persona, solo trata de dorarme la píldora para que no piense que en realidad toda la batería importante de la editorial, incluido Mario, se va a dedicar al ganador.

Así pues, pensé enseguida en Lolo. Mentí como una bellaca:

—Hombre, sí, se lo puedo comentar a Lolo Santillán, ya sabes... A ver si consigo que deje *Vanity Fair, Telva, El Mundo, El País, La Razón* y *Abc.*

Isa sabe perfectamente que está en el paro, pero finge también:

—A ver si lo logramos. Habla tú con él y luego ya lo llamo yo para el tema del dinero.

—Ojalá acepte. Lolo sería la persona ideal, está especializado en estos temas y es el hombre más diplomático y mejor relaciones públicas de España.

—Eso es igual, todo está ya organizado, él solo tiene que hacerte de acompañante.

Lolo es muy culto, eso sí, pero también es cotilla y liante, y lo más probable es que en la gira terminemos todos despedazándonos los unos a los otros por sus maniobras arteras, pero es un amigo leal, divertido y muy cálido. Cuando murió mi marido, nos alojó a mi hijo y a mí gratis total en uno de los hoteles que tienen sus padres durante un mes, yo me rompí un dedo del pie en la piscina y cada día me enviaba un robusto lugareño a que me trasportara en brazos, mientras Ferri jugaba con los niños del pueblo, que le enseñaron instructivas actividades: apedrear trenes y ponerse al lado de la carretera con un espejo para deslumbrar a los coches y que se despeñasen.

Lolo venía por las noches a mi cuarto, se metía en la cama, apagaba la luz y me narraba argumentos de películas hasta que me dormía. «Empieza que Vivien Leigh va a Nueva Orleans a ver a su hermana, que está casada con Marlon Brando, que lleva así unas mangas apretadas que le marcan bíceps... Marlon y Vivien se odian y se desean a la vez...».

Porque yo le había contado que mis hermanas y yo, cuando éramos pequeñas, escuchábamos la radio por las noches, unos seriales interminables con voces que ya no existen, ellos profundas y campanudas y ellas trémulas y chillonas, porque las voces, como la ropa, también pasan de moda. Mis padres salían siempre, al cine, a bailar a Rigat, al Liceo, y solo quedaba de ellos un rastro de perfume. Papá, antes de irse, daba exactas instrucciones:

—Las niñas, que apaguen la luz a las once, y cuidado con el gas.

En la España de entonces el gas era nuestro Auschwitz doméstico, mataba familias enteras. Yo leía con una vela dentro de la cama, y cómo lo hice para que no ardiera la casa entera, aún hoy no puedo entenderlo. Perdonadme, hermanas, he puesto vuestra vida en peligro miles de noches.

A pesar de encontrarse sin trabajo, Lolo se ha resistido cuando le he propuesto ser mi asistente:

—Ay, no sé, ¿no será un rollo eso? Con lo bien que estoy en Benidorm, en este hotel de mala muerte... A ver, dame un argumento.

—No tienes un duro.

Se queja:

—Podrías esforzarte un poco más y decir que es por el bien de nuestra cultura y que España me necesita.

No le voy a regalar el oído:

—En realidad, es que no encuentro a nadie que pueda aceptar este puesto de mierda con tan poco tiempo.

Jamás en la vida le contaré a Isa la confesión con la que cerramos Lolo y yo las cortas negociaciones para su contratación:

—*Amore*, ya sabes que yo, contigo, iría gratis al fin del mundo.

Colgué y me puse a llorar como una magdalena.

A Lolo lo acaba de dejar su último amante, un joven marroquí llamado Hassan que se ha llevado su corazón y todos sus ahorros, pero yo sé que si viene es por mí, porque sabe que lo necesito. Es de Zamora, sus padres tienen hoteles rurales y campings y todos los meses le envían algo de dinero.

A veces Lolo se enfurruña porque dice que es el único gay del mundo que ha tenido una infancia feliz y que no puede intercambiar con sus amigos experiencias traumáticas:

—Mis padres supieron que era maricón antes que yo.

Aunque es un cuarentón por naturaleza bajito y gordo, Lolo ha conseguido, a base de regímenes draconianos, masajes y cuidados estéticos, devenir en hombre esbelto de aspecto casi adolescente, gracias también a su forma de vestirse: chaquetas dos tallas más pequeñas de lo que le corresponde, zapatillas deportivas color flúor, enormes y coloridos foulards y gafitas redondas tipo John Lennon.

Una de sus misiones era llevarme las maletas, pero no sé por qué razón yo cargaba con las de él y con la mía. La mía, pequeña, en la que había comprimido conjuntos de vestir para las presentaciones, y de sport para las entrevistas, y las suyas, dos, porque:

—Ay, chica, soy tu cara b y tengo que ir vestido de puta madre.

Cuando conseguí poner las tres maletas en los compartimentos superiores del avión, «yo no puedo, tengo lumbago», una vez abrochados los cinturones y mientras una voz anónima se desgañitaba por el altavoz en uno de esos parlamentos que jamás, nunca, ha escuchado nadie, me preguntó:

—Bueno, rica, desembucha, ¿de Sébastien no sabemos nada?

Negué tristemente con la cabeza. No había vuelto a saber nada de él desde que estuve en la puerta de su casa de Montpellier. Eran las siete de la mañana, el cielo oscuro palidecía, oh tierno y luminoso amanecer. Nos besamos. Está contado en mi libro. Una de mis editoras me dijo luego «has hecho mal en poner ese beso, esa debilidad te disminuye a los ojos de tus lectores...», lo sé, eso me disminuye para todo, pero yo, que sería capaz de hacer lo más abyecto por Sébastien, ¿no voy a estar orgullosa de ese beso? ¡Que lo inmortalicen en mármol y que lo pongan en la estación de Atocha en lugar de esos cabezones de Antonio López que dan tanto miedo! Sus labios quemaban mi boca y tuve la impresión de incendiarme por dentro.

—Se ha dado de baja en el teléfono.

No quise contarle a Lolo que le había enviado el libro a George Dubuffet con la remota esperanza de que...

—Y Jorge Zepeda, ¿qué pasa con él? ¿No podríamos hacer un pequeño esfuerzo para que nos gustara?

Volví a negar:

—Es mayor.

Mi amigo precisó innecesariamente:

—Creo que tiene un año menos que tú.

Hice un gesto con la mano:

—Ves, lo que yo te diga... Además tiene novia, eso me frena mucho.

Lolo me miró de forma sardónica, y es que recordaba mis lamentables intentos de ligar a través de internet con hombres que al final siempre resultaban estar casados, y ya se le movían incontroladamente los hombros de risa e iba a comentar algo sobre esos miserables sujetos cuando advirtió mi severa expresión y se limitó a preguntarme tapándose la boca con el foulard:

—Y esa novia de Jorge, ¿viene a la gira?

Me quedé pensando en que no lo había preguntado. ¿Vendría Alma Delia? ¿Tendría que soportar su insultante juventud y belleza todas las mañanas al levantarnos y presenciar los besos apasionados que le propinaba a Jorge, mientras yo no tenía otra cosa que abrazar que una farola, y eso calculando que me emborrachara hasta ese punto?

Iba sentada al lado de la ventanilla del avión, me sumergía en el espacio enorme color azul prusia, temblaba, me removía desazonada en el asiento, me sentía toda yo impregnada por unas ansias inexplicables de nomadismo y aventura. No estar, vivir siempre en tránsito liberada de las obligaciones cotidianas, no poner lavadoras ni pasar la ITV del coche, regresar a Sébastien, no desde mi cama o mis lugares habituales, sino haciendo un alto en el viaje, eh, señor piloto, un viraje a la derecha, hacia el norte. O mejor, desprenderme del avión y volar yo hacia él, inmaterial e ingrávida atravesando nubes algodonosas en un sueño construido con mis deseos infantiles, mover mis piececillos como quien bate unas alas, con la leve gasa de mi vestido pegándoseme al cuerpo, el viento apartándome el pelo de la frente, la nariz por delante, los párpados prietos.

Lolo me estaba mirando fijamente, debió de advertir que me cambiaba la expresión, porque me cogió la mano y me preguntó:

—¿Qué te pasa? ¿Es por Sébastien?

La tristeza de amar a alguien a quien no puedes tener.

No podía hablar, me entró una cólera repentina, señalé los papeles que llevaba en mi regazo, la carpeta con el itinerario del tour, pero era un ademán que abarcaba el mundo entero:

—Me parece tan injusto todo... ¡Me merezco a Sébastien! ¡No puedo imaginarme mi vida sin él!

Me empezaron a caer unas lágrimas furiosas, entre sollozos entrecortados le conté que había enviado un libro a George, había conseguido guardar el secreto media hora, todo un récord.

Me apretó el brazo:

—Va, que nos lo pasaremos de cine. Disfruta de este momento, burra, tantos querrían estar en tu lugar.

Lo sé, pero el mundo (y el amor) me han convertido en una imbécil descontenta y amargada, no puedo parar de llorar:

—Todas las atenciones serán para Jorge... Yo soy el asteroide enano, el patito feo de la gira...

Se inclinó sobre mi oído:

—El patito feo se convierte en cisne, recuérdalo.

—Es un concepto megagay esto del cisne.

—Capulla.

—Idiota.

Reí entre lágrimas, y algo, una brizna, un brotecillo verde parecido a la esperanza empezó a anidar en mi corazón. Quizás volvería a ver a Sébastien, quizás vendría a mí para dejarme exhausta bajo su peso y sus caricias violentas. ¡Sí! ¡Sí, Pilar! Todo se había puesto en marcha, el complicado engranaje que lo iba a traer hacia ti, están moviéndose las ruedecillas, espera un poco, alma mía.

Lolo abrió mi libro, empezó a leer, de pronto olvidé mis penas y me puse a espiarlo por el rabillo del ojo; hombre, ahí tendría que haber soltado una carcajada, cuando cuento esa anécdota... ¡Y cuánto tarda en pasar la página! ¿Tendrá que releer el texto varias veces para entenderlo? ¿Escribiré oscuro como James Joyce y yo sin enterarme y creyéndome una escritora del montón? ¿Soy tal vez de minorías, como Belén Gopegui?

Se le está resbalando el libro de las manos, qué pasa... Lo miro y veo que se ha quedado dormido y habla en sueños, me acerco y le oigo gemir:

—Kim Kardashian.

¿Cómo? ¿Mi intelectual amigo soñando con lady culo? Trato de escucharlo más atentamente y ahora oigo sus murmullos con claridad:

—Kavafis, Kavafis.

Qué susto, me había equivocado, menos mal. Lo despierto con un pellizco y se frota los ojos como un niño pequeño:

—Oye, ay, qué daño.

—¿Me estás comparando con Kavafis? ¿Tan bueno es mi libro?

Se le pone una sonrisa al bies, se recuesta en el asiento:

—No te va nada el sarcasmo... Es que así, Kavafis, era como llamaba a Hassan, era nuestro poeta favorito...

Recita con ademán teatral:

Apenas me recuerdo ya de los ojos: eran creo azules...

Yo concluyo:

... Ah, sí, azules: un azul de zafiro.

Lolo mira soñadoramente hacia un punto indeterminado:

—Nos queríamos ir a vivir a Ítaca.

—Ítaca no existe, majo.

—Será para ti, que como eres tan materialista y además viajas tan poco... —Se pone derecho y se sulfura—. Oye, encima de que me estoy deslomando para tratar de entender tu historia con Sébastien, podrías tener la delicadeza de no cuestionar todas mis vivencias.

Trato de aplacarlo:

—Perdóname, te prometo que una noche alquilaremos una película de Jean-Claude Van Damme y la veremos en la habitación. Los dos juntitos. —No le impresiona, aumento la oferta, le pellizco el brazo—. Venga, tonto, y tomaremos un helado Ben&Jerry's... El sabor Chunky Monkey que te gusta tanto...

Se pone las gafas oscuras y me castiga con el desdén poderoso de su silencio hasta que llegamos. En Madrid nos espera el resto de la expedición, la siempre sonriente y maternal Isa Santos y Mario, con una ligera chaqueta gris a pesar del frío y ese aire de despego y desenvoltura que suelen tener los ricos por su casa. Viéndolo de lejos, Lolo me dice por un lado de la boca:

—Ese entiende.

—Qué va a entender..., y qué pesado, deja ya de estar todo el día pensando en lo mismo.

Se vuelve hacia mí abriendo exageradamente los ojos:

—¿Perdona? ¿La que ha quedado finalista del Premio Planeta hablando de un episodio íntimo de su vida?, ¡diez páginas para describir un acto sexual!

Yo, complacida:

—O sea, que algo has leído, ¿te ha gustado?

Y así, yo acarreando los tres maletones y Lolo dándose aire con una revista como si estuviera atacado de los nervios, nos encontramos frente a frente con mis compañeros. Intenté establecer contacto visual con Mario, pero me rehuyó, aunque cuando pregunté por Jorge me contestó con presteza:

—Ahora viene, ha ido al lavabo.

Comprendí que se debía a Jorge para bien y para mal. Seguí preguntando:

—Y su..., este..., novia...

Isa me miró con extrañeza:

—¿Quién? Ah, no, viene solo.

Lolo inquirió:

—¿Va a viajar solo?

Pero Jorge ya venía con su sonrisa de dos mil vatios puesta. Yo también le sonreí. Le iba a dar dos besos, pero él me abrazó con ternura y después se separó de mí y les dijo a los demás señalándome:

—Qué bella se ha puesto mi huatacha.

Su risa contagiosa iluminó el escenario y todos nos pusimos más derechos, resplandecíamos como si estuviéramos recubiertos con escamas plateadas como sirenas, la gente que pasaba admiraba a ese grupo sofisticado y eufórico, ¡la envidia de los demás nos embellecía! Lolo con su Faliero Sarti al cuello que parecía un trapo arrugado y costaba quinientos euros, Isa moviendo su larga y brillante melena de un lado a otro, Mario solo estando, con las manos displicentes en los bolsillos, las piernas algo separadas, Jorge mirándome satisfecho y sonriente, yo percibiendo una sensación apenas recordada: que la soledad siempre acechante se iba cariacontecida y derrotada a hincar sus garras en otros hombros.

¿Tan hambrienta estoy de cariño que una mirada lo tumba todo por los suelos?

Lolo me da un codazo y me susurra:

—¡Beibi! ¡Te prometo que antes de que termine esta gira sabrás de Sébastien! ¿No ves que las meigas están de nuestro lado?

Porque la gira empezaba en Galicia. En Vigo, con el cielo cubierto de nubes plomizas que se deshacían gota a gota sobre las calles. Marisa Real, la organizadora de la conferencia, nos lo dijo nada más llegar:

—Hasta ayer hacía sol.

La miré con escepticismo; además de que soy medio gallega y he pasado largas temporadas en esta tierra, vengo todos los años a este mismo foro en estas mismas fechas y Marisa siempre me hace el mismo comentario. Jorge no lo sabía, claro está, y se arrebujó en su abrigo:

—Qué pena.

Aunque se trataba de un establecimiento de lujo, mi largo conocimiento de los hoteles españoles me llevó a preguntar en recepción:

—¿El cuarto está caliente?

Me miraron con ofendida dignidad:

—Por supuesto.

Hacía un frío de cojones, intenté manipular la pequeña rueda adosada a la pared con sus misteriosos signos, *on*, *of*, l, s, h, apreté botones, me subí a una silla con la mano en alto para ver cómo salía el aire, si frío o caliente, rueda, silla, mano, al fin me di por vencida y llamé al servicio de habitaciones. Me enviaron a un hombretón con un atractivo mono azul y sus herramientas al hombro, que dictaminó sin mirar:

—La calefacción está estropeada, tendrá que cambiar de habitación.

Recogí a la vista del señor los humildes bártulos que ya había distribuido por cuarto de baño, armarios y cajones, las diminutas muestras de cremas que me regalan en las perfumerías, la ropa interior cómoda y vieja para resistir varias horas, gruesos calcetines para dormir, uno agujereado, un pijama feo pero caliente, tuve que buscar los cargadores de los dos iPads y del móvil que había enchufado en lugares inaccesibles y misteriosos, y abrazada a la maleta que no se podía cerrar, arrastrando bufandas, cables y unas medias algo sucias, me trasladaron a otro cuarto, pequeño y oscuro, con vagas excusas de que era el último que tenían, aunque a mí me parecía que el hotel estaba totalmente vacío.

Olía a cañerías y a subterráneo. Despedí al amable operario con una propina digna de una emperatriz, porque no tenía cambio, y me dispuse a ducharme, aunque Isa y Lolo no hacían más que llamarme al móvil y enviarme mensajes para que bajara.

Ducharse, como si fuera tan fácil. Me desnudé. Miré la ducha con perplejidad. Original, moderna. ¿Cómo diablos se encendía? Gemí, pero no me atrevía a llamar de nuevo a recepción, a ver si van a pensar que lo que quiero en realidad es abusar del operario, sobre todo si lo recibo desnuda. No lo descarto, pero ¿cuánto me iba a costar la broma? ¡No olvidemos que al fin y al cabo soy catalana! Me tendí en el fondo de la bañera con las piernas hacia arriba apoyadas en la pared a ambos lados del grifo bajo por el que manaba un débil chorro de agua fría. En el techo había una telaraña; cuántos techos he contemplado, aburrida, en mi vida. Por asociación de ideas me sale sin pensar un espontáneo:

—Oh, ah ah aaaah... Así, así...

Pero no procede ahora. Pilar, piensa en otra cosa.

Cuando bajé al vestíbulo, Isa me condujo enseguida a la cafetería, ni rastro de Jorge. Fue Lolo el que me aclaró el misterio mientras me ponía bien la blusa blanca que con tanto trajín me salía por fuera del pantalón:

—Lo están entrevistando para *Página 2* de Televisión Española... Hija, menudas pintas, ¿no te podías haber puesto algo más estiloso? Esta cosa que llevas parece una tienda de campaña.

—Pues es de Donna Karan, oye, pero ¿a mí no me van a entrevistar o qué?

—No, solo lo quieren a él, a ver, ponte esto. —Me tiende su foulard, le da dos vueltas alrededor de mi cuello—. Claro que a cambio a ti te van a entrevistar en una página de internet que se llama *El té de las cinco* y lleva el sugerente subtítulo de, espera...

Saca el móvil del bolsillo, busca la web y lee con voz aflautada, «el espacio virtual de nuestra amiga Ester, la mujer de voz y alma aterciopelada».

Vale, *Página 2*, un millón de espectadores de audiencia, *El té de las cinco*, ciento cincuenta seguidoras, sonrío melancólicamente y solo digo:

—Patito feo.

Lolo repite algo superfluamente a mi entender:

—Patito feo y asteroide enano.

La propia Ester, una chica de unos treinta años, muy fornida, con el pelo muy corto, pero una larga mecha teñida de azul y un inexplicable collar de perlas, me cuenta que ha leído el libro en una noche. Y que ha comprado ella misma varios ejemplares para regalárselos a sus seguidoras:

—No se pueden perder una historia tan emocionante y tan real..., he sentido lo mismo que usted..., ¡me parece imposible estar ahora aquí!, ¡con la persona a la que le ha pasado todo esto!

La observo con atención, adivino que se ha puesto sus mejores galas para conocerme, está incómoda con los tacones y la falda apretada, la noto nerviosa y se frota las manos enrojecidas, trata de esconderlas. Se da cuenta de que se las miro y me dice con sencillez:

—Trabajo en una conservera de atún, este blog es un hobby. —Prosigue bajando los ojos—: He tenido que pedir permiso en la fábrica.

Carraspeo, se me pone un nudo en la garganta. Me quito el foulard y la chaqueta. Una lectora entusiasta y sus ciento cincuenta seguidores merecen un respeto. Hablo con Ester tanto rato que Isa viene a buscarme tres veces. La muchacha se pone en pie agarrada a su bolso, tímidamente me pide hacerse una foto conmigo para colgarla en el blog, la cojo del brazo y siento que tiembla. Le pregunto:

—¿Quieres ver a Sébastien?

Abre los ojos, su nuez sube y baja, susurra:

—Nunca me hubiera atrevido a pedírselo.

No sabe que yo necesito verlo también, necesito mi dosis diaria de Sébastien. Mi amor por él crece sin cesar dentro de mí y acabará desbordándose como un río caudaloso.

Saco el iPhone, busco las fotos, le enseño esa en la que mira a la cámara, lacónico y apremiante, parece decirme, ven. Mantiene un cigarrillo entre los dedos. Sus labios enigmáticos, sus ojos voraces. La salvaje dulzura de sus manos. Me olvido de dónde estoy, aprieto el puño contra mis dientes. Ester me da un beso rápido y noto su mejilla húmeda contra la mía.

—¡Pilar!

Me sobresalto. Jorge viene sonriente de su entrevista de cinco estrellas, me parece que ha crecido un par de centímetros, y me cuenta con inconsciente crueldad:

—Me ha dicho el periodista que lo mío durará media hora. Por cierto, Isa, linda suite, he tenido que apagar la calefacción de lo fuerte que estaba.

Nos metemos todos en el taxi apretujados, porque si Mario va, Lolo dice que él también, Isa se sienta delante, los tres hombres y yo detrás. El taxista rezonga:

—Que uno se siente encima del otro, a ver si se abre una puerta o nos va a parar la policía.

Rápidamente Lolo se sienta encima de Mario y se coge a su cuello, ríe:

—Mira, como Monchito.

Mario intercambia una mirada conmigo y me conmina solo con el poder de su mente, «no te rías», no me río. Jorge va pensativo mirando las calles grises mojadas por la lluvia y el cielo que se desgarra por poniente, mueve los labios como si rezase. De los abrigos se desprende un vago tufillo mohoso, el chofer abre unos centímetros la ventanilla y entra un violento olor a salitre y a yodo.

Llegamos diez minutos antes de la hora a Onda Cero, la entrevista nos la van a hacer desde Madrid, entramos los dos en el estudio, nos ponemos los cascos. Jorge me dice:

—He pensado que empezaré diciendo algo así como, buenos días, Virgo, esta bonita ciudad, ¿qué te parece?

¿Virgo? ¿Virgo dice? He aquí mi desquite servido en bandeja, Dios, gracias, ahora sé que existes.

—Jorge, podrías decir... ¿viva Virgo? Con contundencia.

Ensaya varias veces, viva Virgo, viva Virgo, ah, mía es la venganza, el manjar más sabroso, pongo piedras a su paso, el día de su aflicción ha llegado. ¡Regocijaos, naciones, traigo la venganza sobre mis adversarios! ¡Resplandece!

Lo miro. Es la más dulce oveja del rebaño yendo inocentemente al matadero. Dirá viva Virgo y ya nadie se lo tomará en serio. Será pasto de zappings, saldrá en todas partes haciendo el ridículo. ¿Cómo se le puede dar el premio más prestigioso de las letras hispanas a un mentecato que no sabe decir Vigo? ¡Que no conoce esta hermosa ciudad, del latín *vicus*, aldea (romana), en contraposición al *castrum* prerromano indígena! ¡Que no sabe que es el municipio más poblado de Galicia y el decimocuarto de España, con 294. 997 habitantes empadronados en el año 2014, de los cuales 202. 508 lo están en la ciudad de Vigo, situada en el extremo norte del municipio; los restantes 93. 971 habitantes se distribuyen en 16 parroquias periurbanas y las parroquias rurales! (Vale, yo tampoco lo sabía, lo acabo de mirar en la Wikipedia). ¡Ya puede hablar interminablemente de la condición humana y la trata de blancas, que solo se recordará su viva Virgo!

¡Regocijaos!

Ya nos dan paso desde Madrid, el técnico desde la pecera alza la mano, cuando la deje caer empezaremos a hablar, Jorge está impaciente, me guiña el ojo, abre la boca y...

Me inclino hacia él y le digo apresuradamente:

—No es Virgo, ¡es Vigo! ¡Vigo! ¿Entiendes?

Dios, por qué cojones me has hecho tan bondadosa.

En la conferencia de la tarde, Jorge, con una elegante americana de tweed con coderas de ante, y yo, con la misma chaqueta negra con la que había recibido el premio la noche de autos, hemos hablado de nuestros libros. Él diserta primero (yo voy calculando que para cubrir los adelantos que representan el premio él tiene que vender... cien, doscientos, voy contando moviendo los dedos debajo de la mesa, un millón, cien millones, y yo, a ver...). Ah, aplausos, parece que ya está.

Me toca a mí.

Sébastien. Un hombre alto, que se parece extraordinariamente a mi marido muerto siete años antes, tres días de pasión juntos, él se va a Siria... Al llegar a ese momento en que mi hijo me soltó, después de que yo le hubiera hablado de Sébastien por primera vez, «pero, mamá, ¿todo esto es verdad o te lo has inventado?», una voz surgió de algún lugar de la sala. La moderadora iba a hacerla callar, el público empezó a chistarle, pero yo hice un gesto apaciguándolos y le di paso. Una chica joven se puso en pie:

—Yo le pregunto lo mismo, Pilar Eyre, ¿todo esto es verdad o es una inmensa superchería para despertar morbo y vender más?

El dulce acento gallego no restó ni un ápice a la dureza

de la pregunta. La sala calló, expectante. Moví la cabeza con incredulidad, ¿cómo me podían acusar de eso? ¿No estaba claro que era mi vida? ¿No respiraba sinceridad cada palabra, cada momento que retrataba en el libro? ¿No se notaba que estaba escrito con las vísceras? Las palabras se me atropellaban en la boca, y solo pude negar con la cabeza y comentar con amargura:

—¿Inventado? Ojalá..., no hubiera sufrido tanto.

Se oyó un suspiro colectivo y alguien, creo que la bloguera que me había entrevistado por la mañana y que estaba sentada atrás de todo, hizo un amago de aplauso, pero la muchacha no se arredró, menudas son estas gallegas, a valientes no les gana nadie. Se le pusieron dos manchas color ladrillo en las mejillas, se cruzó de brazos y masculló:

—*Carallo,* ha sido solo una pregunta... —Y, ya vencida, admitió como sin querer, con un punto de humor—: Estoy con el libro y me está absorbiendo tanto que hasta leo en horas de trabajo..., si me juego mi puesto quiero al menos que me garanticen que el material es de verdad.

Sonreí:

—Oro puro.

La chica rio, rieron todos y mi parlamento continuó hasta esa frase final «... nunca hay arrugas en el corazón...».

Jorge explica todo esto por la noche en la cena, Marisa ha venido con su marido, antiguo director de *El Faro de Vigo,* que acaba de llegar de León. Estamos en el restaurante del hotel, nos traen las viandas sobre pesadas bandejas. Yo siempre que estoy en Galicia pido pulpo á feira y caldo, aunque mis anfitriones se quejan:

—Oye, que aquí también sabemos lo que es la cocina de fusión y Ferran Adrià.

Ceferino comenta absorto:

—Es que lo que atrae más de tu libro es que sea verdad, que lo hayas vivido tú, eso le da mucha fuerza.

Asiento mientras cojo un cachelo con la punta del tenedor, tiene su pellizco de pimentón por encima y una gota de aceite de oliva verdoso y espeso. Marisa añade:

—Es un atractivo plus, claro, creo que ninguna autora se ha atrevido a tanto, y la gente admira tu sinceridad.

Vuelvo a asentir, parezco un perrillo de esos que van en la trasera de los coches, ahora cojo un trozo de pulpo, está en su punto, no esos chicles gomosos que te intentan colar en los restaurantes foráneos, y casi no me doy cuenta de la pregunta, que entra suave, como el cuchillo en la mantequilla:

—Porque es verdad, ¿no?

Ha sido Mario, que me mira con insistencia, hombre, ¡para una vez que este tío abre la boca! Me atraganto:

—¿Cómo? ¡Claro que es verdad! ¡Si quieres, te enseño las fotos, los mensajes...!

Levanta las manos en señal de rendición:

—Vale, vale, ya me lo creo.

Isa interviene, es como la voz de los Supertacañones del *Un, dos, tres,* y cuando ella habla, punto en boca:

—Claro, Mario, en la editorial todos sabemos que es verdad... ¡De hecho, eso es lo que conmovió al jurado! Les gustó percibir la autenticidad de la historia.

¡No lo sabía! Y pregunté, como si no me importara mucho:

—¿Ah, sí?

Isa prosigue mientras se toma su batido de Pronocal, está a dieta:

—De hecho, la campaña de publicidad que hemos preparado se basa en que la novela narra un episodio biográfico de Pilar Eyre. ¡Es un gancho incomparable! —Se gira hacia mí—. Y te creemos a pies juntillas, apostamos por ti. La sensación de sinceridad y honestidad que trasmites es un cebo brutal para vender el libro, nos lo han dicho todos los comerciales.

Mierda, yo no lo sabía, benditos comerciales y la madre que los parió. Me relamo de forma metafórica, me empapo de estas palabras de elogio como la arena del desierto absorbe las primeras gotas de lluvia, me revolcaría en el suelo y comería puñados de...

La moqueta no está muy limpia, creo. Mejor no.

¿Así que mi pobre libro no está mal? Se me pone esa típica cara de subnormal; de algo me ha valido haberlas pasado putas.

¿Pero por qué todo me cuesta tanto? Encontrar un amor, vender libros. ¡No ha habido nada fácil en mi vida! Sébastien, ¿volverás a besarme, a meterme tu miembro largo y duro?

Jorge se queja mientras come su tofu con verduras, a él le han servido aparte porque es vegetariano:

—Claro, mi libro no tiene el gancho del tuyo, yo no puedo decir lo mismo, nadie va a creer que yo soy la protagonista de mi novela, una prostituta ucraniana de veinte años y bellísima.

Rápidamente, Lolo apunta:

—Yo te encuentro bellísimo, si te sirve de consuelo.

Y gira el cuello 180 grados como la niña de *El exorcista* para que Jorge no lo vea y me saca la lengua. Marisa, que es muy perspicaz, me mira con cariño mientras nos sirven los postres:

—Prepárate, Pilariña, porque todo el mundo te va a preguntar lo mismo. Qué pasó con Sébastien, si lo has vuelto a ver, si sabe que has ganado el premio.

Lolo empieza a comer sus filloas, las mías y un trozo de

tarta de almendras del tamaño de la fachada del Obradoiro de la catedral de Santiago, pero, a pesar de tener la boca llena, opina:

—Sí, tenemos que estudiar una respuesta *ad hoc.* —Y sin que nadie se lo pregunte, explica—: Estudié latín en el colegio.

—¿Sabes mucho? —le pregunta Mario.

Lolo se exprime las meninges y después contesta:

—*Hic haec hoc.*

Nos callamos todos con admiración, ¡latín!, ¡palabras mayores!

—¿Ibas para cura? —se interesa Ceferino.

—Sí.

Miente Lolo, que no quiere dejar pasar ni una ocasión de cumplir con el cliché del homosexual tópico, cuando en realidad él y su familia son agnósticos y rojos, su padre incluso ha sido concejal por Izquierda Unida.

—Sí, sí, hagamos un poco de *brainstorming* —añade Isa con entusiasmo—. ¿Qué podríamos decir cuando te pregunten?

Hasta el camarero, retirando ya los platos, nadie quiere copa, mete baza:

—¿Y si contara la verdad?

Cojo la chaqueta para subir a mi humilde y fría morada y puntualizo, porque el camarero ya no está delante y no puede oírme:

—La verdad es que no he visto a Sébastien, no sé si ha leído el libro, no sé si se enterará, qué hará cuando lo sepa... No me he puesto en contacto con él, ni él conmigo.

Marisa me coge por el cuello:

—¿Pero lo sigues queriendo, bonita?

¿Te sigo queriendo, hombre alto?

—Con locura.

Jorge se despereza, está cansado, Mario, fiel observante de todos los deseos de su pupilo, decreta:

—Levantemos la tienda, camaradas, que mañana os esperan veinte periodistas en Santiago hambrientos como pirañas.

Es tarde, nadie suele llamar a estas horas, todos tenemos el móvil desconectado o en silencio, pero de pronto suena el iPhone de Isa, un timbre *vintage* que remeda los teléfonos fijos de antes, susurra «perdón, soy como una farmacia de guardia, abierta 24 horas», intenta levantarse, la inmovilizamos, quédate, tonta, ansiamos cotillear lo que hablas, ay, no, perdón, queremos decir que no salgas fuera, que llueve y hace frío.

Escucha, abre los ojos. Dice:

—En *Le Nouvel Observateur...*, ah, vale, ahora se lo digo a Pilar. ¿Cuenta que...? Mmmh, mh, mh, bien... Fantástico... Ah, ¿dan ese dato también? No sé qué tal le sentará a ella...

Nadie entiende nada, pero yo sí. YO SÍ. Me estaba llevando un vaso de agua a los labios y me paro a medio camino, con la boca abierta, el líquido tiembla imperceptiblemente. Y lo más curioso es que todo, restaurante, personas, el rugido del mar embravecido, la lluvia que golpea las cristaleras, las sirenas de los enormes buques rumbo al Gran Sol, los llantos de los niños que no quieren acostarse, el aullido de los perros que están solos en casa, las voces de los puteros y los borrachines, todos callan. Qué, qué, Isa, qué ha pasado.

5

—Cof, cof.

Entra mi amigo Jesús Sotelo en el Hostal de los Reyes Católicos de Santiago de Compostela precedido por su aparatosa tos. Una tos honda, que arranca en el ombligo o más abajo, y subiendo hasta la glotis, arrasa todo lo que encuentra a su paso, como un tornado. Él siempre dice bajando humildemente los ojos:

—No es por presumir, pero la verdad es que yo siempre he tosido muy bien.

Tosía incluso cuando estaba sano, porque ha sido contumaz fumador de siete cajetillas de Ducados diarias (al final se pasó al Rex, porque era más suave, decía) y, si trasnochaba, caía el cartón entero, y trasnochaba mucho. ¡Más que un desertor del tabaco es el superviviente de una agonía que ha durado sesenta años! Una vez su mujer me enseñó su pijama y las sábanas. Todo estaba agujereado y lleno de quemaduras.

Su tos hace huir a los huéspedes del hotel, me lo comenta mientras se quita la ropa capa a capa:

—Debería contratarme el Ministerio del Interior para disolver manifestaciones... La policía, en vez de tirar balas de goma o botes de humo sobre la plebe, que me tire a mí y me arranco con un solo de tos, saldría barato.

Jesús y yo hemos trabajado juntos en la revista *Sal y Pimienta*, durante un breve tiempo incluso fue mi jefe. Por los periódicos se ha enterado de mi paso por Santiago con la *troupe* planetaria y me ha enviado un extraño wasap para tomar una copa juntos al final de la tarde. Extraño porque en la foto de estado sale un perro muerto. Se lo digo y me pregunta deteniéndose en el acto de emerger del grueso chaquetón, un brazo aún metido en la manga:

—Ah, ¿fue a parar ahí? Me envió la foto mi hermana a modo de esquela, su perro era uno más de la familia...

Mi Fenderucho. ¿Qué estará haciendo ahora? Soñando que persigue conejos, mueve un poco las orejotas y las patas como si corriera. Mi hijo debe estar en su habitación tocando la guitarra. ¿Se hará la comida? Debo confesar con desconsuelo que ninguno de los dos sabemos cocinar, ¡hasta el año pasado creía que las hamburguesas se freían con el papel de plástico con el que vienen envueltas! ¡Y no sé si los huevos podridos se hunden o, por el contrario, flotan! ¿Y qué demonios es una manga pastelera?

¿Ferri se acordará de echar el pienso en el cacharro del perro? No es tan difícil, pero quizás los encontraré a los dos habiéndose devorado mutuamente como en *¡Viven! La tragedia de los Andes.*

Me gustaría golpearme la cabeza contra los tristes cristales de las ventanas arañados por la lluvia nordeste para arrancarme esta añoranza caníbal. Me ha atacado por sorpresa, eh, la finalista del Planeta no puede hundirse.

Yo tampoco he sabido construir una familia normal, pero una vez oí cómo mi hijo le decía a un amigo:

—Tío, yo siempre querré más a mi madre que a mis hijos. —Y trataba de explicar esta decisión tan absurda maniobrando como si estuviera tocando el acordeón—. Como a ella la voy a tener menos tiempo, hay que concentrarlo más.

Chaval, que no tengo pensado morirme mañana. Pero ese día me quedé quieta, inmóvil, con una sonrisa extasiada clavada en la boca, deseando que no pasara nunca ese instante.

Le enseño la foto del perro difunto a Lolo, que se aparta con desagrado:

—Ay, por favor, parece un mensaje de la mafia.

Jesús no se inmuta, «bah, será cosa de los nietos», y continúa desnudándose. Aunque gallego de Monforte de Lemos, mi amigo vive en Madrid, pero está pasando unos días en Santiago visitando a un cuñado enfermo en el Hospital Xeral. Ha venido con la hija y los nietos. Se derrumba en el sofá a mi lado y suspira:

—Estoy agotado, debiera estar prohibido ser abuelo más allá de los treinta años.

Me da un abrazo de oso y un golpe a Lolo en el hombro:

—Cabronazo, en menudos líos se mete esta buena mujer..., siempre fue una cabeza loca, menos mal que te tiene a ti, que eres hombre sensato.

Esbozo una sonrisa de conejo, el mismo quizás con el que sueña mi perro. Jesús me observa con atención, me debe ver envejecida. Cuando nos conocimos yo era una reportera agresiva y bastante mona que emborrachaba a mis entrevistados para luego publicar sus desvaríos. Como yo tampoco estaba en estado de lucidez, que digamos, luego las pasaba canutas tratando de descifrar los garabatos tomados a altas horas de la madrugada y también tratando de huir de los agraviados en cuanto se publicaba la entrevista, la cual tenía su mérito, porque la fuga la emprendía a lomos de un Seat Panda. Los dos viejos mosqueteros sonreímos con indulgencia a aquellos tiempos tan desdichados en los que fuimos tan felices (Dumas), los espíritus de aquellos jóvenes han sobrevolado por un momento este viejo caserón reconvertido en hotel de lujo, van cogidos de las manos tropezando con las lámparas a pesar de sus gruesas gafas de culo de vaso, apestan a tabaco y a whisky, ¡cuánto os debemos, muchachos! Y cuánto daríamos por... Pero no, Pilar, recuerda, entonces no estaba Sébastien.

Jesús me reconviene con cariño:

—Tocapelotas has sido siempre, pero lista, también, coño, ¡y cómo has aprendido! ¡Menuda campaña te has montado para vender el libro! Va en los titulares de todos los diarios, todo eso de que es una historia real...

Rezongo:

—No es marketing, joder, Jesús, que todo lo que cuento me ha pasado de verdad.

Mi amigo saca nostálgicamente un cigarrillo de vapor del bolsillo, lo mira y se lo vuelve a guardar:

—Oye, oye, que a mí no me tienes que dar explicaciones... Lo único que intento es advertirte: que nadie te eche la historia abajo, la Eyre ahora es santa Pilar de todas las pasiones, pero si se descubriera que es una impostura...

Voy a protestar, pero Lolo se adelanta y paladea la palabreja con delectación:

—¿Impostura? ¿Como la de esa muchacha obesa que dijo que había estado el 11-S en las Torres Gemelas y luego resultó que era mentira? ¿Como la del catalán que inventó que era un superviviente de un campo de concentración nazi?

Me espabilo en un momento, no doy crédito. ¡Lolo sabe que mi historia con Sébastien es auténtica! Le doy un golpe en el brazo que le hace emitir un chillido espeluznante como si lo estuviera degollando:

—¡Lolo! —Me vuelvo a Jesús mientras busco el bolso por algún rincón del sofá—. ¿Quieres que te enseñe a Sébastien?

Lo encuentro enterrado entre cojines, hago ademán de sacar el móvil, pero Jesús me detiene:

—No, *neniña*, no, ni fotos ni gaitas... Solo te advierto que ahora no puedes rectificar; si es por tu bien, Pilarita... —Se queda pensativo—. Tu libro está arrancando como un tiro, mi hija se ha empeñado en comprarlo en Follas Novas, y es una buena señal, porque ella solo lee novelas de categoría.

¿Sí? Mi yo escritora se estremece de felicidad, ¿así que quizás soy buena? Claro que no me ha servido para obtener el gran premio, siempre seré la eterna segundona. ¡El patito feo! Me pongo de rodillas metafóricamente hablando para suplicar, Jesús, sigue por tu madre tirándome flores, sigue, sigue, amigo, que nadie te detenga, que se paren los relojes y que los aviones surquen los cielos anunciando la buena nueva, el patito feo va a convertirse en cisne (tal vez):

—Si se cumplen mis pronósticos, puedes vender más que el ganador... Solo ha pasado con Ángeles Caso y Camilo José Cela.

Por un momento me olvido de Sébastien y sonrío con delectación. Que me lean mucho, darles una lección a esos engreídos... La primera en las listas de los más vendidos, que los críticos me pongan bien... ¡Venga, ilusa, tampoco nos pasemos y pidamos lo imposible! Carraspeo, me incorporo. Pasa Jorge a lo lejos y lo miro sintiéndome culpable, levanto una mano, agito los dedos, él agita los dedos. Le tiro un beso. Él me tira otro. Qué buena persona es.

—Vendiendo más que Jorge.

Lolo me lo dice con malicia en los ojos. Jesús me observa expectante, cree quizás que voy a ponerme a bailar la muñeira dado que estamos donde estamos, pero me contengo y no hago ningún comentario, aunque por dentro doy palmas con las orejas, ah, no, que están fuera, pues con los riñones, que también son dos.

Otra cosa sería que estuviera en un debate en la tele. Entonces sí que engolaría la voz para proclamar: ¿Qué si vendo más que el ganador? ¡Soy una señora y no tengo nada que decir al respecto! Y añadiría: De lo que se trata no es de que Pilar Eyre venda más que Zepeda (pausa), ni más que Ken Follet (aplausos), ¡ni más que Karl Ove Knausgard! (silencio sepulcral, nadie sabe quién es). ¡Ni siquiera más que María Dueñas! (ahora sí que el plató se viene abajo, porque todo el mundo ha visto la serie basada en su libro). ¡Se trata de que todos vendamos mucho! (aplausos atronadores, pero el regidor pasa a otro invitado que tiene que hablar del robo de las bragas de Isabel Pantoja en el centro penitenciario en el que está recluida, porque en la tele el tiempo es oro y la productora ya ha cumplido con la cuota de atención que suele dedicar a los amiguetes). Fuera de plano, patada al canto y a la puta calle.

Pero hoy no podría. Desgraciadamente, hoy carezco de energía y de voz. Hoy, que no tengo la cabeza para otra cosa que para pensar en Sébastien, el de verdad, no el del libro, que son el mismo pero no son el mismo, y yo ya me entiendo, hoy he concedido veinte entrevistas, cuando lo que querría sería revolcarme en la cama y gritarle al viento ¡Sébastien! ¡Sébastien! ¡Dios, el que no conozca la desesperación de amar a alguien a quien no puedes tener no sabe lo que es el infierno!

Estoy agotada, exhausta, me han exprimido como un limón. Me han chupado la carne y han dejado solo unos huesecillos mondos y lirondos que ahora están amontonados sin mucho orden en un imponente sofá de hotel, de raso por más señas. Jorge se sienta lejos y solo, con las manos alrededor de una taza de la que sale humo y el cuello envuelto en una gruesa bufanda. Nos miramos melancólicamente como náufragos en medio de la tormenta.

Siento ternura por él. Enamorarme, no, pero quererlo, lo estoy empezando a querer un huevo.

Los dos estamos al borde del desfallecimiento, porque Lolo y Mario han desarrollado un extraño síndrome que consiste en comparar cuántas entrevistas tiene cada uno de sus patrocinados, y en lugar de ser sus protegidos, nos hemos convertido en sus trofeos de caza. Lolo me lo ha dicho cuando hemos salido esta mañana a las siete de Vigo, después de que alguien hiciera el consabido chiste «¿ya han puesto las calles?». Temblábamos de sueño, rodaban a nuestro lado las avenidas acharoladas por la lluvia; el cielo ceniciento, helado, nos apretaba a los unos contra los otros como animales frioleros. Lolo deslizaba en mi oído su letanía malévola de niño malcriado:

—Este tío se cree que siendo ganador nos va a pasar por delante, pero quién puede ofrecer una historia auténtica como tú, ¡género sin adulterar! —Me ha dado miedo cuando grita, ruge—: ¡quién, quién!

Este tío al que se refiere Lolo no es Jorge Zepeda, como podría figurarse, sino Mario. Y estoy segura de que Mario ha olvidado también mi existencia para centrarse solo en Lolo. No deja de ser sino la versión intelectual de a ver quién mea más lejos.

Llegaron incluso a las manos en el historiado comedor del hotel donde nos alojamos. Por lo que sé, en el hall, Lolo le había cortado el paso a una periodista de *La Voz de Galicia* que venía a entrevistar a Jorge Zepeda, bueno, más que cortarle el paso, la disuadió con la patraña de que el susodicho había ingresado en urgencias por una repentina taquicardia y la compensó con la promesa de que yo le daría una exclusiva:

—Una foto de Sébastien, aunque sin poder publicarla, pero tú la vas a ver... Vas a ser la única...

La periodista, con buen criterio, había objetado:

—Pero, si no la puedo utilizar, ¿de qué me sirve? —Y añadió un superfluo—: A mí ese señor no me importa nada.

Codazo cómplice de Lolo vendiendo a su amiga, que soy yo:

—Burra, tú haces una foto de su móvil sin que Pilar se dé cuenta y luego la publicas, nosotros ya estaremos lejos.

Sí, cerdo, lejísimos, en Bilbao por lo menos.

Mientras conducía a la chica a toda prisa por los largos pasillos del hotel, y cuando ya estaba a punto de introducirla con un último empujón en una discreta salita, avisado por un empleado corrupto ha aparecido Mario para hacerse con la valiosa presa cogiéndola del brazo hasta casi cercenárselo mientras le prometía:

—Zepeda, además de hablar de su libro, canta rancheras.

La pobre periodista, algo mareada, prefirió irse de vinos al Franco y dejó dicho que quizás pasaría luego. Mario persiguió a Lolo hasta el comedor y allí arrancó una cadena de las que cuelgan en las paredes, ya que la decoración remeda una mazmorra medieval, y empezó a girarla por encima de su cabeza con un silbido sobrecogedor. Armado con un panecillo, Lolo se escondió detrás de Isa chillando con la voz quebrada:

—Bruto, indeseable, mala persona.

Isa, al final, ha sacado su carácter:

—Córcholis, ya basta, parecéis unos críos.

Y es que, además, tanto Mario como Lolo se están excediendo en sus atribuciones, porque su cometido es el de ser meros acompañantes nuestros, pero Isa es demasiado educada para recordárselo.

Lolo nos lo cuenta a Jesús y a mí consternado:

—Ya sé que esto no es lo mío, pero me jode ver cómo Mario es capaz de recurrir a las tretas más bajas... —Y pone voz de desprecio infinito—. ¡Que canta rancheras!

Jesús discurre, cuando se ponen a pensar estos tíos es cuando te das cuenta de lo que ha degenerado la raza humana:

—Que Pilar desarrolle alguna habilidad, sacar humo por las narices, por ejemplo.

Lolo mueve la cabeza con desaliento:

—Es muy torpe, la pobre.

Yo debería enfadarme, porque al fin y al cabo se trata de mi trabajo, y el *negoci* es el *negoci*, como decimos en mi tierra, pero hoy todo esto me importa un bledo. Las campanas de la catedral tienen un sonido viril al doblar por Sébastien. Nang, nang. Las nueve. ¿Lo habrá leído ya? ¿Habrá leído *Le Nouvel Observateur*?

Porque esta simple frase, este interrogante es lo que ocupa mi cabeza, ¡no puedo pensar en otra cosa! Los periodistas vienen y se colocan frente a mí con el cuadernito sobre las rodillas, o ponen su pequeño magnetofón sobre la mesa, o el iPhone, o llevan la cámara al hombro y me obligan a sentarme en el brazo del sillón insinuando caras románticas:

—Mírame como si yo fuera Sébastien.

Contesto sus preguntas como una autómata, «un hombre extraordinariamente guapo...», «tres días de intimidad brutal y absoluta...», «un amor delirante y enfermizo...». «Obsesivo».

¡Llevo amándolo tanto tiempo! Nuestros cuerpos chocaban como si fueran a romperse, la pasión es esto, fusionarse, no saber dónde empieza uno y dónde termina el otro.

¿Lo habrá leído?

¿Era muy breve el artículo? ¿Qué lugar ocupaba en la revista, la de más tirada de Francia? He intentado hablar con George Dubuffet, pero no me coge el teléfono. Se lo he hecho repetir mil veces a Isa, que ya no sabe qué contarme:

—Son cuatro líneas diciendo que has ganado este premio y que está basado en una historia real que te pasó en la Costa Brava con un francés de carne y hueso.

—Qué más.

—Sale una pequeña foto tuya, y abajo pone..., ejem —no se atreve a soltármelo, conoce lo sensible que soy con este asunto—, tu edad...

De un manotazo descarto el tema:

—Qué más.

—El nombre de él me parece que no sale.

Se me encienden los ojos y ahora sí que echo humo por las narices, ah, para que luego diga Lolo que soy una torpe:

—Sale o no sale el nombre...

Isa, que es alta e imponente, se encoge como una niña pequeña:

—Ay, sí, no, no sé...

—Sí o no.

Recuerdo que eran así los interrogatorios que nos hacían en comisaría cuando éramos jóvenes, nos ponían un foco delante como en las películas y los policías nos preguntaban incansablemente, con el mismo tono, se turnaban y volvían a empezar, y unos fingían que querían hacerse amigos tuyos y que lo que pasaba es que eras tonta e ingenua y por eso te habías metido en líos (generalmente por culpa de un chico). Y el siguiente volvía a ser malo y el otro bueno y así hasta que confesabas o tu padre movía influencias, te sacaba y hasta la próxima.

Todo eso lo ponía yo en marcha para interrogar a Isa, hasta el tono melifluo:

—Tómate tu tiempo, Isa, guapa, no importa —al ser yo solo una, el poli bueno y el poli malo habitaban los dos dentro de mí, así que debía cambiar el tono de voz—, y date prisa, que no tenemos todo el día.

Otra vez meloso:

—Lo puedes hacer mejor, relájate —despiadada—. No voy a hacerte daño, pero ojo.

Levantaba el dedo amenazante frente a su rostro, intenté incluso lo del foco con la linterna del móvil. Isa me miró un tanto alarmada, ella sabe por su larga experiencia en el sector que todos los escritores en general, y yo en particular, estamos locos, pero ¿tanto?

—Sí o no, Isa.

Dudaba, al fin se decidió:

—Salía Sébastien Pagés, no, no —rectificaba—, decía que era una persona del mundo académico de Montpellier, pero él, de todas formas, no se llama así, ¿no?

—¿De la Universidad Paul Valéry? Piensa la respuesta, por favor, Isa, no me contestes hasta que no estés segura.

La había arrinconado en un pasillo del hotel, y en esto comprendí que no podía sacarle más información, pero estaba tan compenetrada con mi papel que estuve a punto de decirle chasqueando los dedos:

—Venga, ahora pasarás a disposición judicial y no te olvides de decir que ese ojo morado ya lo traías de casa.

Sí, sí, Pilar, dale duro, coño, al fin y al cabo, has escrito el libro para esto.

¿Cómo te has quedado, Sébastien? Te visualizo. Lo has leído quizás por la mañana, quizás en Francia pasa lo de Estados Unidos, un muchacho en bicicleta arroja los periódicos y las revistas contra la puerta, y tú habrás abierto como me abriste a mí. Como aquel día, llevarías la camiseta del revés, los pies descalzos, el pelo alborotado y absurdo, por cierto, ¿acababas de hacer el amor?

Desayunarías después y, mientras, irías hojeando la revista de forma distendida, tus enormes manos girando las hojas con indiferencia. Volviendo la página... Retrocediendo de pronto. ¿Quién es? ¿Esta foto? ¡Pilar! La tuve ahí, en la puerta, como una mendiga, hace tan poco, cayó al suelo, tuve que levantarla. ¡Nos besamos!

Todavía tengo los labios doloridos por sus besos.

Salió Amandine de casa y le preguntó quién era yo. Quizás él también piensa, como mi editora, que ese beso me abarata, amor, ¿Qué quieres que haga por ti? Voy de rodillas hasta Montpellier como una peregrina, aquí empieza mi camino de Sébastien.

O tal vez ha leído la revista en la universidad, se ha corrido la voz entre el personal docente y dicen, quién será el protagonista, el profesor que sale en esa novela española, y él es el último en enterarse, cuando termina sus clases le tienden un ejemplar, lo coge al vuelo, se mete en el coche, lo tira en el asiento de al lado, se abre solo por esa página, él busca un CD que está en la guantera y al inclinarse la ve. Mi foto. Toma la revista, le tiemblan las manos, la arroja como si le quemara, pero después la vuelve a coger, echa los cierres de las portezuelas, tiene el corazón en la boca cuando me mira, con el dedo repasa mis rasgos... Su dedo de fumador, algo amarillento, curvado en la primera falange.

Le tengo que preguntar a Isa qué foto era, la llamo, me contesta con aire cansino:

—No sé, Pilar, yo no la he visto, ya lo sabes... Me han llamado de la distribuidora francesa, era muy pequeña, supongo que sacada de internet.

¿Sacada de internet? Horror, busco desesperadamente con el móvil, algunas no están mal, otras son horribles, durante una época llevé flequillo como la cantante morena de Abba, en otras el pelo de color rojo, o negro azabache, liso o escarolado, pero encima hay algunas fotos en las que ni siquiera soy yo, una es una anciana vagamente parecida a mí, «la mujer más longeva de los Urales se alimenta solo de yogur», en la otra una nadadora australiana que se llama Eyre y en realidad es un hombre, sale incluso un retrato de Charlotte Bronte, autora de *Jane Eyre*, lleva una capota y un lazo al cuello. ¿Cuál habrá escogido George Dubuffet para ilustrar su noticia? ¿Estará arrepintiéndose Sébastien de todo, estará negando que sea él, pero no por miedo a que su vida se tambalee, sino por vergüenza de que alguien lo relacione conmigo?

Grito histéricamente:

—¡Isa!

Pero Isa ya ha colgado.

Lolo intercambia una mirada con Jesús Sotelo y luego me dice con tono aburrido:

—En cuanto lo lea, vendrá a buscarte.

—¿Piensas que sí? —De pronto me preocupan los aspectos prácticos del asunto—. ¿Sabrá en qué punto de la gira estoy? ¡Galicia y el norte están tan mal comunicados con Montpellier! Oye, ¡tengo que ir a la peluquería!

Miro hacia el hall, no me sorprendería verlo entrar, ¡tiempo ha tenido, caray, la revista lleva en la calle veinticuatro horas! Me miro, creo que hoy no me he puesto demasiado sexy, un pantalón de pinzas, mocasines... ¿Mocasines, como Julio Iglesias? Me levanto con urgencia:

—¿Me esperáis? ¡Subo a cambiarme!

Me entra un ataque de histeria, la humedad me ha vuelto el pelo a su estado primigenio, es decir, rizado, Sébastien me conoció con el pelo liso como Cher, ¡Dios! ¿Por qué no me he traído la plancha? ¿Me dará tiempo a hacerme la toga? Sí, ese gran invento que consiste en enrollarse el pelo alrededor del cráneo aguantado por pinzas y con un rulo de plástico en la coronilla. No he traído ningún rulo de plástico. ¿Servirá el cartón que va dentro del papel higiénico? Es bien sabido que la necesidad aguza el ingenio y que este cura no es mi padre.

Lolo me coge del brazo y me obliga a sentarme de nuevo mientras pone los ojos en blanco y mueve la cabeza con incredulidad de un lado a otro. Jesús lleva un rato en silencio, al fin se toca la sien con el dedo y le pregunta a Lolo:

—¿Está así todo el día?

Lolo asiente, y se queja:

—Yo ya le he dicho mil veces que se volverá más loca todavía..., ¡que lo deje estar!

Jesús corrobora:

—Claro, Pilariña, ya te ha dado para un libro, ¡olvídalo, vas a enfermar!

¿Olvidarlo? ¿Borrar mi pasado como se borraban las pizarras cuando éramos niños? Si mojabas la esponja y la deslizabas por lo escrito el efecto era más eficaz, pero las letras o los números volvían a aparecer cuando el agua se evaporaba. Tenías que frotar mucho, y si el fieltro estaba gastado, a veces dabas con la uña sobre la superficie con un chirrido espantoso. Me estremezco. Jesús se da cuenta, cree que tengo frío, me advierte:

—¿Ves lo que te digo?, acabarás enferma. —Me coge las puntas de la bufanda para enrollármela más—. No vas abrigada, coño, te hablo de tísico a tísico, deberías llevar varias capas de ropa, así podrás recibir la próxima neumonía bien lozana y robusta, que no te coja con la guardia baja.

Jesús y yo, además de ser amigos, somos compañeros de fatigas pulmonares, es nuestro órgano débil, «el pulmón tonto» lo llama él. Se abre la chaqueta como el vendedor clandestino de relojes que enseña su muestrario:

—Debajo del abrigo debes llevar una chaqueta con cremallera o botones, nunca de cuello vuelto, después otro jersey, una camiseta larga más holgada y otra de manga corta bien pegada al pecho...

Le comento a Jesús con abatimiento que de acuerdo en todo, pero qué si me tengo que empezar a desnudar en plan cebolla delante de Sébastien, lo más probable es que salga huyendo, pero él se encoge de hombros:

—Hombre, si nos da igual morirnos, adelante, no seré yo quien te quite esa ilusión.

Se levanta, empieza a componerse con parsimonia:

—Me voy, locuela, que aún tengo que excretar unas toses antes de dormirme y voy un poco corto de tiempo.

Mira a Lolo, ambos hacen un gesto de impotencia como si yo fuera un caso perdido, se inclina sobre mi cabeza, me da un beso y masculla:

—Cuídate a pesar de todo, que me matas si te mueres.

Lo miro con sorpresa, no es su estilo ponerse tierno, y lo noto avergonzado y con la mirada huidiza por esta explosión de sentimentalismo, y de pronto, como si me apretaran una esponja húmeda que llevara en el cogote (metáfora en homenaje, es decir plagio, al gran Juan Marsé), sin que intervenga voluntad alguna, se me llenan los ojos de lágrimas. Qué avidez de que nos quieran.

Lo miro yéndose envuelto en ropa como un inmenso capullo y de repente cae sobre mí un cansancio infinito. Me quiero levantar para acompañarlo, pero el agotamiento me hunde en el sofá como si el cuerpo me pesara varios quintales. Son tan blandos los cojines, se está tan bien aquí. Lolo se remueve inquieto, escruta nervioso la barra donde ve a Isa y Mario tomando una copa mientras estudian unos papeles. En un susurro conspiratorio me dice:

—Mario está tramando algo para Bilbao... Mejor será que vaya a vigilarlo.

Le hago un gesto con la mano, ve, ve, me estoy amodorrando, me cae la cabeza sobre el pecho, Sébastien, el secreto de los ojos abiertos de los peces, vuelve y tómame en la noche, mis párpados se están cerrando, empiezo a derretirme con el calor de la calefacción, creo que me he quedado dormida, cuando me despiertan unas palabras.

Es la periodista de *La Voz de Galicia.* La que huyó despavorida esta mañana casi desmembrada por las acometidas de Mario y Lolo. Es joven, delgadísima, lleva gafas de pasta negra, pelo a lo chico, me mira con curiosidad:

—Como tu compañero de baile ha desaparecido, te iba a hacer la entrevista a ti, pero te veo muy cansada.

Vale, gracias, siempre de segundo plato, me incorporo y ahora que no me oye Lolo, le digo:

—Pues sí, la verdad. Estoy hecha polvo.

Se sienta a mi lado. Tiene una cara muy simpática y me llama la atención que lleve aparato en los dientes:

—¿Y no te gustaría distraerte? Si quieres, podemos ir por ahí a tomar algo y te enseño la noche compostelana.

—¿Triste y sola...?

—¿Cómo?

Coño, no conoce la tuna. Qué gallega más rara. No tiene acento, pero por debajo subyace un tono especial. Se me está pasando el sueño. Le pregunto:

—Pero ¿qué dirá tu periódico? —dudo—, no eres española, ¿verdad?

—No. Soy de Chicago y me llamo Gladys, pero llevo cinco años viviendo aquí. —No se quita el abrigo, una trenca con capucha forrada de tela escocesa que le da un aire aniñado—. Por internet me enamoré de un gallego y vine para darle una sorpresa...

—No me digas más... ¡Estaba casado!

Se ríe sin amargura, supongo que lo ha contado tantas veces que ya ha dejado de afectarle:

—Sí, claro, pero cuando lo vi no me importó, no solo me enviaba esos poemas de Neruda, «es tan corto el amor y tan largo el olvido», como si fueran suyos, sino que cuando le pedí un retrato me mandó una foto de Miguel Ángel Silvestre, ya sabes, el de *Sin tetas no hay paraíso*...

Junto las manos, arrobada:

—Oh, qué gran actor.

Gladys se ríe burlonamente:

—Sí, creo que es de la escuela de interpretación de Stanislavski y pone en práctica su efecto uve de distanciación.

Nos reímos a carcajadas, ¡almas gemelas!

—Y cuando lo viste, ¿qué?

—Casi me desmayé; claro que él también, ¡del susto que le di! Tenía una zapatería y varios pequeñuelos.

Me he espabilado. Gladys se da cuenta e insiste:

—¿Qué? ¿Te animas? —Y prosigue—. Y por *La Voz* no te preocupes, en realidad soy *free lance*. Me han dicho que ellos ya habían enviado a un redactor esta mañana para entrevistaros.

Miro a mi alrededor. Isa, Lolo y Mario están en la barra discutiendo, Jorge debe haber ido a dirigir su periódico desde la habitación y a hablar con su novia joven. Debería marcharme a la cama, mañana tengo otro día tan agotador como hoy, nos vamos a levantar de nuevo a las siete de la mañana. Pero ¿voy a dormir? ¡No! Volveré a atarme a la rueda implacable y pertinaz del recuerdo, porque, cuando me quedo sola, mis labios y mi piel lo añoran con desesperación, es la dicha y la desdicha que conlleva la obsesión absoluta.

Y me preguntaré, golpeando la almohada, por qué no lo tengo, por qué, por qué, ¡me lo merezco! ¡Una tregua, mundo, necesito una tregua!

Gladys me mira con ojos alegres y sagaces. Mi cabeza me indica una cosa, pero mi boca dice otra, esta chorrada, por ejemplo:

—Pues, ¡yupi!, vamos.

—Te llevaré a un sitio muy de moda, verás qué divertido. —Duda, cree que la palabra es catalán, y repite—: ¡Yupi!

Pedimos un taxi.

El local, que está por Padrón, había sido una vaquería, los lavabos son las antiguas cuadras y en los abrevaderos han puesto las botellas de vino en posición horizontal. Las camareras van vestidas con delantales blancos almidonados y zuecos. Después de cenar se puede tomar una copa al ritmo de un piano.

El pianista toca y canta.

O tren que me leva pola beira do Miño
me leva e me leva polo meu camiño.
O tren vai andando pasiño a pasiño
e vaime levando cara ó meu destino.

Digo, levantando mi copa:

—Andrés do Barro.

Gladys choca la suya conmigo:

—*Prosit.*

Cree que Andrés do Barro es un brindis de mi tierra como *bon profit.*

Me doy cuenta de que es otra edad, pasemos página. Hablemos de... ¡hombres! Oh, qué gran desilusión para todas esas personas que piensan que las mujeres solo sabemos hablar del conflicto Irán-Irak y de cómo resolver los 23 problemas matemáticos de Hilbert, con especial hincapié en la ecuación de Kepler, que es la número 18. Que se sepa que algún día loco dejamos de lado estos asuntos para diseccionar hasta la extenuación nuestros amores, actuales y pasados, quitándonos la palabra de la boca. Hemos despachado con prontitud el tema cena, para pasar, yo al vodka tonic, ella al «sol y sombra». Porque, como buena americana, Gladys ha asimilado la cultura española en su vertiente más cañí. Dice chato de vino o tintorro, churumbeles, ole tus cojones y es la hostia a cada momento. Ni la camarera sabe lo que es un «sol y sombra», y Glayds tiene que explicárselo:

—Ponme coñac y anís, pero más coñac que anís. Y en vaso largo y lleno.

Me revuelco en mis recuerdos con placer masoquista. Enseño fotos, mensajes, Gladys cabecea:

—Eres la hostia.

Al lado se nos sientan dos sesentones que han llegado precedidos por sus inmensas barrigas. Venitas rojas en la nariz y ese aspecto entre tristón e indiferente que tienen los grandes bebedores que salen todas las noches. Uno de ellos conoce a Gladys. El otro mira soñadoramente su copa y canturrea.

Le pregunto al pianista:

—¿Conoces «Triste y sola»?

No me contesta, pero acomete la melodía con el piano. Ti tu ti tuuu. Los dos hombres y yo nos ponemos en pie con nuestra copa en la mano y cantamos:

Triste y sola,
sola se queda Fonseca,
triste y llorosa
queda la universidad.

El que conoce a Gladys es catalán y me tiende una mano blanducha diciéndome con la voz nasal típica de los niños bien de antes, de la época de la *chemise* Lacoste, la moto Derbi y los jerséis Vitos que comprábamos en Andorra:

—Me llamo Andreu.

Comento la coincidencia, arrobada, con las manos juntas:

—¡Como Andrés do Barro!

Nadie se emociona como yo, ya no quedan sentimentales en este mundo. Pilar, ¿puedes olvidar a Sébastien por un momento y abrir tu viejo maletín de seducir? Vale, los goznes están oxidados, parece que se resiste. Pues recurre a lo de sonreír, sonríe misteriosamente, sonríe, siempre sonríe. Andreu tiene un concesionario de coches en Tarrasa, pero pronto me cuenta que su gran ilusión es abrir una empresa de maquillaje en Santiago.

—¿Como Avon o algo así?

Y Andreu me contesta que qué anticuada soy, que vivo sumida en la ignorancia, que parece mentira que siendo periodista, porque él me ha reconocido, soy la que sale en la tele, todavía funcione con estos clichés mentales. Oh, perdona, Andreu, soy mujer y ya sabes la limitación intelectual que representa ese hecho (es bueno, eh).

—Lo que quiero es abrir una empresa de maquillaje para muertos, como en América. ¿Tú no te has dado cuenta de que los muertos se mueren con una mala cara tremenda?

Es difícil sonreír misteriosamente, bueno, sonreír simplemente en lugar de vomitar. ¿Por qué no inventarán unas minipinzas para ponerse al lado de las orejas, bajo el pelo, que estiren los labios en una sonrisa perpetua seductora y femenina y de paso eliminen las arrugas? Es un método que concibió Sara Montiel, no sé si llegó a patentarlo, tal vez se lo ofrezca a Andreu para que lo desarrolle.

Ahora se está desabrochando la chaqueta, el cinturón le queda debajo del abdomen, lleva el último botón de la camisa abierto, aparto la vista e intento poner toda la animación del mundo en la frase:

—Sí, es verdad, generalmente tienen mal aspecto, sin generalizar, eh. Pero buena cara buena cara, pues no.

Gladys baila con el señor lánguido haciendo eso que antes se llamaban «caritas».

Andreu ríe satisfecho y se señala a sí mismo:

—Pues esto se ha acabado gracias a este que tienes delante... Cuando yo ponga mi empresa, estarán pintados, más alegres, cuidados, otra cosa. Ya no será aquello tan deprimente que no puedes ni mirarlos de la pena que dan.

Necesito compartir este momento tan emocionante con alguien. Le estiro del jersey a mi nueva amiga, la de la endodoncia, para que se siente de una puta vez.

—Gladys, mira lo que dice Andreu.

Pero la americana está al tanto y no se sorprende:

—Ah, ¿te está contando lo del maquillaje o lo del mocho?

—¿Lo del mocho?

Andreu asiente modestamente:

—Es que otro de los negocios que tenía previsto es exportar fregonas o mochos a Estados Unidos.

Gladys me aclara:

—Si es de eso de lo que nos conocemos, Pilariña, vino a que le tradujera unos catálogos al inglés... Es la hostia...

El hombre puntualiza:

—Lo de las fregonas o mochos lo he dejado de momento, Gladys, pienso que si en Estados Unidos han estado tres siglos fregando de rodillas, bien pueden seguir un par de años más. Ahora estoy volcado en el tema maquillaje para nuestros Seres Queridos; si hasta he dado unos cursillos en Suiza. Mira, a ti, Pilar, por ejemplo, te maquillaría marcándote el pómulo. Claro que yo lo único que haré será dirigir las operaciones.

—¿Operaciones? ¿Estamos hablando de *liftings* o rinoplastias *post mortem*?

Qué graciosa me siento. Gladys se monda de la risa y choca la palma de su mano con la mía. Andreu me mira con reproche:

—Mujer, es una forma de hablar, quiero decir que dirigiría a mi cuadrilla, al personal especializado.

Dios de los cielos, santa Gema Galgani, me parece estar inmersa en una pesadilla en la que, para variar, todos están locos menos yo. Otro vodka tonic. De Grey Goose, por favor. Intento ponerme seria, pregunto:

—¿Y de dónde los sacaréis? ¿Es carrera universitaria eso?

Gladys no puede evitar darme un codazo mientras pide a su vez otro «sol y sombra»:

—Sí, Pilar, se estudia en la morgue.

Nos tiramos por el suelo de risa con las piernas hacia arriba aguantándonos los costados. Andreu finge no vernos:

—Bueno, primero los traeríamos de Estados Unidos, pero luego, con el paro que hay aquí, espero que tengamos muchos solicitantes, la gente se dará de bofetadas por aprender una profesión nueva y tan agradecida.

—Sí, ningún cliente se quejará —me apresuro a comentar para que vea que estoy al tanto.

Gladys levanta el dedo como si estuviera en el colegio:

—Yo me pido maquillar a los incinerados.

El futuro maromo de Gladys sale un momento de su letargo para lamentarse:

—Jo, estate por mí, guapa.

Gladys pasa de nosotros y se dedica a rodear con sus bracitos delgadísimos la inmensa barriga de su pareja, Obélix con flotador. Andreu prosigue, impertérrito:

—Hay revistas especializadas... De ahí se aprende mucho.

El pianista ha desaparecido y ahora toca un grupo rociero. Salimos a bailar una sevillana y Andreu chasquea los dedos sin moverse del sitio, pone los índices como si me fuera a empitonar, se saca la americana y se la deja a media espalda mientras menea las caderas. Recorre la pequeña pista de arriba abajo moviendo la cabeza a un lado y a otro, coge una flor de trapo de una de las mesas y se la pone entre los dientes.

Yo intento dar vueltas con los brazos estirados consiguiendo un efecto muy parecido a un molino de viento el día que sopla un huracán tropical. Cuando me siento, se me ocurre preguntar por prudencia, con la sutileza indagatoria de Mortadelo y Filemón:

—Es tarde, ¿no? ¿No tienes que estar en casa, no estás casado?

—Estoy divorciado y vivo solo. Me he alquilado un piso aquí, en la calle del Hórreo.

Miro de reojo el reloj. Las tres. Digo que me tengo que ir, me pregunta:

—¿Te acompaño?

—Bueno, vale, gracias.

Me toca la cabeza:

—Me gusta que lleves el pelo largo, se nota que eres mujer mujer.

Parpadeo doblemente, una vez por cada mujer que soy, qué agotador tener que hacerlo todo doble, pero el piropo merece el esfuerzo.

Mi íntima amiga Gladys y su pretendiente se quedan, la americana me da un beso y me susurra al oído:

—Ole tus cojones.

Andreu tiene un Porsche y ahí nos metemos los dos, joder, qué difícil es introducirse en un Porsche. Me pone la mano sobre la rodilla mientras conduce para señalarme un edificio en construcción y ya no la quita.

—Mira, ves, ahí queremos comprar el local para poner la empresa.

—¿Ya habéis pensado en el nombre?

—Sí, será algo muy elegante, tipo «Ser Querido, ¡ponte guapo!», ¿qué te parece?, ¿te gustaría ser mi secretaria?

Eh, ¿la escritora famosa? Pero, para caerle simpática y también por efecto de los vodkas, le contesto:

—Vale.

Suelta una risotada:

—Tonta, era broma, nunca contrato a mujeres, prefiero trabajar con chicos, no se quedan embarazados ni están enfermos nunca, ni tienen que cuidar a sus padres ni a sus hijos y siempre están dispuesto a viajar y a quedarse hasta las diez de la noche si es necesario.

Pues qué asco de hombres, me digo.

Las calles están desiertas, ya no llueve. Las luces de la catedral dejan un reflejo movedizo en los adoquines. El coche aparca suavemente delante del hotel.

—Bueno, ya hemos llegado, ¿quieres un cigarrillo?

—Estupendo. En la habitación creo que tengo hachís, si lo prefieres.

—No, ni pensarlo, yo de eso no uso. ¿No sabes que mata las neuronas?

Yo pienso que es igual, ¡tenemos tantas! Pero me callo algo avergonzada de este pensamiento jocoso tan impropio de una mujer mujer. Prendemos los pitillos. A la luz del encendedor observo su mejilla bronceada, ¿o es que va maquillado, ha estado haciendo prácticas en sí mismo?

—¿Rayos UVA?

—Ni uva ni ava, acabo de llegar de Brasil, voy todos los años, me lo paso allí de miedo...

—¿Ah, sí? Pero ahora no es carnaval.

Se recuesta el hombre en el asiento. Abre unos centímetros la ventanilla y suelta una bocanada de humo con la boca puesta en un círculo perfecto como una gárgola del Pórtico de la Gloria aquí a la derecha, y me contesta lentamente:

—Yo no voy por el carnaval precisamente...

Me aburro. Me importa una mierda lo que hace en Brasil este tío pesado y pienso que ojalá estuviera en mi habitación recordando a Sébastien, ¡lo degrado saliendo con estos hombres! Quizás llamaré a Isa para que me dé más detalles sobre la noticia publicada en *Le Nouvel Observateur*, pero a pesar de todo pregunto por educación:

—¿Y qué haces?

—Pues, mira, te lo voy a decir porque me parece que tú tienes una mente avanzada. Es un secretillo.

—¿Ah, sí?

—Voy para follar con niñas de doce años, sí, sí, no me mires así, con niñas de doce años, siempre distintas, eh, porque van creciendo y cuando tienen trece ya no me interesan.

Apoya la mano con el cigarrillo en el cristal de la ventanilla y me mira de reojo con aspecto travieso. La otra mano, como un lenguado mustio, sigue en mi rodilla:

Me incorporo.

—¿Y no te parece una gran cabronada eso que haces?

Pone voz de bebé enfurruñado, como si le hubiera quitado un juguete:

—Oye, oye, que son putas, eh, con tetas y todo.

Silencio incómodo. Ahora quiere que me vaya, está violento y golpetea con impaciencia el borde del cristal, la cólera es fría y silba como una cobra, con un impulso súbito le doy al botón de cierre de la ventanilla, que sube rápidamente guillotinándole los dedos, grita, sigue gritando, mantengo el botón apretado y con el puño me golpea hasta que consigue bajar el cristal, saca tres dedos negros e hinchados como tres percebes, los sacude, se los mete en la boca:

—Pero tú estás loca, qué haces, tú estás loca, ya lo dice todo el mundo, ¡estás loca!

Está rojo, congestionado, la boca apretada. Intento salir del coche, pero ahora me coge por el pelo y me tira hacia atrás, y me suelta un susurro húmedo y amenazador en el oído:

—¿Qué te crees, que te voy a dejar ir así? ¡Cabrona, hija puta!

Echa los cierres del coche con el codo, me sujeta al asiento con los dos brazos, yo intento pegarle y soltarme, él acerca su cara a la mía:

—Mala bestia, media mujer, frígida, puta.

Golpeo a ciegas con el bolso, pataleo. Tengo un ataque de asma, me ahogo, busco aire afanosamente, me tapa la boca con la mano, intento morderle, furioso, me clava la rodilla en el vientre. Veo lucecitas, el túnel, adiós, adiós.

De pronto oigo unos porrazos en el cristal del coche, cada vez más fuertes, una cara pálida a la altura de nuestros rostros, luego alguien golpea con los puños la carrocería desde el exterior, da coces en la puerta. El Porsche suena como un tambor de hierro. En algún lugar del hotel se descorre una persiana. Andreu me suelta y levanta los seguros, abre la puerta, me empuja afuera, no le importa si caigo al suelo, arranca a gran velocidad, con una última interjección:

—La madre que te parió.

Caigo rodando sobre el empedrado, me doy un golpe en el hombro con los pilones que hay frente al hotel, ahora se abren otras ventanas. Veo una figura borrosa, me froto los ojos, es Lolo que se aparta de un salto, todavía con los puños en posición de golpear, jadea y me coge del brazo, me arrastra hacia dentro, a oscuras, no hay nadie, me coge la llave del bolso, subimos a pie las escaleras con la sensación de que alguien nos persigue y nos va a dar alcance, mi respiración se ha convertido en un silbido, Lolo consigue abrir la puerta después de insertar varias veces la tarjeta y yo me voy directa al cuarto de baño y meto la cabeza debajo del grifo como solo he visto hacer en las películas. Me miro en el espejo. Ojos brillantes, pelo mojado, cara de loca. Me río a carcajadas:

—Loca, loca, loca.

Lolo está en la puerta y me dice:

—Pilar, mierda, te he buscado por todas partes.

Levanto las manos rindiéndome:

—Perdóname —después intento echarme en sus brazos—, gracias a ti no ha pasado nada, es que ese asqueroso me ha dicho...

Lolo se aparta con cierta repugnancia:

—Déjame. Aunque me obligues a sacar el macho que llevo dentro, siguen sin gustarme las mujeres, que lo sepas... Tía, menos mal que te estaba esperando despierto... Porque...

Estoy buscando el ventolín en el bolso, de pronto advierto una nota de urgencia en su voz, me detengo y pregunto sin girarme, con miedo:

—¿Qué?

Mi hijo. Varias generaciones de madres se ponen en pie dentro de mí. Lolo, que me conoce, me tranquiliza de inmediato:

—No, no es Ferri.

Mis hermanas. Mi perro. Mis primas, mis amigos. Mis editores, mis compañeros del diario. Lolo hace una pausa melodramática. Saca el teléfono. Me lo enseña:

—Mira qué mensaje me ha enviado un periodista amigo mío desde Montpellier.

Lentamente proceso la información. ¿Montpellier? Me dejo caer sobre la cama. Sébastien. La razón va más despacio que las emociones. Intento articular una frase y no puedo. Lolo me tiende su móvil, leo, se me para el corazón, ¿era lo que quería, no? Muerta de miedo pregunto:

—Y ahora... ¿qué va a pasar?

6

Estamos toda la noche en vela.

Para mí es fácil. No me tomo el orfidal. Una vez, en un viaje a Nueva York, encadené día y noche sin tomar ningún somnífero y estuve de lunes a jueves sin dormir. Y al final, si lo hice, fue porque no sé cómo vino a parar a mis manos un *Babelia* y ahí sí que caí en brazos de Morfeo como un niño de pecho.

El mensaje que me enseña Lolo era muy escueto: «Santillán, creo que tengo localizado al profesor de tu amiga Pilar y estoy frente a su casa».

Se ha enviado a las diez de la noche.

—Hija, te estuve llamando y tenías el móvil desconectado.

Miro mi teléfono distraídamente, sí, sin batería, no entiendo cómo no lo advertí, cuando mis amigos me llaman la puta enganchada a las nuevas tecnologías. Pero ahora todos los episodios de esa noche empalidecen, se retiran como actores que han terminado su papel, ya forman parte de esa nebulosa poco interesante y olvidable que se llama pasado.

«Frente a su casa».

Me quedo muda, oscilando entre la estupefacción y el deleite. Me estiro en la cama agarrada al móvil de Lolo (gracias, Steve Jobs), leyendo mil veces el mensaje, procesando la frase «frente a su casa...». Sí, la casa. Yo también la conozco. A las afueras de Montpellier, un chalet algo destartalado, una verja de hierro, un caminillo con hojas húmedas, pinos en el jardín... Ahí nos dimos nuestro último beso salvaje y desesperado como un grito de muerte.

Murmuro:

—Así que al final lo han encontrado. —Me pongo de pie y pregunto atolondradamente—: ¿Pe... pero qué ha pasado?, ¿quién es el periodista que te ha escrito?

Mi amigo me mira de arriba abajo, debo estar hecha una facha, sucia de barro, pelo mojado, ojos febriles, olor revenido a alcohol y tabaco, va a preguntar algo, pero yo lo corto abruptamente:

—Ya te lo contaré mañana. —Veo que se enfada, le acaricio el brazo, le suplico—: Perdóname, Lolo, ahora no tengo ganas... Desde el principio, dime qué ha pasado.

Va a hablar, pero al final opta por menear la cabeza como si ya hubiera desistido de hacer de mí una persona normal y me indica teatralmente la puerta del cuarto de baño:

—Vete al lavabo, desastre, más que desastre, quítate la pintura, dúchate, ponte un pijama, no porque vayas a despertar mi concupiscencia, sino porque hace frío, y luego te acuestas y te lo cuento todo.

Estoy a punto de negarme loca de impaciencia, pero él ya se ha desentendido de mí tratando de encontrar un enchufe para cargar el móvil, y su espalda me dice, no me sacarás nada. Me resigno y hago todo lo que me ha ordenado. Me meto en la bañera con la intención de darme una ducha rápida y luego me tiro largo rato con el chorro de agua lo más caliente posible sobre la nuca, los hilillos como alfileres se me clavan en las terminales nerviosas que me agarrotan los músculos, los nudos se van deshaciendo y el cuerpo me queda blando como el de una muñeca de trapo. Me duele el hombro, lo tengo enrojecido, pero por lo demás he salido asombrosamente bien parada de mi tétrico episodio nocturno.

Me paso el secador rápidamente por el pelo (urgente encontrar una peluquería), me unto de crema todo el cuerpo (aunque el mundo se viniera abajo y se secaran las pilas de todos los timbres que vos apretás, no dejaría de hacerlo), me pongo el albornoz y las zapatillas y vuelvo a la habitación. Lolo está sentado en el borde de la cama, sacándose una cadena por el cuello, dándole un beso a la medalla y depositándola en la mesilla de noche, lo que le obliga a tratar de justificarse delante de mí:

—Es como una superstición, ya sabes que no soy creyente.

Me asombro:

—Nunca me has dicho que habías hecho la Primera Comunión.

Molesto, me contesta:

—Sí, tenía ganas de vestirme de capitán general, al final mis padres, que me daban todos los gustos, accedieron, pero con el hábito franciscano; hija, aquellas sandalias de cuero, no te digo lo que fue en marzo en Zamora, aún lo recuerdo...

Aplano la almohada, pongo el cuadrante encima, abro la cama y miro con seriedad a mi amigo:

—Lolo, sabes que te adoro, y a tus padres también, pero ahora tus historias familiares me importan un pijo, para entendernos. —Me coloco de espaldas a él, me quito el albornoz y me pongo el pijama de franela, sí, el feo, un jersey, pañuelo al cuello y patucos, que es mi kit de dormir en los viajes—. Cuéntame lo que ha pasado de una puñetera vez, por favor.

Lolo me mira con curiosidad:

—Pareces el doctor Zhivago, solo te falta el gorro de astracán.

—Calla.

Me meto en la cama rápidamente. El cuerpo se desmorona sin que tú te des cuenta, yo, de cuando era joven, lo que más recuerdo eran los huesos de mis caderas con forma de lira y cómo se hundía el estómago cuando me acostaba, sobresalía aún más el pubis que el costillar. Y sobre mis piernas desnudas el reflejo blando de la pantalla del televisor que estaba a los pies de la cama. La luz se reflejaba sin una alteración, rutilante como mercurio, en ese río doble de carne sin defecto.

Lolo se desviste también, pliega la ropa y la deposita cuidadosamente en una butaca, se queda con camiseta y calzoncillos Calvin Klein, tiene el cuerpo breve de golfillo, no se molesta en quitarse los calcetines, se mete dentro de la cama. Se tapa con el edredón hasta el cuello, pero se incorpora de golpe, escruta mi mesita de noche y me ordena:

—Pásame la crema de manos.

Se unta parsimoniosamente, moviéndolas como si fuera un violinista haciendo dedos, coge incluso un arco imaginario y lo desliza sobre su bíceps mientras silba *El violinista en el tejado,* pero, ante mi mirada furiosa, depone su faceta musical y se dispone a explicarme lo que ha ocurrido con tanta delectación que incluso babea un poco:

—¿Te acuerdas el año pasado, cuando vinieron los hijos de Carolina de Mónaco a Ibiza? Mientras yo estaba sirviendo copas en el Lio, no porque lo necesitara, sino porque el dueño es amigo y me lo pidió.

Pongo por dentro los ojos en blanco... Ya conozco a Lolo contando una historia, y más sabiendo que el tema me interesa tanto que aguantaría incluso tres películas seguidas de Lars von Trier si ese fuera el precio. En realidad, no hubiera querido ser periodista, sino actor, y está cumpliendo sus sueños aunque esté interpretando su obra para un solo espectador.

El espectador debe interactuar para que el actor esté contento:

—Sí, me acuerdo. Me diste algún dato para mi columna.

Se ofende:

—Cómo algún dato.... Todos los días te pasaba información. ¡Si estuvieron a punto de echarme! Cuando te dije que Antonio Banderas y Melanie iban cada uno por su lado y que...

Le atajo:

—Creo que ya te lo agradecí.

Se enfurruña:

—No lo suficiente, ¿tienes crema de cacao para los labios?

Le paso el tarro de Carmex. Tengo que esperar a que se la aplique con toda tranquilidad, junta los labios varias veces como dando besos al aire, se unta las fosas nasales:

—Ay, qué asco, Lolo, ¿qué haces?

—Estoy constipado y tengo la nariz irritada.

—Pues ya te lo puedes quedar.

—Gracias.

Pone el tarro al lado de la medalla. Junto las manos y le ruego:

—¿Puedes seguir, por favor?

—Bien, pues los hijos de Carolina venían con su séquito de paparazzis, que en realidad tú sabes que son periodistas de la agencia Sygma que están conchabados con ellos y luego se reparten el dinero. Oye, por cierto...

—Qué.

—Esta semana ya tienes que enviar la columna, ¿no? Me ha dicho Isa que ya te la han pedido.

Aparto ese trabajo extra como se aparta un molesto moscardón y contesto a lo Escarlata O'Hara:

—Sí, ya la escribiré mañana, y qué más.

—Bueno, pues venían a cenar todas las noches al restaurante y me hice amigo de uno de ellos, Dominique de Saint Pierre, era el jefe, íntimo de Andrea, había estado en su boda..., hablaba español bastante bien, era muy majo.

Dios, qué me importa a mí Dominique, como es natural desconozco el gran papel que va a tener en mi historia, pero consigo mantenerme en silencio. Hago ese ruido con el que se azuza a los caballos cuando queremos que corran y salten, aunque en realidad no es así, porque se lo acabo de preguntar a la novia de mi hijo, pero ¿cuántas posibilidades hay de que este libro lo lean expertas amazonas o jinetes?

¡Voy a correr el riesgo!

—Hia.

—Ya va, ya va, pues intercambiamos teléfonos, me envió un wasap por Navidad felicitándome las fiestas.... Bueno, pues resulta que esta noche me ha llamado para preguntarme, ¿sabes qué?

—Qué...

Lolo se está tocando los brazos con preocupación, arruga el ceño y me indica:

—Oye, pásame la crema hidratante, que me noto los codos muy ásperos... ¿Qué te decía?

Le hubiera metido el tubo de crema por el culo, pero tengo que poner una sonrisa más falsa que las estatuas del Partenón de Atenas y digo:

—Que Dominique te ha llamado hoy.

—Ah, sí —contesta sorprendido como si le estuviera hablando de la pesca del salmonete—. ¡Es verdad! ¡Me ha llamado! Y me ha dicho, ¡ya sé que eres amigo de esa escritora que ha ganado un premio sobre un francés adúltero!

Se desternilla:

—Ja ja, adúltero... Me ha hecho gracia... Hacía mucho que no oía la palabra.

Me mira con una sonrisa de oreja a oreja, pero yo no me río. En realidad estoy seria como un obispo. Lolo cierra la bocota:

—Ay, perdona, hija, qué miedo. Yo le he dicho que sí, que precisamente estaba de gira contigo, y me ha contado que les había llamado la atención lo de *Le Nouvel Observateur* y tenían un rato aburrido en la agencia, han entrado en internet y se han dado una panzada de reír con todo lo que cuentas en las entrevistas que estás dando en España.

Lo miro con frialdad y le pregunto:

—Panzada de reír. ¿Por qué, si no es indiscreción?

Cómo está disfrutando este hombre, como un cerdo revolcándose en una charca. Se ha sentado en la cama con su camiseta de tirantes, los labios grasientos, la nariz goteando, y no deja de untarse crema ahora por todo el brazo y el pecho, mañana tendré que comprar otra, qué gran actor, venga el foco a él, regocijaos, que toquen los pífanos y las trompetas que él ha vuelto, eres para mí como el narciso de Sharon y el lirio de los valles (Cantar de los Cantares, 15-27). No responde a mi pregunta y va a lo suyo:

—Pues como estaban un poco cortos de temas, ha enviado a un reportero a Montpellier a ver qué averiguaban. En Francia también hay prensa del corazón, ¿sabes? Dice que lo venderá a *Closer* o incluso a *Paris Match* o hasta quizás a *Point de vue*, esa revista que informa sobre las monarquías, por aquello de que eres biógrafa real...

Me mira con ojos brillantes:

—¿Te acuerdas, no, bonita, de que antes de hablar de ti misma hablabas de los reyes?

Sí, me acuerdo, detesto ese pasado porque en ese pasado no está Sébastien.

Lolo casi me deja tuerta, y es que extiende la mano para rebuscar en mi mesilla, tira la lámpara, le pregunto con impaciencia:

—¿Qué quieres ahora?

—No tendrás una lima, por casualidad.

Me levanto, voy a mi neceser, la cojo, se la llevo, empieza a limarse las uñas con medio centímetro de lengua fuera, anda ya, para que luego digan que las mujeres parecemos idiotas cuando nos arreglamos.

—Qué más, Lolo.

—Ah, sí. ¡Cuando le he dicho que estaba contigo casi se muere!

—¿Por?

—Hombre, porque muchos datos sobre el sujeto no tenían... Yo no sé su verdadero nombre, pero con eso que les he contado de que había sido alcalde y trabajaba en la universidad Paul Valéry lo han tenido bastante fácil.

—No había sido alcalde...

Mi amigo despacha alegremente el tema:

—Bueno, que se había presentado a la alcaldía.

Me revuelvo, incómoda:

—Bueno, es que no es exactamente así.

Detiene el proceso de mengua de uñas, me mira con una ceja más alta que la otra y me señala acusadoramente con la lima:

—¿Mentiste, Pilar Eyre?

Dudo, al fin niego con la cabeza:

—No, no, mentir no... Exageré un poco, se presentó en el equipo de un aspirante a alcalde. Es casi lo mismo...

Mueve la cabeza con incredulidad:

—Qué gilipollas eres.

Lo agarro de forma apremiante por el brazo:

—Pero al final lo han encontrado, ¿no? Si están en su casa...

Una sospecha empieza a crecer dentro de mí:

—¿O no es él?

Lolo se desase bruscamente y vuelve al risrás de la lima, no quiere que se acabe su actuación estelar, sabe que una vez me lo haya contado todo dejaré de prestarle atención:

—Cuando llegó el reportero, la universidad ya estaba cerrada y no pudo consultar los ficheros. Pero un bedel le dijo que había tres profesores que se habían presentado a la alcaldía en algún momento, por edad descartó a dos y ahora está en la puerta del tercero.

Me retuerzo las manos.

—¿Pero será él?

—No lo sé.

—Llámalo.

—Son las cuatro de la mañana, prinzessin, por si no te has dado cuenta.

Yo también he hecho guardias, he sido reportera de a pie y sé lo que es eso, has de permanecer en estado de alerta todo el día, le tiendo su móvil con exasperación:

—¿Quieres llamarlo de una puñetera vez?

Rezonga, pero se pone a buscar el número:

—La especialista en la familia real, qué lenguaje más florido —se queda esperando—, tiene el móvil apagado, se habrá ido a dormir para volver a la carga por la mañana.

Deja el iPhone a un lado:

—Compréndelo, tampoco es un notición que vaya a provocar una reunión extraordinaria del Consejo de Estado.

Me recuesto sobre las almohadas. ¿Será él? Es lo que quería, ¿no?

Ponerlo entre la espada y la pared. O su mujer o yo. Siento un miedo dulce y terrible a la vez. Su amor me ha devorado la carne, me ha raspado los huesos hasta llegarme a la médula, ¡se dará cuenta de que nadie puede quererlo como yo! ¿El amor de su mujer? ¡Un amor de tres al cuarto, un amor de andar por casa!, ¡un amor de bata de boatiné y zapatillas de conejitos!

O le parecerá todo ridículo, dirá ¡qué exageración! ¡Si total fueron tres días! Pero ¿y ese beso? Quizás te tuvo pena, Pilar.

Lolo sigue parloteando:

—... contentos...

Vuelvo a escucharlo:

—¿Contentos? ¿Quiénes?

—Los de la editorial, tonta.

—¿Pero saben algo?

Me mira con reproche:

—Claro, guapa. Tú eres mi amiga, pero ellos son mis empleadores... Yo se lo he comentado a Isa, que lo ha hablado con los editores, están felices, esto moverá el tema, aquí el libro tendrá más repercusión y encima acelerará la traducción al francés. —Pone las palmas abiertas y grita como si estuviera en Broadway—: ¡Portadas! ¡Escándalo! ¡Show!

Baja la voz y abandona todo histrionismo:

—Niña, al fin y al cabo esto es un producto que hay que vender como sea, eso lo sabemos tú y yo, ¿verdad?

Cambia de nuevo el tono:

—¿No estás contenta o qué?

Contesto a lo loco, la verdad es que ya no sé lo que quiero:

—Sí, sí, pero ¿cómo se lo tomará él?

—¿Quieres que te dé mi opinión?

—Claro.

Se calla, se mira las manos, se toca los ojos, observa el techo, se levanta y me pregunta:

—¿Tienes el acelerador de crecimiento de pestañas?

—¿Te refieres al M2? —me indigno—, pero por un día que te lo pongas no te va a hacer efecto, ¡lo has de usar por lo menos cuatro meses!

—Tú tráelo.

Suspiro, me levanto, voy al cuarto de baño, cojo el carísimo producto que hace que mis pestañas midan medio metro y todo el mundo crea que son postizas (bueno, alguna vez lo son) y se lo tiendo:

—Toma.

Se lo aplica con cuidado para no meterse el pincelito en el ojo diciéndome:

—Por lo que me has contado de él, creo que optará por una respuesta chorra, tipo, de mi vida privada no hablo y ese libro no pienso leerlo.

Parpadea deprisa, guiña los ojos, mira hacia otro lado, hunde la cabeza en la almohada, creo que está reprimiendo una carcajada sin control. Lo observo con desconfianza y me repliego sobre mí misma como una criatura deforme. Se ríe de mí. Lolo se está riendo de mí.

¡Sigo siendo la rara, la diferente!

¿Os acordáis? ¡No me lavaba, llevaba chaquetas de mi madre, los uniformes arreglados de mi hermana mayor! Ya adolescente, con pelos en las piernas y mi primer sostén, si alguna vez me invitaban a una fiesta de cumpleaños porque era aquello de que venga toda la clase, tenía que fabricar yo misma el regalo. Cuando todas llevaban discos de 45 revoluciones o la caja pequeña de lápices Caran d'Ache, yo hurtaba un libro de la biblioteca de casa, le arrancaba la primera página donde estaba el exlibris familiar y lo envolvía torpemente, mi anfitriona se lo enseñaba a su madre con una mirada sutil y la madre me observaba de arriba abajo y trataba de enterarse de cómo me llamaba de apellido, de qué trabajaba mi padre y dónde veraneábamos.

El mundo sigue siendo un lugar igual de hostil, ¡en los colegios se sigue apartando a los diferentes! No se les maltrata, las heridas que se les infieren no dejan cicatrices visibles, no puede una quejarse porque el problema es tuyo, ¡no le caes bien a nadie! Hay un ejército de niños perdidos que vienen de ese lugar inhóspito, de ahí vengo yo también, ¡esa es mi vida! Retuerzo la punta de la sábana. Lolo levanta la cabeza, intento preguntarle en tono normal, como si no me importara, pero al final estoy chillando:

—Tú no crees que él me quiera, ¿verdad, Lolo? Crees que no lo voy a ver nunca más. ¡Os reís de mí! ¡Tú, Mario, Jorge, Isa! ¡Todos! ¡Me encontráis grotesca!

Primero trata de bromear, pero no sé qué ve en mis ojos que me abraza muy fuerte, mucho, tanto que noto sus pectorales, el estómago, las rodillas huesudas:

—¡Qué te pasa! ¡Nadie dice eso!

Sollozo sobre su hombro, me arrulla, so, so, y pregunto con voz de niña pequeña:

—¿Me lo juras? ¿Por quién?

—Por mis padres.

—A tus padres los quieres mucho.

—Sí, muchísimo, pero no más que a ti.

Me deshago en gemidos. Instante de desesperación superado. Niña rara, deja de joder con la pelota. Sorbemos mocos al unísono y nos separamos. Sigo preguntando después de pegar varios suspiros que hacen temblar las lámparas del techo y mueven las cortinas:

—¿Y su mujer? ¿Qué opinará?

—¿La danesa? ¿No dices que no habla ni una palabra de francés? Quizás no llegue a enterarse de nada... De todas maneras, mañana saldremos de dudas.

Me da un estrujón:

—Todo saldrá bien —canta bajito—, qué felices seréis los dos...

Rumio... Mañana... Falta mucho...

Lolo me pregunta en voz baja:

—¿Pongo la tele?

—Sí, pero el canal porno no, que luego me lo meten en la factura como extra y me da vergüenza.

—Ay, mona, no tenía ninguna intención..., aparta, que me da mucha cosa encontrarme con tus pies.

—Oye, pues no te pongas en medio, joder.

—Joder, precisamente, hace mucho que no lo hago.

—Yo tampoco.

—¿Habían inventado la rueda la última vez que tuvimos una relación sexual?

Me quedo pensando:

—Hum... Sí, pero era cuadrada entonces...

—¿Me regalas el M2?

—Sí.

Debe ser muy tarde. Sí, hace mucho que no hago el amor con nadie. Ahora me doy cuenta de que hace tanto tiempo que no estoy con un tío que tomo asiento de forma masculina, con las piernas abiertas. ¡Ayer incluso me sorprendí a mí misma tirando virilmente un cigarrillo de hachís por la ventana como quien tira un sombrero al ruedo! ¿Qué me queda? ¿Afeitarme y dejar la tapa del váter levantada?

A lo mejor ya no lo hago nunca más. ¡Si pudiera aceptar esta idea espantosa podría empezar a disfrutar de la vida! Saber con certeza que no volveré a sentir el tacto áspero de la piel de un hombre, esos fluidos espesos corriéndome por los muslos y el sexo irritado. Ni Sébastien ni nadie, nunca más, me está entrando sueño, solo la piel fina de mis amigas cuando nos besamos, ese mejilla contra mejilla leve que hacemos las mujeres cuando nos vemos y que, con tanta necesidad de cariño como tengo, me gustaría demorar.

—¿Lolo?

No me contesta, me acerco a él, está de espaldas, creo que duerme, me arrimo, coge mis manos sin volverse y las junta con las suyas sobre su vientre. Musito contra su camiseta, hay mujeres que viven sin hombres y se contentan, nunca te he pedido nada, Jesusito de mi vida, eres niño como yo, bueno, yo soy un poco más mayor hablando francamente, que se acabe el deseo de la carne, a veces quisiera ser vieja, vieja de verdad, que pasen galopando estos años llenos de deseo y de sufrimiento.

¡Creo que me duermo! Sí, ya sé que he dicho al principio que no había dormido en toda la noche, pero los insomnes mentimos mucho con estos temas.

Todo el viaje a Bilbao estuvimos esperando la llamada de Dominique. Isa me dijo, pase lo que pase será bueno para el libro, ya verás:

—Los de aquí ya se han puesto en contacto con nuestra editorial francesa, en principio no se mostraban muy interesados en traducir, porque la autoficción no les funciona muy bien y tú tampoco eres conocida allí, pero si el protagonista es un francés que existe y la historia es real, la cosa cambia.

—Entonces qué.

—Esperarán a ver qué pasa antes de decidirse.

Putos franceses.

—Pero aquí, en España, nos vendrían de cine unas declaraciones de tu protagonista, una foto de tu Sébastien con el libro en la mano, vaya morbazo, lo incluiríamos en el dossier —duda—, ¡a ver cómo lo movemos todo cuando empiece a salir en las revistas!

Jorge Zepeda me observa con ojos compasivos, cuando lo miro me sonríe de forma automática y yo le espeto sin venir a cuento:

—Tú tampoco estás muy guapo que digamos.

Se pasa la mano por el rostro y se echa a reír. También tiene los rasgos cansados, ha perdido el bronceado que traía de Italia, ha adelgazado y la piel sobrante le cae a ambos lados de la boca dándole un aire tristón. Sus mejillas están demacradas y los ojos hundidos.

Sigo tan sumergida en mis preocupaciones que no le he prestado atención, y él aquí está solo, totalmente solo. Yo conozco a todos los periodistas con los que nos encontramos, del trabajo o de anteriores giras con mis otros libros, en los hoteles no me piden la documentación porque ya he sido clienta suya, he pisado el suelo de todas las ciudades que estamos recorriendo, Lolo es amigo mío y no un empleado que me haya puesto la editorial y que tiene que ser amable de oficio, todas las noches hablo con Ferri, ¡es mi país, mi comida, mi gente! ¿Sentirá él la pesadez de su soledad? Ha ganado el primer premio, es cierto, pero ¿no será eso una tremenda responsabilidad para él? ¿Se debatirá también en la cama insomne y atormentado por el recorrido que vaya a tener su novela sin ningún amigo en el que poder confiar? ¿Comerá pan de lágrimas por las noches? Espontáneamente, le doy un abrazo y le beso en la mejilla:

—Perdóname, Jorge, güey, no sé qué me pasa, ya ves que mi vida es un caos.

Hace un gesto elegante con la mano y me dice en voz tan baja que solo lo oigo yo:

—Todas las vidas son una gran jodienda.

¿Cómo? Me gustaría hablar con él, pero las urgencias de la gira se imponen. Y menos mal que el primer sitio al que vamos es una televisión, porque allí me maquillan y peinan y puedo ir decentemente arreglada el resto del día.

Comemos en el Guggenheim con María Arana, una vasca de ley que parece tallada en piedra berroqueña, nuestra mujer en Bilbao. Aunque lo de comer es un decir. De la estupenda gastronomía del lugar solo dan cuenta Lolo y Mario, Jorge está con su tofu, Isa con su pronocal y yo no voy a poder comer porque nada más llegar a nuestra mesa de siempre, en la esquina, María, con perfecta desenvoltura y sin atender a los signos que Isa y Lolo le hacían a mis espaldas y que yo veía perfectamente, me ha tendido un montón de periódicos enrollados y otro a Jorge:

—Mirad, ya han salido algunas críticas.

Abro los míos, los despliego sobre la mesa, por el espejo

de la pared me doy cuenta del pequeño gesto de complicidad apaciguadora que les hace María, y entonces parece que los otros se relajan, pero no dejan de observarme con aprensión. Nadie mira a Jorge, que lee tranquilamente. María se apresura a decirme:

—Todos ponen muy bien tu libro; mira, en *La Razón* llaman a tu historia la pasión francesa.

Leo a media voz, «drama, comedia, cotidianeidad e intriga, valiosas reflexiones sobre el cuerpo, la madurez y el amor..., toca la médula», enrojezco de placer, miro la firma, Ángeles López. La quiero, la idolatro, le voy a poner un piso, y no en cualquier lugar, ¡en el barrio de Salamanca y además un chalet en la Costa Brava! Isa se apresura a colocarme otro diario delante:

—Mira, en *La Vanguardia* muy bien. —Señala un artículo—. Es Ignacio Orovio, dice que...

Ahora es Lolo el que toma el relevo:

—Y en *El Periódico,* y Ramón Tamames, y *La Voz,* y en *El Mundo* no te cuento, con fotón tuyo incluido...

Risas nerviosas de Isa, que trata de bromear:

—Es que si en tu diario ya no te ponen bien...

Hasta Mario interviene:

—Oye, oye, eso es que ha gustado, porque si no, con no escribir nada... —Alboroto de papel, me señala unas líneas y otras y otras—. Mira en *La Opinión,* y en *El Faro,* y *El Correo*... Todos resaltan tu valentía al escribir una historia autobiográfica...

Isa, como el jugador desplumado que lanza el último naipe sobre la mesa, saca una carpeta de plástico trasparente con unas hojas impresas en su interior:

—Mira lo de *El Confidencial,* y lo de *Periodista Digital* y los mejores blogs sobre literatura...

Jorge lee en silencio, nadie le presta atención. Le echo un vistazo de reojo, tiene los mismos diarios que yo...

Sí, los mismos, más uno.

Miro, remiro, repaso los míos y con la voz estrangulada digo:

—Falta uno.

Todos a coro, perfectamente entrenados, gritan:

—No, no, están todos.

Señalo el que en ese momento está leyendo Jorge, que se queda inmóvil, sin atreverse a mirarnos, con la página en alto cual estatua de sal:

—Falta ese.

Al unísono, todos rompen a hablar:

—Ah, ¿te refieres a ese papelucho? ¡Ya no lo lee nadie! ¡Tira menos que una hoja parroquial! ¡Solo pone bien a sus escritores y se les ve el plumero!

A los que se les ve el plumero es a ellos, están todos conchabados, ahora me doy cuenta. Se han reunido antes de esta lamentable escena para estudiar la estrategia que seguir. ¿Qué será esa cosa horrible que me están ocultando? Puedo imaginármelo.

Pálida y desencajada pido:

—Dónde está, quiero verlo.

Vuelven a hablar a la vez formando un guirigay insoportable, «se había terminado», «hacían huelga», «tiran una edición tan corta que aquí no llega», «han donado todos los ejemplares a la Comunidad de Madrid para contribuir al ahorro energético», «hoy no ha salido». Con un ademán rápido, digno de un avezado carterista de esos que operan cerca de las estaciones, le arrebato el periódico a Jorge.

¿Por qué lo hice, Dios? ¿Por qué no mandaste sobre mí el mismo rayo que destruyó Nínive, pero concentrado en la mano? Sí, perder la mano, vale, pero hubiera valido la pena. Era la izquierda, además.

Hay una regla en psicología que creo que me acabo de inventar ahora mismo que demuestra que cada opinión negativa tiene sobre el sujeto el mismo impacto emocional que siete positivas. ¿Que digan de ti que eres una mierda y tu libro otra mierda es una opinión negativa? ¿Cuántas críticas positivas tienen que escribirse para contrarrestar esto?

No sé. ¿Doscientas mil? Me pongo a llorar.

Un velo espeso y oscuro desciende sobre el mundo. Aún ahora, que han pasado siete meses desde ese día y he tenido que repasar esa crítica para poder reproducirla aquí, he vuelto a llorar de dolor. De rabia, de pena, de odio, de no sé qué. Qué difícil me está resultando escribir este capítulo. Me quedo con los dedos suspendidos sobre el teclado y doy largos suspiros semejantes a quejidos que hacen venir a mi hijo. Hinco la cabeza en las manos. Me pregunta:

—¿Es por Sébastien?

Niego ciegamente:

—No, no, ¡es por mi libro!

La gente que nos rodea en el restaurante del Guggenheim me mira con elegante disimulo, pero a pesar de eso alguno incluso saca el móvil para hacerme una fotografía. En vano mis compañeros agitan las otras críticas delante de mí, en vano vuelven a decir que eso no lo lee nadie y que esa señora quizás incluso es un seudónimo y ni siquiera existe.

Pero sí. Basta de lágrimas. Levanto el puño. Que te folle un pez, tía peluda. Cómo me gustaría partirte contra el suelo esa cabeza llena de mugre.

Convocados por una batuta invisible llamada piedad, empiezan a llamarme por teléfono. Me llaman mis editores, «es un clásico, cuando esos te ponen mal, se disparan las ventas, pasó lo mismo con Luz Gabás». Me llama mi hijo, que ha mirado quién es la autora de la reseña por internet, «una escritorcilla frustrada, ha publicado dos libritos que no ha leído ni dios», me llama mi amigo Jesús Sotelo, que me recuerda lo de Tom Sharp, «los críticos leen mis libros para destrozarlos, y cuanto más empeño ponen en su cometido, más vendo», y el consejo de Donna Tartt, «nunca leas las críticas, si son positivas, no ayudan, y si son negativas, hacen mucho daño». Me llama Mary Luz Barrantes, me grita que qué esperaba trabajando en *El Mundo*, que aún es raro que en el periódico rival no me hayan fusilado al amanecer y que se acaba de leer el libro y que soy una cabrona porque ha reído y llorado tanto que ha envejecido varios nanosegundos, me llama Pedro Palacios y me dice que a ver cuándo vuelvo, que los domingos por la tarde continúan existiendo y dando por culo, me llama mi nueva íntima amiga Gladys que me grita «ole tus cojones», me llama Vene, mi corrector, que me dice que me ha visto crecer como escritora y que nadie podrá conmigo, y mi hijo hace llamar a mis hermanas, que no saben de qué va, pero me dicen que pase lo que pase ellas están orgullosas de mí, y Leo, y Carla, y hasta Tea me llama para decirme que la envidia es muy mala y este toro sigue enamorado de la luna.

¿Pero no era que no leía nadie ese papelucho?

Jorge me dice:

—Eso son mamadas, compa.

Claro, a él le deben haber puesto bien. Para animarme trata de quitarse importancia, «no te creas, total solo comentan que soy el nuevo John Le Carré», vuelvo a llorar ahora con grandes sollozos, y yo, ¿qué soy? ¿La nueva mierda pinchada en un palo? ¿O la misma vieja y familiar mierda de siempre?

Jorge me coge del brazo y me dice mirándome a los ojos:

—Daría todas las críticas buenas del mundo por tener tu alegría de vivir, pendeja.

Pues la alegría de vivir llora más. Moqueo, me sueno con el mantel. Aparto con gesto de repugnancia las cocochas (se las come Lolo). Y ahora vete a las radios a hablar de tu libro y escruta las caras de los que te entrevistan, todos deben haber leído la reseña maldita, todos deben estar pensando, qué hace esta tía aquí con su pobre novela que no nos interesa nada... Yo la defiendo como puedo, aunque ni un periodista hace mención de la crítica, solo me preguntan por Sébastien, dónde está, si ha leído el libro, si sabe que he ganado el premio. Sébastien, siempre Sébastien.

Bilbao tiene el color del acero del que ha vivido tanto tiempo, como si lo hubiera absorbido por todos sus poros. En la radio del taxi canta Benito Lertxundi:

Oi ama Eskual Herri goxua
zutandik urrun triste banüa
adios gaixo etxen dena
adios Xiberua.

Sí, lo de adiós lo entendemos todos.

Yo le voy preguntando por Dominique a Lolo entre entrevista y entrevista, no nos ha dicho nada, no sabemos si al final Sébastien ha salido de su casa y se ha podido hablar con él:

—No sé, no da señales de vida. —Lolo agita el teléfono, como si se fuera a desprender de él alguna palabra que nos aclarara el asunto—. No me dice nada y no lo coge si llamo.

A última hora tenemos firma en El Corte Inglés. Cuando estamos aparcando veo a un grupo de gente reunida en la calle, hace frío, llueve, y pregunto con temor:

—¿No habrá una manifestación?

Presentando un libro mío en Valencia había unos ciudadanos manifestándose en la calle. Cercaron el establecimiento, cortaron la circulación y, como es natural, no vendí ni una escoba, aunque estuve una hora que me parecieron mil años poniendo cara de idiota, hablando de tíos con Mónica Ramírez, nuestra agente en la Comunidad Valenciana, y sangrando por dentro. Isa, sonriente, me lo aclara:

—No, no —su sonrisa se abre más—, es por tu libro.

Incredulidad.

—¿Por mi libro?

Di, di, muchacha, derrama ese ungüento milagroso que se llama halago sobre mis heridas:

—Sí, Pilar, a la gente le está gustando, y prepárate —pausa efectista—, ¡vamos a tirar la segunda edición!

Oh, gracias, Dios. ¿Cómo puede ser que todo cambie por la magia de unas simples palabras? ¡Hola, mundo, cómo te quiero! ¿Te importaría estirarte en el suelo para que te coma a besos? Ponte bien, los cascos polares cuestan un poco, a ver, que paso la lengua, qué fríos, ah, esta protuberancia debe ser el Everest, ¡tómame!, ¡penétrame! ¿Es varón el mundo? ¿No tituló mi amigo Terenci Moix uno de sus libros *Mundo macho*?

Tan saturada de orgullo colmado llego al hotel que me parece que voy a reventar. Es un alto edificio de cristal y hierro. Isa me dice:

—¿Nos vemos arriba en el gimnasio?

Sí, sí, estoy poseída por una energía tan poderosa que me siento capacitada para participar en una olimpiada. O dos, o tres. La *troupe* planetaria tomamos ruidosamente el pequeño gimnasio, todos vestidos de forma estrafalaria, yo voy con el pantalón de pijama, patucos y anorak. Jorge mantiene el ordenador en equilibrio sobre la barra mientras hace sentadillas y con un dedo dirige su periódico, Isa marcha a buena velocidad en la cinta con la lengua fuera, y Leo, Mario y yo hacemos carreras con la bicicleta estática y luego nos vamos corriendo a las habitaciones, alguien grita:

—Maricón el último.

No sé quién pierde.

Es al día siguiente, ya en Logroño, en la librería Santos Ochoa, cuando Lolo consigue hablar con Dominique. Es el francés el que llama y yo no me contento con su:

—No, ah, sí, hum.

Le arrebato el teléfono, me presento, Dominique me saluda tan educado como todos los franceses, tengo ganas de decirle:

—Corta el rollo, macho.

Pero me limito a escuchar y asentir:

—Sí, lo entiendo.

Me dice que el profesor delante de cuya vivienda estuvieron haciendo guardia no era el protagonista de mi novela, porque era una persona con discapacidad, vamos, que iba en silla de ruedas, pero que, en aras de la corrección política, el bedel no se lo había comentado, si no ya no se hubiera molestado en ir a su casa, no porque un hombre en silla de ruedas no pueda enamorar y hasta volver loca a una mujer, sino porque yo no mencionaba esa circunstancia en ninguna de las entrevistas que me habían hecho, no, el libro no lo había leído todavía, pero esa noche se lo iba a bajar en ebook.

Yo tartamudeo:

—Pe... pero quizás es él. ¿No habrá tenido un accidente?

¡Ojalá! Lo cuidaría con abnegación, iría a vivir a Montpellier para convertirme en su esclava, le pediría que abandonara su silla y lo llevaría en brazos a todas partes.

Pilar, es muy alto y quizás arrastraría los pies, no sería cómodo para él.

Bien, pues que siguiera utilizando la silla si lo prefería, nadie la conduciría con tanta dulzura y cariño como yo. Cuidado esa curva, ahí viene un bache, alma mía, no tengas miedo, gira la cabeza, ¿me ves?, aquí estoy, empujando. Sus ojos prodigiosos, de mirada tan rápida como la lengua de una serpiente.

Pero mis sueños de futuro se desploman:

—No era él, el señor Dupont está así desde hace veinte años.

Bien, si camina, tampoco importa. También lo he amado sobre sus dos piernas.

Dominique me pide que le dé los datos correctos. Nombre y dirección. Dudo unos segundos, si lo hago, la maquinaria se pondrá en marcha, mi Sébastien pertenecerá ya a todo el mundo y no solo a mí y a mi libro. ¿Me arrepentiré de hacerlo? ¿Se enfadará él?

Pregunto para demorar la hora fatal:

—¿Sabes qué tiempo hace en Montpellier?

Si Dominique se sorprende por este absurdo interés, no me lo demuestra, dice que él está en París, claro, pero que en el sur el clima es distinto, y se embarca en una larga explicación sobre el mistral y los microclimas y mientras voy pensando que estoy a punto de abrir una llave, pero no la del gas que mataba tanto, sino la de la intimidad, la mía y la de Sébastien, pero esta vez sí que de una forma irreversible.

Silencio al otro lado de la línea, ha finalizado el parte sobre el tiempo y el hombre espera. Al final, cierro los ojos como hacía cuando me tiraba a la piscina desde el trampolín del Club de Mar de Sitges, ese instante de vértigo antes de chocar con un agua no demasiado limpia, allá vamos, y suelto el nombre y la dirección.

Me alejo de ti, triste, *zutandik urrun triste banüa,* adiós, *agur.* Te he puesto la marca de Caín en la frente, la estrella amarilla en el pecho.

7

—Hola, Pirruskis.

Es uno de esos nombres absurdos que le suelo dedicar a mi hijo, como Cocoliso, porque nació afectado de una profunda alopecia, de ahí que también lo llame de vez en cuando Calvorota.

Qué pasa, él cuando estamos solos me llama Mamunfia, ya sé, hijo, que vas a decir al leerme, joder, basta, esto es como vivir en *Gran Hermano*. También le llamo Cuco, por nada, porque sí.

Normalmente le hace gracia, pero hoy, en Pamplona, donde ha venido a visitarme, se apresura a estampar un beso en mi mejilla para que me calle. Y es que se desgaja una sombra de su sombra propiamente dicha y detrás de él aparece una chica muy joven. Ferri carraspea, no le sale la voz, la niña se mantiene expectante, lleva botas altas y una zamarra de piel vuelta, se apoya en un pie, luego en otro, es toda trigo y miel, rubio el pelo, rubias las pestañas, sonrisa rubia.

—Mira, mamá, esta es Lucía.

La estación de Pamplona tiene un inmenso reloj como de película del oeste, la fría hora del crepúsculo azulea los contornos. Estamos en mitad de la gira y mi hijo viene a visitarme, pero no me ha dicho que lo haría acompañado. Bien, así será quizás para siempre, tenemos que hacernos a la idea. Pilar, retírate un par de pasos, si quieres retirarte tanto que caigas a las vías del tren ahora que pasa el talgo no creo que a nadie le importe, adiós muy buenas, a tomar por saco. Podré decir como Ana Karenina, incluso mientras el tren me va atropellando, «he buscado el placer, pero la dicha que he conseguido no era la que esperaba».

¿Me dará tiempo a soltar parrafada tan extensa?

Ya nunca vas a ser la primera en el corazón de tu hijo. ¿Tendré que llevar peineta a la boda? Y luego, ¿qué? Fingir que estoy muy contenta de vivir sola, convertir su habitación en un gimnasio y dejar la tabla de planchar permanentemente desplegada, pero ¿planchar qué? El alma. No, Pilar, que uno de los slogans de tu libro es «en el corazón nunca hay arrugas».

Pordiosear a hombres desconocidos que vengan a casa a tomar una copa.

La niña se adelanta, yo también, chocan nuestros pómulos y estamos a punto de dejarnos mutuamente desdentadas, nos reímos en tono artificial, no sé quién está más nerviosa de las dos. Yo trato de aparentar que todo es muy normal y que mi hijo lleva largos años presentándome multitud de novias en todas las estaciones de tren de todas las ciudades españolas. Hablo de forma desbocada:

—¿Fender se ha quedado contento? —Porque mi perro, para las estancias largas, tiene la residencia canina de Lluisa en el campo, y para las cortas, como ahora, su cuidadora en la misma Barcelona, como la reina de Inglaterra, qué menos—. Luego lo llamamos.

Me giro hacia Lucía y le explico rápidamente, antes de que pueda creer que madre e hijo dominamos el lenguaje perruno y que nos vamos a poner a gritar por el móvil «guau, guau»:

—Para hablar con Elena.

La muchacha ríe:

—Ya me lo imagino... Yo también tengo perro.

Ah, ¿cómo? Un punto a su favor, pero, un momento, a ver si se ha conchabado con mi hijo para conquistarme y quizás ha alquilado un perro para unos días, pero Ferri me adivina el pensamiento:

—Mamá, que no se te ocurran ideas raras. Beltza tiene cinco años, es una pastora belga.

La niña se saca la mochila, busca el móvil y me tiende la imagen de un perrazo negro jugando con mi Fender. Parecen felices. Punzada de celos:

—Ah, pero entonces ya se conocen.

La niña dice con orgullo:

—¡Son novios!

Yo protesto:

—Pero si Fender está castrado.

Lucía me informa que Beltza también, pero en mujer, y que tal circunstancia no..., pero mi hijo protesta violentamente:

—¿Hace falta hablar de estos temas? —Cambia de conversación, me mira atentamente—. Te veo más delgada, ¿no? Y pálida.

Supongo que lo que quiere decirme es que me ve fea, pero el concepto guapa o fea es para novias, artistas o misses, no se aplica a las madres.

—Pilar, me he leído tu libro y me ha gustado mucho.

¿Eh? Pero ¡esta niña es encantadora! Claro que, si me pongo a pensar, me da vergüenza que la novia de mi hijo haya leído aquello de que..., y lo otro..., y cuando estábamos en el agua y...

—Todas mis amigas se lo han leído.

Miro de reojo a mi hijo, pero está contestando una llamada, no le ha sido fácil abandonar su empresa recién creada para acompañar a su madre un par de días:

—¡Pero si cuando me he ido la aplicación funcionaba, coño!

Lucía sigue en un susurro conspiratorio:

—Y estoy deseando que me cuentes cómo está ahora el tema, ¿has sabido algo más de él?

¿Es posible? ¡Oídos vírgenes para contar mi historia!

—No, pero pronto voy a enterarme, porque unos periodistas franceses lo han localizado en Montpellier, bueno, se equivocaron y encontraron a otro que estaba en una silla de ruedas, pero ahora ya les he dicho su nombre de verdad y...

La niña abre los ojos hasta extremos inverosímiles y pone la boca en o, creo que no comprende nada, pero mi hijo cuelga y me mira con severidad:

—¿Aún estás con eso? Ya hablaremos.

Ya hablaremos, no, ¡ya hablaremos, no! Esa frase me da un miedo que te cagas. Ya hablaremos era lo que decía mi padre cuando me había pillado cometiendo alguna tropelía, me buscaba por la calle, me daba un empellón, me decía vete a casa y ya hablaremos, como cuando se enteró de que había entrado en un chalet en Sitges, le cogimos la llave a la madre de un amigo mío que lo custodiaba, y me paseé por los vastos salones, levanté las sábanas que cubrían los muebles para ver qué había debajo, encendí las enormes arañas que colgaban de los techos, me eché en las camas, abrí los frascos de perfume para olerlos, acaricié la ropa colgada en los armarios, solo quería ver cómo vivían los demás, cómo eran las casas ajenas cuando no había nadie. Ni se me hubiera ocurrido coger algo, traté de explicarlo, pero papá me cruzó la cara de una bofetada, y mi madre decía mientras se pintaba los labios tranquilamente delante del espejo, sí, de ese rojo fuego que se llevaba entonces:

—Esta niña nos matará a disgustos.

Y luego el consabido:

—Pilarita, es por tu bien.

Lo que más me llamó la atención de la casa en cuestión fue el papel de váter de colores.

Hombre, yo no creía que mi hijo fuera a pegarme, pero un poco de miedo sí que me dio el tono de su voz. Inesperadamente, Lucía vino en mi ayuda y le espetó:

—¡Qué guay tener una madre así! —Señala a Ferri—. Siempre se lo digo...

Qué, ¿una madre como yo?

¿Esta?

Miro a Lucía atentamente, es alta, muy derecha (después me enteré de que montaba a caballo), ¿por qué alguna vez había pensado que no me caería bien la novia de mi hijo? Voy a decírselo a él, lo miro y lo que veo me parece tan asombroso como la aurora boreal o que Enrique Iglesias triunfe como cantante (ahora, eso sí, está buenísimo). Ferri exhibe una sonrisa arrobada y esa mirada que el populacho define con brutalidad como de cordero degollado. Y lo más asombroso es que corrobora el piropo:

—Sí, es una madre cojonuda.

Dios, nunca lo he dudado, pero ahora tengo la prueba palmaria, ¡los milagros existen!

Sí, vale, pero lo que importa es lo que importa, mientras ellos buscan un taxi, le envío un mensaje a Lolo, «¿sin noticias de Montpellier?», al momento mi amigo me contesta: «niente». Dominique no nos ha comunicado nada en todo el día. Con el nombre y la dirección que le di anoche no habrá tenido problemas para localizar a Sébastien, aunque quizás prefiera abordarlo en la universidad para hablar de forma más libre y relajada.

Me estremezco. Quizás él ahora está pronunciando mi nombre, «Pilar». Un torbellino de fuego se me instala en el pecho.

¿Cuál será la primera pregunta que le hará el reportero? «¿Usted sabe que es el protagonista de un libro que ha ganado un importante premio en España?».

Hoy lo estaba pensando. Acabo de leer que Ortega y Gasset dijo que hay quien ha venido al mundo a enamorarse de una sola persona y que por lo tanto es probable que no la encuentre jamás. ¡José, gran filósofo que estás en los cielos departiendo probablemente con Sófocles y Jean-Paul Sartre, yo lo he encontrado! Han tenido que pasar sesenta años para conocerlo, ¡pero lo he encontrado! ¿Alguien se asombra entonces de que este sentimiento se haya introducido dentro de mí con precisión quirúrgica, se haya fundido de tal forma con mis músculos, mi linfa, mi sangre, mi bazo, mi piel, que si quisiera arrancármelo tendría que eviscerarme, despellejarme, desmembrarme, vaciarme de todo, lanzar mis pedazos al viento, y detrás de estos pedazos irían mis manos, y aun así en cada uno de esos fragmentos de ser humano continuaría viviendo mi amor por Sébastien?

Me lo imagino moviendo la cabeza ante las preguntas del periodista, encogiendo sus hombros puntiagudos, contestando con su voz profunda...

Contestando ¿qué?

Ferri me da un golpe en el brazo:

—Mamá, mamá, ¿qué pasa?

Vuelvo en mí, mascullo unas excusas, «mirad qué limpio y elegante es Pamplona, esto es el centro, pare ahí delante del palacio de Guendulain donde nos alojamos, tengo mesa reservada, ya veréis qué bien se come».

Los he querido invitar a todos con mis miserables 150.000 euros, pero sorprendentemente Lolo y Mario se han ido a cenar juntos, Mario estudió aquí la carrera y tiene muchos amigos. Lolo me ha preguntado, cuando ha venido a despedirse en plan festival de colores, foulard floreado, pantalón azul, chaqueta pistacho, zapatillas verdes:

—¿Me ves elegante? Creo que los colegas de Mario son el obispo y gente así.

Isa me ha dicho que prefería quedarse en la habitación resolviendo problemas de la gira y así se salta una comida, y Jorge ha desaparecido. Sé que intenta hacer turismo en los pocos momentos muertos que tenemos, quizás pretenda escribir un libro sobre el tour también. ¡Mira, Jorge! ¡Iguales!

El restaurante es de estilo clásico, decorado con suntuosidad, lujosos cortinajes, muebles imponentes de caoba, tapices y hasta armaduras, los manteles y servilletas son de hilo de Escocia, la vajilla es de Sèvres y los camareros van vestidos con chaquetilla abotonada hasta el cuello y nos hacen reverencias. Suena esa pieza de Bach que siempre toca un japonés con un violoncelo. Ferri y Lucía miran alrededor, mi hijo no sabe si dejarse llevar por su entusiasmo o fingir que este es su hábitat natural, pero cuando Lucía dice:

—Qué sitio más bonito.

Él asiente y hasta creo que me mira con algo parecido a la gratitud (parecido muy lejano). Ambos estudian la carta, preguntan qué es la *gelée* de moscatel y las vieiras con vinagreta de mostaza, mi hijo escucha a Lucía con cariñosa atención, «¿y la crema fina de hongos?, vamos, qué diferencia hay con la que no es fina, ah, vale, lleva trufa negra...», y sonríe levemente en un gesto igual al que tenía su padre cuando me miraba a mí.

Sí, lo recuerdo, la nostalgia se presenta de golpe como un visitante molesto, sin avisar y en el momento más inoportuno.

Qué alto es ahora, cómo ha crecido aquel ochomesino que lloraba día y noche, se estiraba y se encogía como un muelle, su cuerpecillo se ponía de color escarlata excepto un círculo blanco alrededor de su boca, una redonda perfecta cuya razón ningún médico me explicó nunca.

—¿Y usted, señora?

—¿Cómo? —El camarero me mira, educadamente expectante, yo paso un vistazo rápido por el menú que tengo entre las manos—. Un pescado a la plancha.

El camarero me indica:

—¿No prefiere un taco de rape a la sartén sobre guiso de chipirones y salsa bogavante con mouse de vinagre de Jerez al tomillo y *pommes de terre* a la Pompadour con reducción de soja?

Con alegre inconsistencia contesto:

—¡Muy bien! Y algo para picar.

—Mamá, ya hemos pedido aperitivo.

—Vale, vale.

¿Tengo el móvil controlado? He colocado el bolso en la silla sobrante, pero debajo del chaquetón, ¿se oirá? Mi hijo se pone a contarme que han ido a pasar un fin de semana a Llafranc y que el vecino...

—Ese pintor tan simpático que normalmente intenta boxear conmigo, Rubén...

Lucía salta:

—¡Lo sacas en tu libro! El que hizo la gambada a la que fuiste con Sébastien y que luego quiso ligar con una de tus primas... Tenía muchas ganas de verlo y le pedí a Ferri que me lo presentara. Como es casi el único que conoció a tu...

Se nota que no sabe cómo referirse a... ¿Cómo? Ah, no, me parecía que oía el móvil, con disimulo le doy un manotazo al chaquetón por si acaso, murmuro:

—Sí, Rubén, claro.

—Pues fui a su casa y no me quiso abrir, aunque vi que estaba dentro, y después me di cuenta de que había pasado un papel por debajo de nuestra puerta diciéndonos que si volvíamos a dejar las bicis y las tablas de windsurf en la zona común se iba a quejar al presidente de la comunidad. Qué antipático, ¿no?

Ahora sí, ahora sí, calla, hijo, que suena mi móvil, un mensaje. Con un grito meto la mano en el bolso y lo extraigo con la brutalidad de una bulldozer, lo miro. ¡Lolo me envía una imagen! El corazón se pone a latir a cien por hora. Que no sea una foto de Lolo y Mario tomando unos chiquitos, que no sea, por favor. Primero no descifro lo que veo, una mancha oscura, pongo el móvil en horizontal, en vertical, lo agrando..., al final me doy cuenta de lo que es: un buzón de hierro, una placa con su nombre. Su nombre. En la puerta de su casa. Su casa de verdad. Así que lo han encontrado. Ahí estás. Cazado, Sébastien.

Me echo hacia atrás en la silla, respiro fuerte. Lucía va explicándome que está estudiando Arquitectura, pero Ferri esta vez no le presta atención y me pregunta con impaciencia:

—¿Y bien?

—Al fin lo han encontrado. A Sébastien, están en su casa. En Montpellier.

Los dos al unísono gritan: ¿¡qué!?, ¿¡quién!?

Se lo cuento todo. Traen el foie de manzana ácida, las vieiras a la plancha, los raviolis de pato asado y el tartar de aguacate y yo se lo cuento. Traen la paletilla de cordero deshuesada y el solomillo de Olazagutía y sigo contando. El carpaccio de ternera con lascas de queso, la pera asada, las torrijas y las tartas y yo sigo y sigo hasta que la lengua se me pega al paladar tan seca como el desierto del Gobi. Los dos me escuchan con tanta atención que en un momento dado Lucía, emocionada, coge a Ferri de la mano y ahora los veo como un embrión de familia ya, árbol de navidad, niños, un monovolumen de esos de siete plazas. Un paisaje del que yo ya no formaré parte.

¿Llevan baca esos coches?

Lucía se levanta, va al lavabo, mi hijo advierte que se me llenan los ojos de lágrimas (una táctica reprobable, lo sé) y me pregunta con brusquedad:

—¿Qué pasa ahora?

—Que ya no voy a ser la persona más importante de tu vida.

Se enfada:

—Joder, todos mis amigos hace siglos que tienen novia... Supongo que lo haces para traumatizarme, ¿no?

Pues sí, ¿pasa algo? Es mi obligación de madre.

Mientras Lucía se sienta, vuelve a sonar el pitido de un mensaje, Lolo me está enviando una imagen, mi hijo duda en si seguir enfadado o dar rienda suelta a esa vertiente cotilla que todos llevamos dentro, al final prima la curiosidad, se inclina sobre mí, Lucía mira también, señala con el dedo:

—Es... Sébastien...

No, no, es una foto, pero de una adolescente. Con un gorro calado hasta las cejas, un grueso anorak, una bufanda a cuadros. Lleva una bicicleta cogida con una mano y con la otra está abriendo la puerta de un jardín. Mira de reojo a la cámara, parece más sorprendida que enfadada:

—Es Amandine.

Mi hijo coge el móvil, Lucía trata de arrebatárselo, los tres nos inclinamos sobre la pequeña pantalla. Es la niña. La hija de Sébastien. La conozco, estaba con él cuando se cruzaron nuestras miradas por primera vez y cuando nos amamos ya en esa mirada. Se nos iban los dedos. ¡Nuestras manos felices! Cuando lo vi por última vez, ella también estaba allí. Tiene la piel blanca, los ojos muy grandes, la boca seria. Él me dijo:

—Se parece mucho a su madre de cara, y de carácter, a mí.

Pip. Otro mensaje. Nos sobresaltamos, nos llevamos la mano al corazón, nos echamos hacia atrás como si nos hubieran dado un puñetazo. ¡Otra foto!

Ahora sí será Sébastien, les quito el iPhone, ¡quiero verlo yo primero! Pero no, tampoco. Es una mujer de pelo color ceniza, piel descolorida, rasgos borrosos, vestida de negro como si fuera de luto, lleva unas bolsas de Mamuth, camina por la calle y mira a la cámara con inexpresividad. Es Kirsten, la mujer «que vive» con Sébastien (su mujer soy yo).

Mi hijo rezonga:

—A ver si te vas a meter en un lío, esto de espiar a la gente debe estar penado por la ley, en Francia y en la Conchinchina.

Contesto maquinalmente:

—Son profesionales, saben lo que hacen.

Lucía le da un golpe en el brazo, «calla».

Esperamos. Ahora sí. La foto de Sébastien. Venga, venga. Manifiéstate, hombre alto. Beberemos de nuevo nuestras noches alegres. Pasan los minutos, hemos terminado de cenar, el móvil está encima de la mesa. En silencio. Nada. Los camareros recogen. Lucía me dice al fin con cierta timidez:

—¿Por qué no llamas? Al periodista francés —junta las manos, mira a Ferri suplicante, luego a mí—, por favor.

Dudo, pienso que a Lolo quizás le sentará mal que entre en contacto directo con su amigo, le envío un mensaje. Me contesta con un wasap lleno de iconos cascabeleros, la flamenca, los gorros, las caras sonrientes y los dos chicos cogidos de la mano. Y un número de teléfono, un corazón palpitante y otra vez la flamenca.

Lucía y Ferri me animan con la mirada. Llamo.

—Aló.

Dominique se muestra complacido cuando me identifico, esa loca escritora española. Me explica que Sébastien está totalmente localizado, pero que ha faltado a su clase, y que entonces su reportero se había desplazado a la dirección que les había comentado, pero que solo había podido hacer fotos de la mujer y la hija, esas que nos había enviado. Y que había regresado al hotel (claro, a gastarse el dinero de las dietas en puterío, no sabré yo ni nada lo que es viajar por cuenta de la empresa).

Decepcionada, pregunto que entonces qué, y Dominique me aclara que «mi amante», él dice así, amante, tiene una actividad a las doce de la mañana, dirige un grupo de posgrado, y que lo abordarán antes de que entre en el aula.

Pregunto qué le dirá y ríe:

—No sé, eso mejor sobre el terreno. Primero haremos la foto y después preguntaremos.

También me cuenta que su reportero tiene un contacto en el ayuntamiento y que sabe el liceo al que va Amandine, pero que de momento no hace falta recurrir a eso.

Asustada, murmuro:

—No, no, claro, dejad a la niña.

Baja el tono. Me pregunta si creo que los hombres franceses son especiales y si no voy nunca a París, ah, ese acento que adoro, esa modulación quebrada, esa garganta de platino... Iba a responder como se merece, algo así como «todos somos especiales y vosotros un poco más...», pero la mirada de mi hijo y de Lucía me obligan a rectificar sobre la marcha y echo mano de mi tono más profesional para despedirme:

—Dominique, si no te importa, llámame en cuanto sepas algo.

Él también se pone serio:

—Mañana a partir de las doce. Buenas noches, Pilar.

—Buenas noches.

Nos levantamos de la mesa, lo que, con lo que hemos comido, no deja de ser un milagro.

En el hall está Jorge leyendo un libro en su tablet. Saluda a mi hijo alegremente, se palmean las espaldas, demonios, cuánto se quieren, ¡si apenas se conocen! Lucía parece adivinarme el pensamiento y me dice:

—¿Sabes que está muy bien? ¡Te pega un montón! —Ante mi expresión, se apresura a rectificar—. Después de Sébastien, claro.

Pero, para ser sinceros, veo mucho más a Jorge en el papel de padre de Ferri que a Sébastien. Me imagino casada con Jorge leyendo los dos interminablemente nuestras tablets como dos profesores eméritos, todo el día leyendo y escribiendo, escribiendo y leyendo. Ganando un año él el Planeta y yo quedando finalista, el siguiente ganando yo y él como finalista y..., ¡ea, *cohone*, se ha terminado el juego!

El pequeño bar del hotel está solitario, pero abierto todavía. Nos sentamos los cuatro en torno a una mesita y vamos a pedir copas, mi hijo lleva la voz cantante. Me sorprende que diga:

—Y un vodka tónica para mi madre.

¡Pensaba que había logrado ocultarle que bebía alcohol! ¿Sabrá que a veces incluso...? No, no, que creo que es ilegal todavía, ¿para consumo propio también? Mejor vamos a dejarlo.

Jorge cuenta que, cuando le concedieron el premio, preguntó quién era yo, y que en principio le dio cosa que fuera cronista social, porque creía que a nuestras presentaciones solo vendrían Isabel Preysler y la reina Letizia (ojalá, pienso mustiamente), pero que se tranquilizó en cuanto me oyó decir:

—Hijo de puta.

Que vio que era una persona normal, yo me troncho (insinceramente) y en ese momento entra una pareja en el hotel. Son Mario y Lolo. Mario se va hacia arriba sin decirnos nada, pero Lolo entra en el bar pavoneándose con grandes risas:

—Oh, esto parece el barco del amor, qué guapos se os ve y qué compenetrados.

Cuando el amor llega así de esta manera
uno no se da ni cuenta,
el carutal reverdece, el guamachito florece
y la soga se revienta.

Grita tanto que el camarero se apresura a cerrar las puertas para no despertar a los otros huéspedes del hotel.

Abraza a Ferri y a Lucía, se le ve excitado y nervioso.

—Qué divina es esta cría, se parece a Marina Vlady.

—¿A quién? —pregunta algo confusa Lucía, le hago una seña para que no haga caso.

—¡No sabéis lo que son las noches de Pamplona! —Me coge la copa, la apura y me grita—: ... el carutal reverdece... *Amore*, hoy no me esperes que no voy a ir a tu cuarto.

Mi hijo me mira con perplejidad y yo mascullo:

—Oye, imbécil, a ver qué se van a pensar estos... —doy explicaciones que nadie me pide—. A veces viene a mi habitación y dormimos juntos.

No quiero añadir «sin hacer nada», porque eso implicaría admitir delante de mi hijo que con otros sí puedo hacer algo. ¡Sí, vale, soy la diosa del amor y del sexo, pero los miembros de la familia no tienen por qué enterarse! Lolo ríe alocadamente, se pone el foulard alrededor de la cabeza a modo de turbante y se va contoneándose, antes de subir al ascensor se gira y me guiña el ojo.

—Qué burro es —digo—, ¡un auténtico gilipollas!

Les cuento su comportamiento heroico con don violador de niñas. Lucía mueve la cabeza con incredulidad:

—Qué cerdo ese tío —se estremece— y qué valiente Lolo.

—Sí, los tiene cuadrados.

—¿Sabes? —dice Jorge pensativamente—, lo que más me ha costado entender de vuestras costumbres es esa forma tan dura de hablar. ¡Al principio creía que siempre estabais enfadados entre vosotros!

Lucía y Ferri bostezan como los hipopótamos del Ngorongoro, ¡yo los he visto! Me dan un beso de despedida y Lucía me susurra al oído:

—Oye, a mí me gusta bastante para ti, inténtalo.

Nos quedamos solos. Sonrío, Jorge sonríe. Es guapo. El pelo se le levanta en la nuca un poco a la manera de un cantaor flamenco, sonríe otra vez, le miro intensamente la boca, no, no lleva dentadura postiza, lo cual a nuestros años no deja de ser un triunfo. Es delgado y fibroso, sé que él y su novia hacen *rooming* todos los días cuando están en el DF. Y sé que en esta gira alguna periodista le ha metido una nota en el bolsillo con su número de teléfono. Sí, podría decir quién es ella, quizás lo suelto antes de que acabe el libro (esto, en televisión, se llama «cebo»).

Levanto mi vodka tonic, él su tequila y gritamos:

—Fondo blanco.

Él cree que es un brindis español y yo creo que es mexicano, ¡pues de dónde carajo es entonces, cuate!

Argentino.

Él me explica:

—Nosotros en realidad decimos «brindemos hasta que nos desconozcamos».

Me entusiasmo con esta amplia panorámica sobre las costumbres etílicas de los seres humanos y hago señas al camarero para que vuelva a llenar nuestras copas. Finjo no ver que él pone la mano encima de su vaso. Me arrimo un poco para enseñarle la foto de mi jardín de Llafranc:

—Mira, un pino, y este olivo tiene cuatrocientos años.

Quizás los cuerpos poseen vida propia y autónoma, recuerdo su mano en mi espalda el día del premio, ¡me gustó! Si lo pienso bien, querría borrar a Sébastien de mi piel, cosa muy difícil porque toda yo soy su huella. Y no es que no me haya acostado con nadie desde que estuve con él, alguno ha habido, pero sentí una frialdad mortal extendiéndose por mi piel y ansié volver a casa, ¡mi casa era evocarte, amor mío!

Llegaba a mi piso riñéndome, ¡cuerpo, a ti que te han amado tanto, no puedes contentarte con migajas! Y te deseaba brutalmente, enferma de esta obcecación delirante que perturba mis noches y mis días desde ese día de agosto. Me asomo a ti como a un precipicio.

¡Quizás con Jorge será diferente! Recuerda, Pilar, escribir y leer, leer y escribir. Lo miro, me arrimo un poco más, le clavo una teta en el costado. Él finge consultar su móvil como si le hubiera entrado un mensaje urgente y aprovecha para retirarse levemente. Yo inclino la cabeza sobre mi hombro, oh, casualidad, aquí está el suyo.

Ahora se incorpora para recoger el iPad y meterlo en su elegante estuche de piel, mi cuello cae sin sujeción con un crujido pavoroso. Quizás se me han roto las cervicales, qué más da, creo que hay varias docenas. Me arrimo un poco más. No debería contar esto, lo sé. Mi amiga María Ángeles me dijo un día, jolín, siempre cuentas tus fracasos amorosos, ¿no tienes orgullo?

¿Sigo?

Sigo. Él se aleja al extremo del sofá porque dice que en medio está mojado. Yo me levanto para coger un pañuelo del chaquetón con el fin de limpiar la supuesta mancha y cuando me siento me dejo caer en sus rodillas, digo «perdón», me aparto apenas. Estamos los dos apretujados ahí en la punta. En un momento en que no mira, me desabrocho los dos primeros botones de la camisa, ay, si me viera mi amigo Jesús Sotelo exponiéndome de esta manera a una posible neumonía.

Le quito un hilo imaginario que tiene sobre el hombro. Le voy a quitar otra cosa, no menos imaginaria, del ojo, y ahí sí que me coge la mano por la muñeca y me dice:

—Si no estuviera perdido por Alma Delia, hablaríamos.

Tierra trágame. ¿Cómo salgo de esta? Suelto una risotada, finjo asombro, tartamudeo:

—Pe... pe... ro qué te imaginas.

Insisto:

—Es que tienes algo en el ojo —le meto el dedazo, protesta—, ahí ahí...

No hay nada peor que *sostenella* y no *enmendalla*... Me arranca su cabeza de entre mis manos con brusquedad y emite un murmullo compasivo que prefiero no entender, nos levantamos y delante del ascensor, cargados con nuestros chaquetones, bolsos, tablets y mi orgullo humillado, afirma más que pregunta:

—Me vas a sacar en un libro.

Lo miro con asombro en ese trayecto interminable hasta el primer piso:

—¿Yo? ¿Yo?

Aquí, querido amigo. Tú en campaña.

En Zaragoza recibimos como siempre a la prensa en el hotel.

Isa ha empezado con los gritos de rigor:

—¿Habéis fotografiado la puerta de la habitación? (Sabe que es el único método que existe para que no olvidemos el número, cada día distinto).

—¡Sí!

—¿Habéis hecho pipí?

—¡Sí!

—¿Habéis cogido una tarjeta con la dirección del hotel por si os perdéis?

—¡Sí!

—¿Qué se dice?

—¡Somos los premiados y el Planeta es nuestro!

Jorge y yo nos echamos a reír, creo que los dos hemos olvidado la patética escena del día anterior. Bueno, yo no, por supuesto, pero qué voy a decir.

A las doce el tiempo parece detenerse. A esas horas Sébastien estará hablando con el reportero, antes de empezar su clase. Dirá, mientras le da un golpe con su hombro al hombro del periodista, complicidad entre machos, «¿Pilar? Fuimos dos barcos cruzándose en el mar, estaba tan delgada que podía manejar su cuerpo escuálido como si fuera un pececillo».

Espero con impaciencia el mensaje de Dominique, corre, cabronazo francés. O quizás, déjenme soñar, ya es el mismo Sébastien el que me llama, ¿por qué no? ¿Lo primero que me dirá? «¡No puedo vivir sin ti!» y «tu libro me trae el olor de tu piel y las voces de los muchachos que cantaban habaneras en la playa».

Después de un año de no ver tierra
porque la guerra me lo impidió
me fui al puerto donde se hallaba
la que adoraba mi corazón.

Sí, hace un año. Canturreo, los periodistas me miran con asombro:

Ay qué placer
sentía yo
cuando en la playa
sacó el pañuelo y me saludó.

Me parece oír voces, me mareo, me recuesto sobre el respaldo de la butaca. Lolo mira a mi hijo con preocupación y me trae un vaso de agua. Les hago un gesto a los dos y también a los compañeros, que me observan con curiosidad:

—No pasa nada, ya estoy bien.

Creo que anoche bebí demasiado, y después fumé la última china que me quedaba. Me pongo a hablar con un periodista del *Heraldo.* Me está preguntando por Sébastien. ¡Si supieran la vida paralela y oculta que llevo! Quizás dentro de poco podré señalarlo. Decir, es ese, miradlo:

> *Miradlo, ese es mi amado y mi señor,*
> *viene por una alfombra de verdor, trae los cedros*
> *con los que vamos a hacer las vigas de nuestra casa.*

Mostraré su sonrisa un poco triste, un poco misteriosa, verán cómo se lleva los cinco dedos abiertos a la frente y cómo los introduce en el nacimiento del pelo y los hace resbalar en algo que parece una caricia hasta la nuca. Entrecierra los ojos. De pie, se echaba descuidadamente la chaqueta sobre un hombro, se remetía la camisa por detrás y hundía las manos en los bolsillos mientras se balanceaba sobre los talones. Sus manos, rápidas y seguras.

Pero no, detente, corazón.

En estos momentos aquellos periodistas se estarán enterando, cuando lean estas páginas se explicarán por qué parecía distraída y le echaba tantas miradas al móvil. Un compañero de Aragón Radio recuerdo que me preguntó con solicitud:

—¿Tienes prisa?

Hasta mi hijo me conmina con un gesto para que me centre. Lucía, con curiosidad, va mirando el montaje, en un sofá está Jorge rodeado de unos cuantos periodistas, unos con cámaras, otros graban voz e imagen con el iPhone, otros llevan magnetofones tradicionales, otros simplemente papel y lápiz. En otro sofá estoy yo con el mismo número de compañeros. De vez en cuando nos levantamos, posamos apoyados en una mesa fingiendo leer uno de nuestros libros, o mirando a la lejanía, y después todo mi grupo en bloque se va a entrevistar a Jorge, mientras el suyo viene a entrevistarme a mí. Al final, nos piden:

—Ahora los dos juntos.

Unimos nuestras caras, como viejos artista de vodevil interpretando por enésima vez nuestro número, ale hop, un pasito *p'alante,* María. Isa, en un momento dado, pregunta a los periodistas:

—¿Queréis los «ficticios»?

Los ficticios son unas reproducciones gigantes y huecas de nuestros libros que acarreamos por toda España y que presiden fotos, conferencias y ruedas de prensa. El primer día, oímos que Isa le advertía a Lolo en el aeropuerto con severidad:

—Uno de vuestros cometidos más importantes es evitar que los ficticios se extravíen.

Jorge me comentó algo ofendido:

—Oye, no entiendo ni madres, ni que fuéramos paquetes.

Cuando nos dimos cuenta de que los ficticios no éramos nosotros, soltamos carcajadas nerviosas, nos pusimos a disimular y nunca le contamos a nadie nuestra ridícula confusión. Bueno, ahora sí, perdóname, Jorge, ya sabes que esta hija de la gran chingada que soy yo en lugar de ofrecer su cuerpo a la ciencia, que sería lo deseable y generoso, lo ofrece, encima vivo, en este libro.

Va pasando el día, van cayendo los minutos, no hay noticias nuevas, no llama nadie, el tiempo se desliza con lentitud de tortuga. ¿Pero qué pasa?

¿Por qué todo me cuesta tanto?

Quizás el reportero de Dominique está esperando que Sébastien termine la clase. ¡No lo sé! Le hago una seña a Lolo, le pregunto sin palabras, se encoge de hombros y me enseña su móvil, ¡nada!

¿Lo han localizado o no? ¿Sébastien sabe que he escrito este libro o no?

¿Me ama?

Sébastien, Sébastien. Mis pensamientos giran enloquecidos en mi cabeza y todos tienen tu nombre. Te noto tan cerca como si las puntas de nuestros dedos pudieran tocarse, tengo un nudo en el estómago. Por la tarde, en la presentación propiamente dicha, no tengo más remedio que hablar durante una hora de mi libro, firmar, escuchar cómo Jorge habla del suyo. Interactuar. Ferri me comenta:

—¿No te has dado cuenta de que Jorge y tú ya os habéis mimetizado? ¡Él dice que su libro está basado en hechos reales y tú hablas todo el rato de la condición humana!

Pues no lo había pensado, pero no me extraña en absoluto. A veces creo que mi Sébastien y la protagonista del libro de Jorge llegarán a conocerse, que nos arrumbarán de una patada al desván de los trastos viejos e inservibles y que se irán juntos a ser felices y a tener muchos libritos.

Pero nosotros nos vamos al sur, y Ferri y Lucía a Barcelona, llega la hora del adiós. Los acompaño a la inmensa estación de Delicias batida por el helador aire que baja del Moncayo, creo que se podría montar aquí una estación de esquí, sería una forma de amortizar el espacio, se lo voy a proponer al alcalde Juan Alberto Belloch y su mujer Mari Cruz Soriano, grandes amigos míos.

¿Se puede cobrar un dinerillo como asesora turística?

Venga, venga, que con menos motivos han montado sus fortunas Roca, Gil y la tropa malaya.

Lucía me da un abrazo y me dice:

—En cuanto sepas algo, dínoslo. —Y después, como si fuera una madrecita—: ¡Todo irá bien!

¿Se han puesto de acuerdo todos? ¿Es un mantra que creen que si lo repiten obsesivamente se hará realidad? ¿Me toman por imbécil?

Tan horribles son los remordimientos que siento cuando los veo subirse al AVE que me dan ganas de llorar, por una parte, por otra me dan ganas de abofetearme, y por una más quisiera empujar el tren con mis propios brazos para acelerar su marcha. En lugar de disfrutar con ser solo madre, ese sentimiento que según los libros y revistas del ramo nos tendría que llenar totalmente, estoy con la mente y el corazón puestos en un hombre al que hace un año que no veo y con el que he estado apenas tres días de mi larga vida. Ser solo madre, sí. ¿Pero qué hacemos con la mujer que sigo llevando dentro? ¿Esa mujer que quiere sentir un hombre susurrándome palabras de pasión desbordada en el oído? ¿Esa mujer que anhela morirse en cada orgasmo?

¿Qué hago con esa mujer? ¿Ahogarla con una almohada? ¿Quemarla en la plaza pública y que el aire del Moncayo avente sus cenizas sobre los Monegros? ¿Quién puede entenderme? ¡Soy un monstruo!

Un inciso, Pilar, tus adentros deben ser como el metro en hora punta, porque hoy por hoy ya hay contabilizadas tres ocupantes y media, la niña rara, la mujer mujer y el monstruo, fin de la cita. Sí, bueno, Walt Whitman lo decía en más poético, «yo soy inmenso, contengo multitudes».

Dominique sigue sin dar señales de vida, llamo a Lolo, él tampoco sabe nada. ¿Qué ha pasado? ¡Algo ha tenido que ocurrir!

Me voy al hotel, y ya estoy en la cama cuando suena el móvil, y lo cojo con gravedad, esperándome alguna catástrofe. Pero el tono de Dominique es tan ligero como el del día anterior, aunque hoy lo noto forzado, agudo, casi descortés. Primero da el consabido rodeo, qué tal, cómo va la promoción del libro, se vende mucho, cómo está Lolo, noto que no escucha mis respuestas y me corta:

—Ya he leído tu libro, vaya mamonada.

Me sorprende tanto que balbuceo:

—¿Cómo?

—Menudo pájaro ese Sébastien. ¿Todas las españolas son tan fáciles de engañar como tú?

Me ha clavado un puñal como a la emperatriz Sissi, salía en los cromos de mi niñez, la daga era tan fina que la herida no sangró. Me brota una imposible voz de pito:

—Hombre, Dominique, yo no creo que me engañara, las circunstancias, todo lo llevó a eso... Él me amaba, ¡no lo conoces!

Suelta una risa socarrona:

—En fin, es tu problema. —Cambia el tono y me suelta con brutalidad—. Por Montpellier la cosa no ha ido bien.

Me asusto:

—¿Cómo? ¿Ha... muerto?

—No, claro —responde incómodo—. ¡Pero si hasta hemos hablado con él!

—¡Qué!

Me pongo de pie y sin darme cuenta dejo de respirar.

Pero a Dominique le gustan los placeres refinados y me dice con un tonillo despectivo:

—Espera..., ya llegaremos a eso. —Gimo, pero no me hace caso—. Tu... amante esta mañana tampoco ha ido a clase, es la primera vez que ocurre, nos han contado que es muy cumplidor y que solo faltó cuando fue al funeral de su suegro a Dinamarca.

—¿Quién os lo ha dicho?

—Sus alumnos, ¡casi todo chicas, por cierto!

Escalofrío de celos profundos, reputas todas.

—Pero ¿qué les habéis contado?

—Que era un tipo muy famoso en España, ¡y se han quedado con la boca abierta!

Tartamudeo de horror y asombro:

—Oye, eso no era lo pactado.

Desafiante, Dominique me espeta:

—Eso ¿qué? ¿No era lo que quería la señora?

Luego rezonga:

—Nosotros no somos detectives privados ni estamos a tu servicio... Somos periodistas como tú y estamos a la búsqueda de una buena historia.

Lo noto agresivo, creo que leer el relato de mi amor loco por Sébastien le ha dado rabia, quizás envidia, ¡no lo sé! Querría colgar, pero necesito saber de qué han hablado con él, intento frenarme:

—¿Han pasado más cosas, Dominique?

—Mi hombre ha ido a ver al decano.

—¿Y lo ha recibido?

—¡Claro!

Madre mía, qué diferencia entre España y Francia, aquí un reportero del corazón intenta hablar con un decano y lo máximo que consigue es un escobazo y a tomar por culo.

—Le ha dicho que tu... amante ha desaparecido del mapa, que no sabían nada de él.

—Pero, el reportero, ¿cómo ha justificado sus preguntas?

—Con la verdad, naturalmente —pausa—, los ciudadanos honrados de este país no tenemos la costumbre de mentir..., como hace tu Sébastien.

Voy a decir algo, pero él ya está lanzado y la indignación hace temblar su voz:

—Que te engañe a ti tiene un pase, porque las mujeres sois imbéciles, pero que copiara tus mensajes en un trabajo académico financiado por todos los franceses, y que fingiera que se los habían enviado corresponsales de guerra que se están jugando la vida ¡o incluso que han muerto! ¡Que frivolizara con eso! Me parece de una falta de ética increíble. ¡Merece ser expulsado de la universidad!

Me quedo en blanco, balbuceo:

—Pero... ¿lo de mis mensajes, dices? ¡Yo no me acordaba! ¡A mí me es igual! ¡No tiene importancia!

Dominique rezonga:

—¡Cómo! Pues es lo más importante..., ¡lo único importante, en realidad! —Imita mi voz—. Me ama, no me ama, me ama, no me ama, ¡mierda! ¡Es un impostor y hay que denunciarlo!

Me dejo caer sobre la cama. Un impostor también, ¡haremos un club! Pilar, esto es grave. No me salen las palabras.

Baja velas al verme tan preocupada:

—Hombre, mi corresponsal no ha dicho nada concreto, pero la gente puede conseguir tu ebook cuando le dé la gana para enterarse —prosigue, como si no me diera cuenta de la situación—. Te aseguro que esto es muy grave, Pilar, ¡aquí con fondos públicos no se juega!

Me hundo, repito obsesivamente:

—¡No lo había pensado! ¡No me acordaba!

Pero ahora sí. Sus palabras, trascritas en mi libro, refulgían como si llevaran miles de lucecitas, como esos anuncio luminosos de Times Square, «sí, Pilar, he utilizado tus mensajes para mi libro, ¡eres buena, joder, se me venían solos a los dedos!». También recuerdo que, en lugar de enfadarme, me había sentido halagada, ese eres buena, joder, me había pintado una sonrisa de boba. ¡Era un premio mejor que el Nobel y el Cargolina d'Or juntos! (Uno lo tengo y el otro no, adivinen ustedes cuál).

No se me había ocurrido que ese hombre que me hacía tocar el cielo con las manos tenía una vida profesional. ¡Que fuera de mí existía también! ¡Cómo puedo ser tan imbécil y tan egoísta!

Advierto que Dominique está fumando, escucho cómo expulsa el humo, creo que se da cuenta de mi desconsuelo, y algo apaciguado prosigue:

—Perdona, Pilar, pero es que me da mucha rabia que tías inteligentes como tú caigan en manos de... —busca la palabra— de...

Protesto:

—Calla, por favor, yo no lo veo así..., le estoy muy agradecida por todo lo que me ha dado.

Me siento idiota, tengo ganas de llorar, noto que al otro lado del teléfono Dominique pega un suspiro de hartazgo:

—Oye, bueno, tú verás.

Estoy tan desanimada que no me sale ni la voz, pero murmuro:

—No pasa nada.

Dominique prosigue con un tono en el que ha desaparecido toda cordialidad, está cansado del tema:

—Mi reportero ha pensado que quizás tenía la costumbre de recoger a su hija en el colegio y se ha presentado allí, pero la niña también ha faltado.

—¿Y no habéis ido a la casa? ¿Dónde habéis hablado con él?

—Espera, mujer, ahora llegamos. En la casa el panorama ha cambiado, estaban todas las ventanas cerradas, la mujer ha salido a la puerta y nos ha amenazado por gestos con llamar a la policía, ¿pero por qué habla tan mal, no tendrá algún tipo de deficiencia?

—Es danesa.

—Ya, mi reportero se ha apartado y aun así le han tirado una piedra, cree que ha sido la niña, solo ha visto un brazo detrás de una ventana —suspira—, en fin, al final hemos optado por llamarle por teléfono.

—¿Cómo habéis conseguido el número?

Ríe con suficiencia:

—Nos lo han dado en la universidad.

Pausa que no me atrevo a romper, al final inquiero un:

—¿Y?

—Hemos tratado de apretarle un poco las tuercas, que si estamos escribiendo un reportaje sobre ti y sobre él, una cosa muy romántica y blablablá.

Un momento, por favor:

—¿Conocía el libro?

Solo consigo un escueto:

—Supongo que sí.

Siento como si se me hubiera bajado toda la sangre a los pies. Exhalo lentamente. Es como si me hubiera estado aguantando la respiración desde que conocí a Sébastien y ahora emergiera desde las puntas más agudas de mis pulmones y manara desde los lugares más recónditos de mi cuerpo, así agoniza uno. Mi padre, mi madre, mi marido, primero sorbieron un rápido golpe de aire y después soltaron un estertor que no se acababa nunca, y cuando terminó, supimos que habían muerto.

Ya te has enterado entonces, Sébastien. De cuánto te amo.

Silencio. Se me encoge el corazón, tengo que hablar y pregunto:

—¿Y le habéis dicho algo sobre el... los mensajes?

Respuesta breve y desdeñosa:

—Algo le ha insinuado el reportero, y le ha propuesto una entrevista para aclarar el tema.

Inquiero con un hilo de voz:

—¿Y qué ha contestado?

—Aparte del dígame del principio, no ha pronunciado palabra. Pero ha escuchado y después ha cortado sin despedirse.

Y añade, ahora casi con amabilidad:

—A pesar de eso, lo vamos a dejar, Pilar. Lo he valorado y no tiene sentido que sigamos, en realidad necesito a mi periodista en Mónaco para cubrir el embarazo de Charlène.

Asiento con la cabeza, pero como él no me ve, lo repito con palabras:

—Entiendo.

Me dejo caer sobre la cama. Dominique prosigue implacable:

—Te aseguro que no lo envidio. Ahora tendrá que dar explicaciones no solo a su mujer, sino a su universidad. Y a su hija.

—Sí, vale —no sé qué decir—, gracias.

Cambia de voz, de nuevo es el francés seductor que pasa los veranos en Ibiza y es amigo de Andrea Casiraghi, quizás le contará a Carolina de Mónaco mis aventuras y ella dirá: ¡Lo mismo que yo con Ernesto de Hannover! ¡Putas y apaleadas!

—Esto te costará una cena el próximo verano en Barcelona, ¿te parece bien?

¿Si me parece bien? ¿El próximo verano? ¿Seguiré sola? ¿Qué dijo el poeta Hierro?

Después de todo, todo ha sido nada
a pesar de que un día lo fue todo.

Cuelgo lentamente.

Sébastien, dónde estás. ¿Se habrá enfadado conmigo? No lo sé. ¡No lo sé! ¡Sé tan poco de él! Sé que tiene una cicatriz mal cosida en el labio superior, sé que tiene el pelo entreverado de blanco y a veces se acaricia una ceja, sé que tiene el cuello joven y el vientre duro y triangular, y sé que tiene algo más que no sé qué es, pero eso que no sé qué es es lo que de verdad me ha enamorado.

Me acuesto, miro las fotos. Kirsten es bajita y parece muy frágil, ¿aguantará bien su peso encima? ¿Sébastien le dará palmadas en las nalgas como a mí? ¿Temerá hacerle daño? ¿Le dirá cosas sucias al oído? Me revuelvo en la cama, le grito al móvil:

—¿Sabes que me ama?

Pero en realidad no lo sé. Dudo por primera vez desde que lo conozco. Toda tu vida en un instante puede saltar por los aires. Sí, Sébastien, hoy te has dado cuenta. ¿Qué va a pasar ahora? ¿Qué va a pasar? Aúllan en la noche los perros del infierno, me encojo, con la boca me toco las rodillas. Saco la punta de la lengua, están frías y suaves como piedras pulidas.

8

En los pasillos de la radio y de las televisiones siempre hace frío.

—¡Niña! Enséñame su foto.

Abría el móvil, tecleaba buscando, y le tendía a mi amigo Carlos Telmo la imagen de Sébastien. Primero era en la que estaba solo, fumando, otra en que se reía, otra triste, y después en la que estábamos los dos.

Los últimos estertores de la gira me habían llevado a Canal Sur y miraba yo también su foto con triste ternura, olvidada de todo, miraba su rostro con desconsuelo y con una punzada de dolor y también de remordimiento, veía a Sébastien con sus labios quebrados, los ojos rientes y el pelo alborotado sobre su frente quemada por el sol, pero veía también ese hombre acosado, encerrado en su casa, recibiendo llamadas amenazantes e intimidatorias por mi culpa, odiándome tal vez, esa vida rota.

¡Odiándome! ¿Es posible?

Me sorprendió cuánto lo amaba aún.

Carlos Telmo observaba las fotos, él sigue siendo delgado, un purasangre de la cabeza a los pies. Me dijo con los labios fruncidos:

—Está muy bien, pero yo me lo imaginaba más... Omar Sharif.

Me lo devolvía y me preguntaba:

—Entonces, ¿todo es verdad de verdad?

Me reí, le pegué un abrazo y puse los dedos en cruz, «de verdad de la buena». A Carlos lo conozco desde que éramos muy jóvenes. Yo, periodista novel, había ido a Ronda a hacerle una biografía en varios capítulos al torero Antonio Ordóñez. En su casa, el Recreo de San Cayetano, conocí a sus hijas Belén y Carmen, a la que la prensa, no sé por qué, siempre llamó Carmina. Mientras Carmen tenía la perfección de una virgen de procesión en su rostro sin mácula, Belén era un poco el patito feo, y quizás por eso nos hicimos muy amigas. Fueron unas semanas de deliciosa complicidad y de secretos compartidos. Las hermanas se querían a muerte, y Carlos era el hermano varón que no habían tenido, estábamos en verano, el mundo entero eran risas y todo exhibía el descaro de un campus vacacional, ligero e irresponsable.

Alrededor de ellos había una pandilla de chicos de buena familia, engominados ellos, ellas con la gracia flexible de los caballitos de mar. Entre todos decidimos montar una fiesta romana en la casa que alguno acababa de heredar de un pariente. Era un piso vacío y sin pretensiones que llenamos de calderos con mezclas de diversos alcoholes y colchonetas por el suelo. Se llevó un enorme tocadiscos y se desenroscaron las bombillas sustituyéndolas por velas.

Belén y yo cogimos unas sábanas de mi hotel y nos las anudamos al cuerpo, nos pusimos una corona de hojas de yedra y antes de salir nos bebimos a morro una botella de vino y fumamos hierba, y no pregunten más porque para mí el resto de la noche está perdido en una vorágine de ruido, olor a sudor, perfume Giorgio de Beverly Hills y música ensordecedora. Enseguida me situé en ese grado de colocón en el que solo puedes asentir con la cabeza mirando un punto fijo porque si no te caes, las luces rodeadas de círculos concéntricos:

Me asomo a la ventana,
eres la chica de ayer.

Bailábamos sin movernos del sitio como si fuéramos masáis, mucha gente entraba y salía hablando en susurros, había tanto humo que parecía polvo y me hacía toser, y la tos se convirtió en vómito sentada en el suelo del cuarto de baño mientras daban golpes en la puerta.

Me acompañaron haciendo eses al hotel Belén y Carlos, que no paraba de regañarnos:

—Y si os ve un periodista, ¿qué?

Yo trataba de explicarle que una periodista ya nos estaba viendo, porque:

—Yo soy periodista, ¿entiendes, Carlos? —Me señalaba a mí misma con tozudez de borracha, trataba de sacarme el carnet del bolso—. Yo, periodista.

Belén, por si no se había enterado, corroboraba con suficiencia:

—Ella es periodista.

Pero Carlos continuó lamentándose hasta que me dejó en el hotel, bien tapada, y cerraba la puerta, pero aún, antes de cerrarla del todo, me advertía:

—Chiquilla, no le abras a nadie, que puede ser un periodista.

Y con ese «ella es periodista» bromeábamos Belén y yo cada vez que nos veíamos.

¿Qué hizo la vida con nosotros, Belén Ordóñez? Con tu hermana Carmen, que solo tenía que bajar los párpados para que cayeran desmayados todos los varones heterosexuales desde Algeciras a Estambul. ¿Quién apagó el fulgor de aquellos días resplandecientes? A las dos se os llevó la muerte, tan jóvenes todavía, joder, tan jóvenes. Te vi poco antes en un plató de televisión, estabas delgadísima y habías sobrevivido a diversas enfermedades muy graves, nada más verme, me señalaste con tu dedo amarillento de fumadora empedernida, «ella es periodista», y mientras por fuera nos reíamos y tú ibas diciendo que estabas muy bien, con los ojos me confesaste, «no voy a salir de esta, lo sabes, ¿no?», y fue como si me golpearan la cara con un puño.

Todas estas cosas pasan en nuestro abrazo. Carlos se mete en el estudio para integrarse en la tertulia en la que colabora y yo me voy al hotel, la incesante llovizna doliente que nos acompaña desde Vigo ha dejado paso a un cielo ultramarino y catastrófico.

Sevilla. Es la quinta localidad andaluza que visitamos. La número 24 de la gira. Una gira que es ya como un bicho autónomo que funciona casi solo, pero pocas pilas nos van quedando. Lolo y Mario se han dado cuenta de que comparten la pasión por los cacharros viejos y están todo el día buscando gangas en los anticuarios, planeando viajes a Marruecos y a la India, fantaseando con que ponen un local, y Mario, que es muy amigo de Alfonso Díez, el viudo de Cayetana Alba, dice que le pedirá consejo. Lolo me lo razona en los escasos momentos en que me presta atención:

—Bonita, tú terminarás la gira convertida en una escritora de culto...

Me carcajeo en sus narices y rectifica:

—Bien, de culturismo, te leerán mucho en los gimnasios, pero ¿qué será de mí? ¡No querrás que vuelva a escribir sobre Raquel Bollo después de haber pasado por estas experiencias tan elevadas!

—Pero es que yo no sabía que te gustaban las antigüedades.

Se mira pensativamente las manos:

—Yo tampoco, pero tienen su punto.

Jorge Zepeda no se queja nunca, pero parece contar los días que le separan de su amada Alma Delia. Un día, en Badajoz, iba por el pasillo y vi que la puerta de su habitación estaba tan solo ajustada. Oí música y entré con despreocupación. Se estaba duchando y tenía el iPad puesto sobre la cama, no era John Coltrane o uno de esos que solía escuchar habitualmente, sino una desgarrada ranchera:

No vale nada la vida, la vida no vale nada.
Comienza siempre llorando y así llorando se acaba,
por eso es que en este mundo, la vida no vale nada.

Y él, que es un cosmopolita que se viste en Londres y ha estudiado en Harvard, ajeno a mi presencia, aulló una mexicanada que casi me rompió el tímpano, «no te rajes, Guanajuato».

Comprendí que se moría de añoranza y me fui de puntillas.

No te rajes, Pilarita.

Llamo todas las noches a mi hijo no solo para oírle a él, sino para percibir esa existencia monótona que tan solo ayer odiaba. La televisión al fondo, ladridos de Fender, el otro día oí cómo bebía a sorbetones ruidosos, me imaginaba el enorme bistec de su lengua en el cacharro y desparramando agua por todo el suelo, las bocinas de los coches, la cisterna del cuarto de baño que siempre pierde un poco, ¡rutina, vida mediocre, cómo te añoro!

Al gimnasio anoche solo fuimos Isa y yo. Mientras corríamos en la cinta, ¡qué digo correr!, más que correr, paseábamos como dos ancianas con prótesis de cadera, ella me iba comentando:

—Lástima no saliera bien lo de Sébastien, pero aun así tu libro está funcionando, a la gente le fascina que hayas vivido ese amor, y les das un poco de penita, ya sabes que siempre se empatiza con las víctimas.

Me duele el recuerdo como un nervio al descubierto, cambio de conversación sin mucha sutileza:

—Qué amigos se han hecho Lolo y Mario, eso que al principio no se llevaban bien.

Bajo de la cinta y me pongo a hacer abdominales sobre una colchoneta. Isa me contesta:

—Sí, jo, Mario se quedó muy triste cuando se murió su marido, pero lo veo muy recuperado.

Me detengo inmovilizada en el aire en plan *Matrix* intentando tocar con la barbilla izquierda la rodilla derecha, lo cual tiene su mérito y me tensa de manera radical los músculos de la barriga:

—¿Cómo? ¿Su marido?

Isa, sin darse cuenta de mi estupefacción, prosigue ya un poco jadeante por el esfuerzo. Hablar y correr, correr y hablar:

—Sí, un chico muy majo, ¡la boda fue tan bonita! Se casaron en el ayuntamiento de Majadahonda... Pero solo les ha durado un año, eso que estaban en trámites para tener un hijo en Estados Unidos. Como Tita Cervera, ya sabes.

Me estiro completamente. Mario viudo, como yo. De un hombre, como yo.

Así que Lolo tenía razón y Mario «entiende». Isa prosigue mientras se enjuaga el sudor con una punta de la camiseta:

—¡Pero lo veo tan contento ahora! Chica, están descuidando un poco la gira, pero eso a vosotros no os importa, ¿verdad?, ya os sabéis mover solos y además me tenéis a mí.

Hago un amplio ademán, claro, hombre, qué importa, que se amen y disfruten revolcándose, eso que al resto de la humanidad nos está vedado, no te rajes, Pilarita, no vale nada la vida, la vida no vale nada. Durante el día es fácil, pero por las noches, cuando cierro la puerta de la habitación, el dolor que he conseguido mantener a raya vuelve rugiendo. Musito «Sébastien».

Quizás me teme. Me odia. ¿Qué estará haciendo? ¿Cómo explicar lo inexplicable? Que al cabo de más de un año continúe amándole con delirio, que cuando pienso en él me golpee por igual la felicidad y el miedo.

El taxi me recogió en Canal Sur y me depositó en la puerta del hotel Inglaterra. Ya ni siquiera contemplaba las ciudades a través de las ventanillas, me limitaba a mirar el móvil, fotos, mensajes de amigos lejanos. Llegué al hall muerta de frío y extenuada, otra jornada a tomar viento. El conserje atendía a un cliente, pero me detuvo con un gesto y me dijo:

—Un señor le espera en el bar irlandés.

Pregunté maquinalmente:

—¿De qué medio?

El conserje me mira por encima de las gafas y me indica:

—Es francés.

Fue como si me dieran en el cráneo con un martillo, la incredulidad me aplastó contra el suelo, hasta las manos se me pusieron de un color ceniciento, el conserje se alarmó:

—¿Se encuentra bien?

Me di la vuelta sin decir nada, estaba tan aturdida que ni pensé en mi aspecto físico, me dirigí por el pasillo hacia el bar, el corazón me latía con tanta fuerza que apenas podía respirar, había mucha gente, repasé los rostros de la barra, las mesas, ¡no lo vi!

Un grupo de hombres con pinta de ejecutivos, un par de chicas sobre los altos taburetes, turistas.

Alguien se levantó y alzó la mano:

—Eh, Pilar, aquí, aquí.

Justo debajo del retrato de Oscar Wilde. Me acerqué lentamente con la inquietante sensación de que todo le estaba pasando a otra persona, Sébastien no era, quién coño eres, me sonaba, me castañeteaban los dientes, no podía hablar, pero cuando se inclinó hacia mí me salió el nombre sin dificultad:

—Hola, George.

El periodista de *Le Nouvel Observateur.* A él le había enviado mi libro. Publicó la noticia que había llamado la atención de Dominique.

Me dejé caer en una butaca frente a su mesa, sobre la que había un servicio completo de té, el corazón, después de esa sacudida mortal, pareció pararse y a continuación me empezó a latir de forma desacompasada, aporreándome en el centro del pecho como un boxeador sonado. Levanté el dedo y pedí:

—Un whisky seco, por favor.

George me miraba sonriendo. Yo lo había conocido en verano, vestido de sport, y verlo ahora con traje, corbata, zapatos de dos colores, calcetines negros y el abrigo azul marino que descansaba en el respaldo del sillón me asombró. Levanté las palmas de las manos con recelo y farfullé:

—Pero ¿es una casualidad? ¿Qué haces aquí?

Se rio a la francesa, es decir, un poco sobrado, pero seduciendo a todo tren, esperó a que me trajeran la bebida, cuando vio que me la tomaba de golpe, arqueó las cejas y me explicó:

—Pilar, he venido a verte, tengo que hablar contigo. Llamé a la editorial y me detallaron tu itinerario.

Por efectos del alcohol, sentí una oleada enfermiza en la cara y los oídos empezaron a zumbarme:

—¿Has venido solo para verme?

—Sí, porque lo que te quiero decir es importante —revuelve su taza de té—, bueno, ante todo, felicidades por el premio, he leído el libro y me ha gustado mucho.

¿Ah, sí? ¡Gracias! Qué ilusión. Hago los melindres habituales.

Venga, venga, déjate de rollos, lo importante, ¿qué es? ¡Dilo de una puñetera vez, joder! Estoy tentada de pedir otro whisky, pero prefiero mantenerme a la espera, tengo los nudillos blancos de apretar los brazos del sillón. Respiro lentamente como me ha enseñado Jordi en mi clase de Pilates. George saca una cartera, la pone encima de la mesa, y extrae unos papeles. Los mira con gravedad, noto que lo hace para ganar tiempo porque no sabe muy bien cómo encarar el asunto. Al final se decide y me alarga un folio:

—Mira, Pilar, el otro día, después de que publicáramos esa pequeña nota sobre la salida de tu libro, llegó a la redacción un comunicado a mi nombre... Este.

Me lo tiende. Entra poca luz a través de los cristales emplomados, pero aun así puedo leer sin gafas porque estoy operada de la vista, qué diferencia, hace seis años hubiera tenido que superponer a mis lentillas de miope (siete dioptrías) unas de esas gafitas que compraba en los aeropuertos y perdía en todas partes, y a pesar de eso...

Pilar, hostias, lee, no retrases más el momento.

Está en francés. Escueto, encabeza una fecha y un gabinete jurídico. Miro la firma, sí, es el nombre de Sébastien. Ven que te beso, firma.

Es curioso porque es la primera vez que veo su letra, cuando tanto nos hemos escrito. Grande, con los acentos tan marcados que parece como si hubieran horadado el papel. Vuelvo al encabezamiento. Señor George Dubuffet. Leo. Vuelvo a leer, dejo el papel en la mesa, respiro y ahora sí que pido otro whisky, y lo vuelvo a leer. El mundo desaparece. Estoy mareada. Después clavo la mirada en la puerta, dentro de un círculo oval pone The Trinity Irish Pub. Cuando he entrado no sabía nada, era otra, quién pudiera volver a ese momento. La chica de ayer.

Veo a Isa, está a punto de acercarse, pero se da cuenta de que es un mal momento, y se va después de decirme que me llamará. Sí, Isa, podré ponerme porque el dolor no mata.

Este dolor.

Porque el abogado de Sébastien dice que no me conoce, que todo lo que cuento en el libro es mentira, fruto de mi invención, sí, que su representado estuvo tres días en Llafranc, pero que se quedó en la habitación sin salir, trabajando, como podrían testificar, si hiciera falta, el personal del hotel (ya se les ha consultado) y su propia hija de catorce años. Que él no tiene nada en contra de mí ni de mi libro, pero que he utilizado para construir mi historia de mentiras y adulterio a una persona real. Aunque no lo cito por su nombre, es fácilmente identificable por decir dónde vive, trabaja y sus circunstancias personales, por lo que se ve obligado a desmentir todos los hechos que yo le imputo en mi novela, tanto los que atañen a su esfera privada como a ese fraude que le atribuyo, apoderarse de mis mensajes de texto para escribir su trabajo académico sobre los corresponsales de guerra. Y que le gustaría que este comunicado se publicara en la revista, ya que, de momento, era la única que se había hecho eco de *Mi color favorito es verte* en Francia. Cuya traducción, si se intentara, será impugnada por el demandante.

He pasado de sentirme la protagonista de *Los puentes de Madison* a ser la loca acosadora de *Atracción fatal*, pobre Michael Douglas, huyendo de su perseguidora con su culo caído y sus pequeñas piernas. Los médicos lo llaman neurosis obsesiva. Tengo la boca tan seca que debo tragar saliva varias veces para poder hablar, estoy paralizada de horror:

—Pe... pero esto es mentira, la historia de mi libro es verdad... Lo conocí, nos enamoramos..., te lo juro...

George no se inmuta, revuelve su taza de té con una energía innecesaria, me mira en silencio, hay algo más. Lo sé, hay algo más. Le cojo el brazo, no me sale la voz.

—George, ¿qué... qué vais a hacer con esto?

Ahora se mueve, incómodo. Es un periodista con larga experiencia, sé que ha vivido en Sudáfrica recopilando material para escribir una biografía de Nelson Mandela, se ha entrevistado con las FARC colombianas, estuvo en la guerra Irán-Irak, es un hombre curtido. Pero qué nervioso está ahora. De pronto arranca a hablar con cierta pedantería puntillosa:

—Mira, Pilar. Esta historia tan rocambolesca nos da pie para elaborar un reportaje sobre las técnicas fraudulentas que utilizan países..., digamos, con no muy buena fama, para vender libros.

—¿Cómo? —pregunto boquiabierta.

—Bueno, los españoles os habéis convertido en el paradigma de la corrupción —ve que voy a protestar y me corta—, perdona, pero es así, y nosotros vamos a demostrar que vuestra falta de escrúpulos alcanza incluso una materia noble como la literatura.

Estoy a punto de levantarme, la indignación está sustituyendo al abatimiento, grito, los de las mesas de al lado nos miran con curiosidad:

—Pero ¿qué dices, George? ¿Qué tiene que ver una cosa con la otra?

—Que el premio más importante de las letras castellanas se sustenta sobre una mentira, porque he investigado y he visto que la editorial ha fundamentado la campaña de tu libro en la autenticidad de la historia... ¡Mierda, es como si se descubriera que el diario de Ana Frank es falso!

Estoy tan asombrada que solo puedo boquear como un pez fuera del agua, tengo un ataque de asma, pero ni George ni yo le prestamos atención. Ahora me dice con tono letal:

—Ellos, tus editores, son tus cómplices... o tú eres la cómplice de ellos. —Exhibe una breve sonrisa de hijo de puta dejando ver unos dientes pequeños y grises—. ¿Qué fue antes, el huevo o la gallina?

Me siento en el borde de la butaca, no puedo procesar la información aún, no se trata de ponerlo negro sobre blanco porque esto es negro sobre negro.

Lo miro con incredulidad:

—Cómo me puedes hacer esto.

Se encoge de hombros:

—Te aseguro que lo estamos documentando muy bien —su fingida calma se evapora de pronto—, es que, joder, tú has metido en tu historia inventada, para ganar un premio, para vender, a una persona anónima, ¡y le has destrozado la vida!

Está enfadado, ¿por qué la pasión ajena despierta siempre agresividad y odio? Los mediocres no pueden soportar los sentimientos grandes, ellos deben empequeñecer el mundo para ponerlo a su medida miserable y sentirse felices.

Revuelve en su cartera, saca un puñado de cuartillas:

—Mira, está todo aquí, ¡yo he hablado con este hombre!

Hablado con él. Cierro los ojos. ¡Hablar con Sébastien!

Lo veo diferente ahora, la magia de Sébastien le alcanza, está aureolado por una luz especial, sí, llamadme imbécil. Con voz débil repito:

—Has hablado con él —ah, su voz—, ¿y qué te ha dicho?

Que me ama, que no puede vivir sin mí. Los dos barcos que se cruzan en la mar. Mi Pilarita. George pone los ojos en blanco:

—Pero ¿no me estás escuchando? ¿No has leído su comunicado? Me ha dicho que eres una mentirosa compulsiva, que eres una loca obsesionada con él y que le das miedo.

Me llevo la mano al pecho, si pudiera me clavaría el dedo, atravesaría las costillas para llegar al corazón, revolvería un poco, lo sacaría y pintaría sobre la mesa Sébastien, te amo, antes de caer desplomada al suelo.

Pregunto con voz débil:

—¿Eso te ha dicho?

George carraspea, no me mira:

—Bueno, su abogado, que viene a ser lo mismo... —sé que hay algo misterioso que se resiste a contarme—, pero le has hecho mucho daño.

—¿Él te ha dicho que yo le he hecho daño?

—Tú, o tu editorial, tanto da —levanta los papeles, los agita, suenan como hojas de árbol en un día de tramontana—. ¿Sabes que su mujer tiene una depresión profunda desde que se murió su padre y temen que intente una barbaridad? ¿Sabes que su hija no quiere ir al colegio? ¿Sabes que probablemente lo expulsarán de la universidad si todo esto sale a la luz?

Ahora me doy cuenta de que tiene una cara mezquina, ratonil, me observa con la frialdad del entomólogo estudiando un insecto:

—Lo has jodido bien jodido.

¿Me odias, amor mío? ¡O quizás deberías odiarme y no puedes, como yo! Apenas me sale la voz:

—Pero... —no sé por dónde empezar—, pero por lo que sacaste tú no se puede montar todo eso...

—Los paparazzis de la prensa... del corazón —casi escupe la palabra— ya los están acosando día y noche..., la mujer y la hija se han tenido que ir a Dinamarca, él vive con temor; el día en que «esos» saquen toda tu basura, él... kaput.

Como los emperadores romanos, pone el pulgar hacia abajo con una sonrisa siniestra. De pronto, me empieza a doler la cabeza, me aprieto la frente, me masajeo las sienes, consigo que dos neuronas de mi cerebro establezcan contacto y me permitan un pequeño razonamiento:

—Pero, a ver, George, ¿cómo podría saber tanto sobre su vida si no lo hubiera conocido nunca?

El hombre me mira fríamente:

—Muy fácil, él cree que estabas en Montpellier el día en que se emitió esa entrevista que le hicieron en la televisión local cuando sacó su informe sobre los corresponsales de guerra, y a partir de ahí, te montarías tu película

—duda—, yo he visto sus fotos y sé que es un hombre atractivo.

Me mira con un punto de compasión fingida:

—Cómo has podido, Pilar, aquella periodista que yo conocí, ¡tan valiente que no le tenía miedo a nada! ¿En qué te has convertido? —Me observa casi con asco—. Representas todo lo que desprecio de nuestra profesión, ¡y por unos miserables 150.000 euros! ¡Ni siquiera te han concedido el primer premio!

Hombre, ahí le has dado, George.

Chócala, coño.

Podría defenderme, pero si él me niega, es como si nunca hubiera existido, la vida no vale nada, no vale nada la vida. Pero, aun así, no puedo dejar de comentar con amargura:

—En realidad, si has leído mi libro, sabrás que fue él quien me engañó.

George lanza una risotada:

—Vamos, Pilar, si fuera verdad que él te contó esas mentiras, ¿ibas a continuar... amándole? ¡Eso no tiene ni pies ni cabeza!

¿Cómo entenderlo? ¡Ojalá pudiéramos enamorarnos solo de seres angelicales y bondadosos! Porque aun ahora, después de todo eso, aun ahora, desde la profundidad de mi alma...

Cierro los ojos, George se aproxima un poco:

—Joder, tú eres periodista también..., sabes que es una buena historia, y que si no la hacemos nosotros, la hará alguien.

Me encojo de hombros, estoy luchando para no llorar. Creo que George se compadece y me desliza al oído:

—Yo de ti lo admitiría todo, rectificaría y pediría perdón, ¡sería lo mejor! La gente te quiere y te disculpará.

Sí, el poli bueno de mi juventud revolucionaria también decía con falsa amabilidad, «confiesa, todo será más fácil, si nosotros ya sabemos que la ciclostil es tuya...», y no era verdad, era de Félix de Llitera, alias «Trotsky», pero hasta tenía ganas de reconocer que sí era mía solo para agradecerle a aquel buen policía que se tomara tantas molestias conmigo (el otro me había roto las gafas).

Estoy a punto de admitir, «sí, todo fue mentira, no he tenido ningún contacto con Sébastien...». Pero ¡qué digo! ¿Me he vuelto loca? Fue verdad, ¡nos amamos! ¡He sentido júbilo, desesperación, anhelo, rabia, amor, toda la música del universo! Yergo la cabeza, cojo mi chaqueta, busco al camarero para pagar:

—George, no me insultes, por favor.

Él se recuesta en el asiento, otra vez en plan duro:

—Bien, supongo que tienes pruebas.

Lo miro con asombro:

—¿Cómo pruebas? ¿Qué quieres decir?

—¿Podrás demostrar que has estado con él de verdad?

Mi hijo también me lo preguntó, ¿recuerdan?

Leche, soy una periodistucha con la credibilidad bajo mínimos, por lo visto. Doy un suspiro y cojo el iPhone con cierta suficiencia:

—Claro, tengo fotos, mensajes...

Me mira ceñudo y aparta el móvil con brusquedad:

—Eso no tiene ningún valor, ¡se puede cambiar el remitente, la fecha y el texto completo de los mensajes y de los mails! —se ha estudiado el tema el cabronazo—, y las imágenes se pueden amañar, ¡hasta yo sé que tu hijo es un genio de la informática! Basta entrar en Google y buscar una foto de él, ya te he dicho que yo las he visto.

—¿Fotos de Sébastien en internet? ¡No hay ninguna!

—¡Mete el nombre auténtico!

Doy otro suspiro de exasperación, introduzco su nombre, voy a imágenes. Y, asombrosamente, se despliegan las fotos, seis, que llevamos los dos, Sébastien y yo, en nuestros móviles. Las fotos que he hecho yo o que hicieron en la cena del vecino. En casi todas está solo, con su jersey de rayas, fumando con los ojos cerrados, riendo mirando a la cámara, y en la que estamos los dos su rostro está tan ampliado que yo he desaparecido del encuadre.

Se desata una tormenta de truenos en mi cabeza, tartamudeo:

—Pero las ha tenido que colgar ahora, no estaban, ¡te juro que no estaban!

Ríe con sarcasmo, sacudo la cabeza, tengo la impresión de que una trampa se está cerrando en torno mío, es como si estuviera metida en una película, como en *La rosa púrpura del Cairo*, intento aclarar mis ideas:

—Espera, espera, hay gente que nos ha visto juntos, ¡mis primas!

Ah, no, mis primas no. Estaban precisamente aquí, en Sevilla, en una boda.

—Mi asistenta.

Tampoco. No llegó a verlo nunca.

Pero, Pilar, ¿qué te pasa? Camila, Santi y Martín estaban conmigo el día en que nos conocimos, ¡y el dueño del restaurante! Y la noche en que fuimos a cenar a casa de mi vecino, de Rubén, había decenas de personas, ¡me besó! ¡La novia de Rubén y todas las invitadas coquetearon con él! ¡Me puse enferma de celos! Febrilmente, digo mientras busco en la agenda y tecleo con desesperación:

—Hay mucha gente que puede testificar, ¡te los paso!

A Camila no la llamo, por supuesto, dije de ella que sus libros no se vendían y que encima se acostaba con su mozo de cuadras, me la encontré el otro día en Carolina Herrera y no me saludó. A Santi prefiero no meterlo en un compromiso, desde que dejó el ministerio aborrece todo tipo de publicidad. Pero ¿y Martín? Con Martín no hablo desde hace mucho, ahora me doy cuenta de que no me felicitó cuando conseguí el premio, qué raro. Marco su número, no lo coge, le envío mensajes tecleados a toda leche, mi vida está impregnada de horror, pero trato de ser amable y hasta moñas, besos, cariños, llámame en cuanto puedas, tío bueno, quién te quiere a ti, George levanta la mano:

—Pilar, mira, sé que mañana vas a Barcelona, yo también regreso a París. Tú sube a tu habitación, llama tranquilamente, a primera hora nos vemos desayunando y me cuentas.

Le hago una seña para que se calle porque me contestan. José María, el dueño de El Gitano, se ha puesto al aparato:

—Soy Pilar, ¡sí, Pilar Eyre! —se oye mal, ruido de puertas que se cierran, entrechocar de platos—, ¿le puedes decir a la persona que te voy a pasar al teléfono ahora que has conocido a Sébastien, por favor?

—¿Quién eres?

Vocifero:

—Pilar, la escritora —todo el mundo se gira ahora a mirarme, prosigo sin pudor—, ¡la del premio!, ¡la que sale en la tele!

—Ah, ¡Pilar! ¿Y Sébastien quién es?

—El protagonista de mi libro, ya sabes, aquel francés que conocí en tu restaurante.

Larga pausa, ¿qué demonios estará haciendo este tío?,

¿yendo a nado hasta las islas Formigues?, ¿rezando el rosario?

—Yo no me acuerdo de quién es, Pilar, te lo digo sinceramente, llevaba gafas, ¿verdad?

—No, no llevaba gafas.

George me mira con sorna y finge ahogar un bostezo:

—¿Os reservo mesa entonces?

Venero a José María, pero creo que, si en ese momento lo hubiera tenido a mano, lo habría estrangulado. Cuelgo, miro con odio al emisario del reino del terror que tengo delante hasta que las puntas de mis dedos se mueven con temblores epilépticos porque quiero estrangularlo a él también. Consigo controlarme, las palabras se me quedan atascadas en el pecho como pedruscos enormes y al fin me salen cual graznido de cuervo, cueeee, cueeee:

—George, subo a la habitación, me organizo y quedamos mañana a las nueve.

Algo debe detectar, porque me dice ya más amablemente:

—Pilar, no me guardes rencor —y añade, titubeando—, quiero creerte, ¡ojalá pudiera creerte!

Estoy tan alucinada por la situación que hasta mascullo un gracias que no viene a cuento, gracias por ponerme una soga al cuello, querido amigo. Al final todo me ha salido de puta pena, el libro no solamente no nos ha unido, sino que nos ha separado para siempre.

¿Sí? Aguarda, Pilar, tú aún no lo sabes, pero tu yo futuro, la que está escribiendo, sí. ¡Habrá tremendas sorpresas! ¡La mujer barbuda! ¡El niño con dos cabezas! ¡Los enanos!

Cállate, mujer del futuro, ¿quién te ha convocado?

Me siento en la cama, con manos temblorosas vuelvo a llamar a Martín. Sigue sin contestarme. La verdad se me aparece como una revelación súbita. ¡Se ha enfadado porque dije en mi libro que era infollable! Ahora me doy cuenta de que su largo silencio se debe a esta razón. El sudor me empieza a caer a chorros, tengo que intentarlo con Rubén. Busco su número en la agenda, me viene un recuerdo a la cabeza, mi hijo diciéndome que había estado muy antipático. Lo aparto y casi me desmayo de alivio cuando oigo su voz:

—Dígame.

No me doy cuenta de la sequedad de su dígame y tampoco advierto que escucha en silencio mis explicaciones atropelladas. Cuando termino, hay una pausa larguísima. Pregunto con angustia:

—¿Rubén? ¿Estás ahí?

—Claro que estoy aquí —alguien menos desesperado que yo se hubiera percatado de la satisfacción que rezuma su voz—. Mira, Pilar, utilizaste mi fiesta privada como momento cómico de tu libro, te burlaste de mis amigos, dijiste que mi novia era una especie de puta y que me había querido ligar a tu prima. ¿Tú crees que hay alguna posibilidad, por remota que sea, de que mueva un dedo para salvarte el culo?

La hora de la venganza había llegado para Rubén y su ángel de espada flamígera. Tartamudeo:

—Pe... pero era un libro de ficción, una novela, ¡he inventado mucho!

—Entonces, ¿para qué necesitas mi testimonio?

Sollozo, ya no me da vergüenza, no sé qué hacer, me humillo:

—Perdóname.

—Demasiado tarde, ¿sabes que mi novia, la voluptuosa como tú le llamabas (risa amarga), se ha ido? ¿Y que mis amigos están tan cabreados que han dejado de hablarme... y de comprar mis cuadros?

¿Cómo? ¿Todas las mujeres del mundo están abandonando a sus parejas por mi culpa? ¡San Valentín, Cupido y El Corte Inglés, aquí tenéis mi pecho, clavadme una flecha, o mejor una katana, que es más efectiva y menos cursi, antes de que os arruine del todo!

Rubén añade un superfluo:

—Y ya le dije a tu hijo que quitarais las tablas de windsurf y las bicicletas.

Con la voz lastimera de un niño, contesto:

—Sí, lo siento, ya lo haremos.

—¡A mamarla!

Ni siquiera me he quitado el abrigo, no sé qué hacer. Me duelen tanto las sienes que creo que me voy a volver loca, voy al necesaire y busco el pastillero de Chanel que me regaló Toni, mi joyero. Lo vuelco en la cama, rebusco afanosamente, ¿estas pequeñas para qué eran?, ¿laxantes, ansiolíticos, para la tos, cortisona? Me tomo tres. Ah, las grandes sí son ibuprofeno. Dos. Pero ¿no irá mejor la aspirina de toda la vida? Venga, otras dos, para adentro.

Hundo la cabeza en la almohada. Sébastien. ¡Sébastien!

Sébastien, mientras escribo esto es como si me estuvieras observando desde un rincón, en la media luz crepuscular de mi despacho. Mi amor, dime, no pienses más en esos días, deja de escribir, levántame, estréchame contra ti para que note el bulto bajo tus pantalones holgados. Me susurras, vamos, vamos, tu voz de los momentos calientes, me empujas sobre el sofá levantándome la falda, rasgándome las bragas en un solo movimiento, sin ayudarte de las manos me hundirás tu polla alzando al mismo tiempo la frente hacia el techo, cerrando los ojos y luego abriéndolos para decirme mira lo que te meto, mira lo que te estoy dando, mira cómo me corro dentro de ti, y me obligarás a arquearme más, me cogerás por los riñones con tus enormes manos para hundírmela más adentro, es tan larga y yo estoy tan delgada que a veces temo que me salga por el otro lado, duele, duele, gritaré, pero enseguida no gritamos, solo es un gemido telúrico, de volcán en erupción o, mejor dicho, es como rompe el trueno el cielo las noches de tormenta. Así, sí, ese ruido. Como jadean los animales nocturnos para meter miedo.

Toc, toc, toc. Llaman suavemente a la puerta de la habitación. Es Isa.

—¿Qué te pasa, Pilarita? —Mira mi pelo pegado a la frente, mis ojos devastados—. ¿Quién era ese hombre del bar?

Todo me sale como una hemorragia incontenible, y después no sé quién está más blanca de las dos. Isa calla, qué largos pueden ser los segundo, al final me mira:

—Pilar, solo te lo voy a preguntar una vez, ¿es verdad todo?

—Te lo juro, Isa, te lo juro que es verdad. —Me saco la cruz que llevo en el cuello y la beso, se me quiebra la voz, tengo la garganta en carne viva—. Pero no hay nadie que lo corrobore.

La miro tímidamente, intento bromear:

—¿Me vais a quitar el premio?

No se lo toma a broma:

—Nunca se ha dado una situación así, tan grave. La editorial se la ha jugado por ti, te confieso que estamos todos en un buen lío.

Me observa con pena, sé que le duele decírmelo, y a pesar de que está preocupada, pensando en cómo le tiene que contar a la editorial que el finalista del premio más importante es quizás un fraude, me pega un abrazo cargado de buenas intenciones que en el fondo me lastima más que una bofetada.

Me paso la noche entera gimiendo y removiéndome en la cama en una retorcida pesadilla en la que la lengua me crecía hasta no caberme en la boca, apretaba los dientes y entonces se me iba la lengua garganta abajo y luchaba contra la sensación de ahogo con la mente desbocada y el corazón latiendo como un bólido de carreras. Por la mañana no tengo nada que ofrecerle a George. Se lo comunico con la misma resignación con que debía ir María Antonieta al patíbulo.

Pero asombrosamente me dice:

—Pilar, le he estado dando vueltas y yo te creo. —Se arregla la bufanda de seda, se ajusta el abrigo, se mira las uñas—. El reportaje va a salir adelante, pero yo haré constar mi opinión.

Atónita, pregunto:

—¿Y qué dirá él?

9

—Te queda mono ese collar.

Mi casa, al fin. Mi habitación está en penumbra porque me niego a encender la luz, y es que necesito que el mundo se mantenga al ralentí para poder descansar por unos instantes de mi ardiente locura.

Los retratos a lápiz que me hizo mi padre cuando era pequeña y que están colgados en la pared, en uno voy con trenzas cortas y me falta un diente de la parte frontal, en otro toco una guitarra el doble de grande que yo, en el tercero estoy más mayorcita, con pantalones y jersey de cuello alto «de existencialista», como se decía entonces, apenas se vislumbran, parecen esos rostros fantasmales que flotan sin cuerpo en algunos de mis sueños. Estoy en la cama y mi prima Carla se inclina sobre mí para que vea el collar con más detenimiento. Lo agarro y me lo acerco a los ojos, me cuenta:

—Está hecho con cepillos de dientes viejos.

Lo suelto de inmediato.

Carla prosigue:

—Con lo que saquemos de su venta en el mercadillo solidario que estamos montando en la Estación de Francia haremos un pozo de agua en Ruanda Burundi.

Mi también prima Leo y yo emitimos ruiditos admirativos, qué grande es el ser humano. Leo se apresura a comentar fingiéndose interesada:

—A mí los que me gustaban eran los bolsos que teníais el año pasado.

Carla se muestra sorprendida:

—¿Los realizados con pilas alcalinas? —mira al techo, duda—, creo que eran contra la deforestación de Brasil, espera..., no, no, algo de Brasil, sí, pero no recuerdo qué.

Leo y yo nos miramos sin palabras, Carla prosigue con gesto de desagrado:

—No tuvieron mucho éxito, creo que pesaban demasiado. —Se anima—. Me parece que me queda uno, ¿lo quieres? Solo son quinientos euros.

Leo, que es pintora y con esto está todo dicho, declina el ofrecimiento:

—Quién los pillara, los quinientos euros... Últimamente no estoy vendiendo muchos cuadros.

Carla se apresura a comentar:

—Pues Santi y yo te hemos comprado tres... Los bodegones los hemos puesto en la cocina.

Leo emite un frío:

—Gracias.

Bien, ya he descansado. Me quejo lastimeramente:

—¿Os importaría que habláramos un poco de mí?

Estoy en plan caracol en mi concha. En mi cama, en mi casa. Llevo refugiada aquí veinticuatro horas. Digo que estoy enferma, pero lo que necesito es revolcarme en este hábitat natural que se llama vida cotidiana. El mundo me tiene como una triunfadora, pero estoy pasando los momentos más amargos de mi existencia, y estar aquí es el mejor lenitivo contra el dolor, si pudiera, me lamería las heridas como hacen los perros, ¿pero cómo podría llegar hasta el corazón?, no sé si es mejor intentarlo por dentro o por fuera. Eh, un momento, señor cirujano, quizás sería más práctico extraer la víscera, darle un lametón rápido y volver a introducirla en la cavidad torácica.

Por Dios, quita, qué asco.

La luz pura y blanca de invierno se mete por las rendijas de la persiana, un rayo me da justo en los ojos, a través de los párpados cerrados lo veo todo color carmesí. En un rincón está mi maleta abierta, y en el suelo, en confuso montón, los viejos cojines que adornan mi cama desde tiempo inmemorial, y colocado sobre ellos, el osito de peluche del niño Ferri hecho por mi madre de una forma no muy hábil, tiene una pata más corta que la otra y una oreja deshecha porque mi hijo se quedaba traspuesto royéndola, pero a ese infortunado minusválido le lavo cada mes su tejano de peto y le saco brillo a los botones que tiene por ojos. Muchas noches me abrazo a él, y cuando me despierto, está mojado. Descartado que el oso sude por el calor que siempre hace en mi habitación, deduzco que a veces lloro mientras duermo. Cuando puede, mi perro lo secuestra y lo esconde sigilosamente en diferentes sitios de la casa, un día lo encontré en el lavavajillas. Son puros celos.

No, no, aún no voy a hablar de Sébastien. Los cristales tintinean con la lejana vibración de la riada de coches que recorren la Vía Augusta rumbo nadie sabe dónde, y se oye el repiqueteo incesante de las patas de Fender sobre el parquet y sus ladridos agudos cuando el telefonillo suena. Hasta el inevitable sonsonete «correo comercial» me parece más tranquilizador que los orfidales, varios, que todas las noches durante la gira me he metido entre pecho y espalda. Tea, en la cocina, está preparando café, y su aroma tan grato, mezclado con el olor a linimento para madera, a lejía, a perro, a gel de ducha, a vida familiar, en suma, conforman el alma individual de cada hogar. Sí, coño, hasta las niñas raras devenidas en amantes fracasadas y finalistas del Planeta fracasadas también merecen tener un hogar, no me abandones, yo nunca lo haría. ¡Fuera de aquí, vida, dueles demasiado!

Mi hijo hace rato que se ha ido al despacho después de preguntarme desde la puerta, su voz amortiguada por el casco de la moto:

—Hoy tienes una firma, ¿no?

—Sí, pero no hace falta que vengas, acuérdate, dentro de dos días en La Casa del Libro. —Pero mi hijo ahora ya no es singular—. Con Lucía, claro.

—Sus órdenes —se lleva la mano a la visera y remeda un saludo militar, pobrecito, no tiene ni idea, afortunadamente no ha hecho la mili, aquel lugar desde el que nuestros novios venían de permiso con bronceado beduino, trajes caquis, botas chirriantes, macuto al hombro y ese olor especial a sudor y ropa de franela sin lavar. También mostraban nuevo corte de pelo «al uno», según denominación oficial, gracias al cual nos enterábamos de que tenían orejas de soplillo.

¿Cómo se llamaba? Era gallego, eso sí. Pregunto soñadoramente a todo el orbe en general:

—¿Cómo se llamaba aquel novio que tuve que hacía la mili en Maspalomas?

—¿Cómo?

Carla me mira como si estuviera enajenada, se atraganta y me pregunta:

—¿Tenemos que remontarnos a tu más tierna infancia, Pilarita?

Las dos empiezan a buscar excusas tipo dejé la leche en el fuego, cómo quiero a estas dos petardas, tengo ganas de darles un abrazo, pero qué pereza levantarme, Leo está sentada a los pies de mi cama, Carla, la mujer práctica, se ha puesto a vaciarme la maleta y a colocar mis cosas en los cajones. Las dos se apresuran a decirme solo un nombre para que no me remonte a Atapuerca:

—¿Sébastien?

—¿Sí? ¿Queréis? ¿De verdad, no os voy a aburrir?

Las dos niegan con tanta fuerza que sus cabezas podrían aflojarse de su eje e incluso caer al suelo, en realidad se lo he contado todo varias veces ya, primero por teléfono y ayer hasta que el sueño me tumbó literalmente sobre la almohada, pero todos sabemos que la amistad entre mujeres se basa en un solo mandamiento: nunca voy a decir esta historia que me estás contando ya me la sé.

En los momentos más emocionantes, Tea se apoya en el marco de la puerta con un cigarrillo en la mano y dictamina:

—Me hubieras podido llamar a mí, yo hubiera hablado con ese gabacho cornudo y le hubiera contado que conocía a Sébastien y que me había confesado incluso que quería casarse contigo.

Como a los malos actores, a Tea le encanta meter «morcillas» de su propia cosecha en el guion. Pero mis primas, que no quieren quedarse atrás en esta carrera de a ver quién acumula más méritos, gritan al unísono:

—¡Nosotras también! ¡Diríamos que nos pidió tu mano!

Demonio, a veces creo que la única inteligencia que existe sobre esta tierra es la mía.

¿La gira, los libros, las ruedas de prensa, las críticas? No, no interesan, no tocamos el tema.

¿La catástrofe que se cierne sobre mí y que me va a costar profesión, reputación y dinero?

No es el momento.

Me estiro en diagonal buscando las zonas frescas de la cama, saco una pierna por un lado, Leo me la acaricia:

—Oh, mira, una patita, lobito bueno.

La pierna vuelve otra vez rápidamente debajo del edredón, y protesto:

—No podía depilarme, y además para qué, pero hoy tengo día egocéntrico, peluquería, masaje, limpieza de cutis con Teresa... —suspiro—. Qué poco me apetece esa firma, no irá nadie...

Es una pequeña librería del Raval que creyó en mí desde mis inicios como escritora y le soy fiel aunque su público no es el mío y no tienen muchas ventas. Voy una hora, hablo con sus propietarias, nos tomamos un vinito y a otra cosa mariposa.

Carla me propone:

—Si quieres, quedamos luego, cena y copeo.

La miro rencorosamente:

—Pero sin hombres, eh.

Ella se revuelve molesta.

—Oye, que no me he convertido en la típica tía que va con su novio a todas partes, que sepas que el último sábado me fui sola a Ikea y me quedé a comer y todo.

—Uh, tú siempre decantándote hacia el lado oscuro.

Leo me da un codazo:

—Sí, Carla siempre viviendo al límite.

—Ay, qué pesadas, ¡con lo agradecido que te está Santi porque nos has presentado! Dice que si no fuera por ti no estaríamos juntos.

Lo mismo me comentó anteayer Lolo, «gracias a ti he conocido al hombre de mi vida», Mario se había puesto a su espalda y le había rodeado con sus brazos, era más alto que él y ambos conformaban una especie de tótem africano. Son muy distintos. Lolo es una verbena, un parque de atracciones, la Feria de Sevilla y los Sanfermines juntos, un chisgarabís vivo, rápido, inquieto. Mario es serio y austero en su carácter como un monje, aunque Lolo ya me ha explicado que tiene mucho sentido del humor:

—En plan *british*, ¿sabes? Pero solo en la intimidad, porque es muy tímido.

Se han enamorado, se quieren. Pues qué bien, ayer era el terror de las parejas y hoy me he convertido en su santa patrona, que me pinte en un cuadro la señora aquella del *Ecce Homo de Borja*.

Carla me propone insinuante:

—Santi tiene un primo viudo con casa en la Cerdanya y en Pedralbes.

Me carcajeo sin ganas, todavía está demasiado fresco el recuerdo del sobrino arquitecto, ¿pero qué haríamos sin estos planes descabellados de las amigas para quitarnos a un hombre de la cabeza? ¡Son la sal de la vida! No sé qué pasa que hoy el mundo entero me emociona. Todas son felices, cojo el oso y le doy un beso en el morro. Leo me dice:

—Si molestamos, te dejamos sola.

Pero Carla ya ha terminado de ordenar y me pregunta:

—¿Dónde pongo la maleta?

Me levanto, le doy un patadón para meterla debajo de la cama y me vuelvo a desplomar sobre el colchón suizo que me costó un congo en El Corte Inglés, oh, se me ha desprendido el patuco del pie, lo busco por las interioridades abisales, sí, está en esa esquina cabrona, el ángulo muerto de las camas. Mira, además he encontrado un pendiente, un cargador de móvil y veinte euros. No, los calcetines desparejados y las tapas de tupperware no están, pero no puedo asegurar que no vaya a encontrarlas algún día. Mis primas observan con curiosidad cómo me retuerzo cual anguila, yo les explico:

—Son ejercicios de Pilates. —Bien, quizás debería interesarme un poco por ellas—. Leo, ¿estás pintando mucho ahora?

—Voy a hacer una exposición en Madrid y vendrá Esperanza Aguirre, porque la cuñada es muy amiga de...

La verdad es que me resulta imposible escucharla, tampoco he llamado aún a mis hermanas, todavía me siento anudada a mi familia postiza, la que hemos formado durante el tiempo de gira. A Isa Santos la voy a seguir tratando, pero no es probable que a Jorge Zepeda vuelva a verlo nunca más. Nos despedimos en el aeropuerto de Madrid. Mientras nos tomábamos el último café juntos, me sorprendió que me dijera con cierta melancolía:

—¿Te acuerdas cuando empezamos? ¡Éramos tan jóvenes!

Me pareció conmovido, pero se echó a reír cuando le acaricié la mejilla y le pregunté:

—¿O sea que tú también tienes tu corazoncito?

Y era cierto que yo lo veía ahora con aspecto mustio y con los hombros algo vencidos, pero había aprendido a querer su elegante displicencia y su aparente desapego de todo. Entre nosotros siempre habrá algo especial que ni él ni yo vamos a compartir ya nunca más con nadie. Al oído me dijo, después de darme un apretado abrazo:

—No te olvides de tu charro negro.

Mientras lo veía alejarse, me daba cuenta de que, habiendo firmado cientos de libros, tal vez miles, no nos habíamos dedicado ninguno mutuamente.

Adiós, Jorge, charro negro. Sigues conmigo en los largos meses en los que voy redactando este libro, sé que te has sumergido en la proeza dura, fascinante y desafiante de vivir con Alma Delia, «maravillosa, brillante, algo neuras y con un genio de la chingada», me dices en una de tus cartas, «cada semana es una aventura, un viaje interior para recoger los pedacitos», pero que, aun así, «hace rato que no me sentía tan vivo». Te despides siempre con un «compa Pilar, te extraño», gracias, qué buen camarada has sido.

En el último momento, en el aeropuerto, Isa nos hizo solemne entrega de un «ficticio» a cada uno. El ficticio, ¡el ficticio!, de pronto no recuerdo dónde lo he puesto y..., ¡ay!, coño, qué daño. Leo me acaba de dar un pellizco:

—¡Oye!

Ostras, qué diablos me estaría contando, menos mal que Tea nos interrumpe para preguntar, colilla colgando del labio a lo Humphrey Bogart:

—¿Le traigo a su majestad y la corte real el café a la habitación con una bandeja?

Oh, Dios, este detalle me demuestra el cariño que me tiene o que me ve hecha polvo, porque Tea se niega a comportarse como una asistenta vulgar y corriente, hemos sido compañeras de trabajo y ella tiene a bien ayudarme en estos momentos de mi vida como un favor (cobrando, por supuesto), y en el fondo tiene razón, porque, ¿qué haría yo sin ella? Le digo que no se moleste, que ya vamos a la cocina, menudo viaje, diez pasos, pero tengo que moverme, moverme, si me quedo quieta me convierto en objetivo fácil para los recuerdos, planean cual drones encima de mí detectando cualquier fisura por la que puedan colarse. Psiuuu, ahí estamos, sus manos ciegas recorriéndome el cuerpo, los gemidos sordos no sé si de placer o de dolor. Psiuuu, ahí va otro, dice que no me conoce.

No, no, ese no. ¡Al diablo con ese recuerdo de mierda!

Me pongo mi bata vieja, la tengo desde hace veinte años, y por qué no me he comprado otra cuando adquiero vestidos que me encuentro años después todavía con las etiquetas puestas, me compro pantalones que cuando llego a casa veo que tengo repetidos, jerséis que van a parar a los agujeros negros de los armarios y olvido de inmediato, zapatos que tiro completamente nuevos porque me hacen daño, ¿y no me compro una bata? ¿Por qué? ¡No me lo preguntéis más! ¡No me lo explico!

Me echo la bata atrás como se echaba hacia atrás mi madre los echarpes de pieles, unos zorros que se unían por el morro, y los abrigos de visón, de lince, de gato salvaje, de renard argenté, de astracán (este mamá decía que hacía vieja), ¡teníamos un zoo *post mortem* completo en casa!, ¡un cementerio de animales colgados de los armarios! Cuando murió mi madre, los quemamos todos en una hoguera reivindicativa y hasta vinieron de una organización animalista alemana a grabarnos.

Claro que el reportaje lo titularon «Olé, torero», y ahí la cagaron, pero tenían buena intención. ¿Cómo era aquello? El camino al infierno está pavimentado de buenas intenciones, cito de memoria.

Carla está cotilleando mis cajones y de pronto se pone a gritar:

—¡Pero si tienes leotardos de lana!

Se los ensarta en la cabeza, las perneras le caen a ambos lados de la cara cual Caperucita como si fueran trenzas. Leo la observa con envidia y pregunta:

—¿Hay más?

Claro que hay más, ¡con lo friolera que soy yo! ¡Tengo miles de leotardos que me pongo debajo de los pantalones! Hay para Tea, para mis primas y para mí, a Fender, por la forma peculiar de las cabezas perrunas, no podemos encasquetárselo y se los coloco a modo de foulard, los pies de los pantys nos caen a ambos lados de las mejillas como orejas de basset, pongo música en el iPad, voy a buscar el carro de la compra para bailar con él, Tea levanta a Fender sobre sus patas traseras y Carla agarra el ficticio:

Cuando yo tenía dinero
me llamaban don Tomás.
Cuando yo tenía dinero
me llamaban don Tomás.
Como ahora ya no lo tengo
ay, me llaman Tomás no más.
Sarandonga, nos vamos a comer,
Sarandonga, un arroz con bacalao.

Después cambiamos de pareja, mi único geranio nos mira con envidia desde la terraza, lo entro y bailamos con él, encendemos cigarrillos, ¡oh, mira, creo que esto es un porro! Y nos echamos las perneras de los leotardos hacia atrás dándonos importancia, movemos las caderas, la mano en alto y pegando chillidos:

Sarandonga, cuchibili, cuchibili,
Sarandonga, cuchibili, cuchibili.

Yo digo Sébastien, así, bajito, nadie me oye. Y es ahora cuando me doy cuenta de que en estos largos meses de locura, ¡más de un año ya!, he adquirido una extraña costumbre: cuando hay un ruido fuerte, una bocina, la megafonía de los aeropuertos, el metro entrando en un túnel, la sirena de una ambulancia, mis labios pronuncian automáticamente tres sílabas, Sé-bas-tien. He conseguido no mover apenas los labios y seguir con la mirada perdida en el vacío. ¿Lo advertirá la gente?

Leo está pelando pieles de naranja para superponerlas a nuestros dientes propios, Fender da ladridos alegres y alborotados, llaman a la puerta, y es mi hijo el que entra y nos reconviene:

—Mamá, me he encontrado a la vecina del piso de abajo, dice que va a avisar a los bomberos.

Tea me da un codazo:

—Sí, sí, eso, una buena manguera es lo que nos hace falta.

Cuchibili, cuchibili. En efecto, el café ya estaba frío.

Mientras voy caminando a la peluquería, suena mi móvil, ese gran olvidado. Es de la editorial.

Los grandes estafados (presuntos, de momento). Estoy a punto de no cogerlo, al final mi voz surge tan quebradiza como si alguien me apretara la garganta:

—¿Diga?

Juraría que querían ir directos a la yugular, pero me dicen hablando muy rápido que el libro está yendo bien y después que ya han visto en internet que esta tarde tengo una firma en una librería, que es pequeña, pero que está haciendo bastante ruido en las redes. Los advierto reticentes, alarmados, nerviosos, pero finjo no darme cuenta.

No quieren hablar del tema, aún no. Me dicen que después de pasado mañana me quedo libre como los pájaros. Me preguntan por cortesía:

—¿Qué vas a hacer en fiestas?

—Me voy a Jordania, una semana.

Desde que mi marido murió, mis hermanas, mi hijo y yo pasamos las navidades fuera, siempre escogemos lugares glamurosos y sofisticados, pero este año mis hermanas no pueden venir y yo he elegido Jordania. Querría ir a Siria, pero no dejan entrar a turistas occidentales, me gustaría pisar el suelo que no pisó el Sébastien que no era Sébastien.

—¿A Jordania? ¿No te da miedo?

Me río con desprecio. ¿Miedo? ¿Después de todo lo que estoy pasando? Contesto con un escueto:

—Pues no.

Noto que se hace un silencio al otro lado del teléfono. Sé que están intentando escoger las palabras para no resultar ofensivos, yo no los ayudo, me callo, al final me lo sueltan:

—Pilar, comprenderás que estemos muy preocupados con ese reportaje, nos hará mucho daño. Es un descrédito impresionante para nosotros, y más en estos momentos tan delicados en el mundo editorial, estamos estudiando la manera de minimizar el perjuicio.

No puedo contenerme y pregunto con impotencia:

—¿Y yo qué quieres que le haga?

—¿No podrías intentar hablar con tu amigo George para pararlo? Nos lo han sugerido nuestros abogados...

—Ya no es mi amigo, y no, no podría.

—Si me permites un consejo, yo de ti, en los dos actos que te quedan y en las entrevistas, no insistiría en que es tu historia... El mal ya está hecho, pero quizás podemos amortiguarlo, nosotros ya lo hemos eliminado del dossier, y en próximas ediciones, que seguro que las hay porque el libro se está vendiendo muy bien, cambiaremos la contraportada.

Silencio. Y después:

—Al final quizás nos obligarán a retirarlo del mercado y a pedir disculpas públicamente... Aunque nosotros en realidad no tenemos la culpa, nos fiamos de tu palabra.

Miro el móvil, me gustaría estamparlo contra la pared, claro que si lo hiciera ahora iría a parar al seto de la elegante casa de Javier de la Rosa frente a la cual estoy caminando y lo más probable es que saliera un solícito portero de uniforme azul a devolvérmelo.

Intento bromear con ligereza, pero me sale voz de camionero:

—Pues muchas gracias por vuestra confianza.

Mi interlocutor se muestra dolido:

—Lo hacemos por ti sobre todo, Pilar, para que cuando salga esa información tenga menos impacto sobre la opinión pública. Aunque nos viéramos obligados a desvincularnos de ti, nuestros abogados seguirían protegiéndote, aunque no creo que ni tú ni nosotros estemos en condiciones de afrontar una demanda por difamación y por mentir.

Cierro los ojos, cuento los segundos, uno, dos, tres, los abro:

—Bien, pues gracias, ya sabéis que el reportaje se publicará después de Reyes.

—¿Dentro de dos o tres semanas?

Estoy ante la puerta acristalada de la peluquería, gimo más que digo:

—Tengo que colgar.

Hablan suavemente, todos son tan considerados que me hacen sentir peor que un gusano:

—No te estamos echando la culpa, pero tendremos que salir al paso de alguna manera... Ya hablaremos.

Ya hablaremos, no.

Pero ya lo pensaré luego. Hoy me tocan más manos de las que me han palpado en meses. Manos profesionales que masajean, lavan, tiñen, peinan, limpian, me cortan las uñas y me depilan. Hacen lo que pueden para que me vuelva a sentir persona, pero la añoranza y el desengaño que me están devorando el alma, ¿cómo se quitan? Todos me traen mi libro para que lo firme, por la calle la gente me detiene, me felicitan conocidos y desconocidos, me preguntan cómo estoy, me aman, todavía me aman, es mi ciudad, carajo, sonrío, hablo sin parar hasta que caigo exhausta en la camilla de Pedro y mientras me da un masaje en la espalda me quedo completamente dormida, con el rostro encajado en ese agujero por el que ves el suelo y cucarachas imaginarias.

Eh, qué hora es. Corre a casa.

Me doy una ducha rápida para quitarme el aceite de masaje, me miro en el espejo con un poco favorecedor gorrito hurtado de los hoteles, hoy no hace falta ni que me pinte. No, no, de eso nada, la fidelidad de las propietarias de la librería me obliga a presentar un buen aspecto, mira, ahí tengo la crema para el cuerpo que me suele regalar la princesa de Bulgaria y su suntuoso aroma a rosas, me masajeo el pecho que tanto le gustaba a Sébastien. Uno, el otro.

Sébastien, eh, tú, sí, hombre alto. Hoy casi no he pensado en ti en todo el día, jódete.

Miento, claro. Estaba ahí, una angustia extenuada en el estómago. Me acaricio los hombros, me abrazo, oculto mi cabeza en el hueco del codo. Miro al techo, gimo largamente. El amor me envuelve dulce, evocador y colmado, casi vacío de deseo.

Saco de los cajones todo mi arsenal, lápices, pintalabios, brochas, polvos, maquillaje, colorete. Me empiezo a pintar los ojos antes que nada, como he aprendido de las maquilladoras de televisión. Primero las cejas con un pequeño pincel biselado, después sombra oscura y el khol por dentro del párpado de arriba y del de abajo. Maquillaje beige insistiendo en las zonas con manchas que tantos veranos de sol han tatuado en mi piel de forma indeleble por muchos tratamientos láser que me haya hecho, el perfilador de labios y el color que debe durarme veinticuatro horas según cuenta la publicidad. ¡A prueba de besos!

Risa, sí, pero doliente.

Lo último el colorete líquido y el rimmel. Un poco más de sombra, un poco más de colorete, un poco menos. Rimmel, khol. Más, menos. Así.

Me arranco el gorro con ademán de gran dama y sacudo la cabeza, la pongo hacia abajo y me vaporizo laca, la vuelvo a enderezar y parezco una leona. Engarfio los dedos y enseño los dientes:

—Grrrr... —finjo arañar—, grrr, grrrr...

Aqua di Parma de arriba abajo. Fender me mira filosóficamente tendido en la puerta del cuarto de baño, sabe que si hay tacones y perfume él no sale. Para él son las bambas y la colonia Nenuco.

Me doy un último vistazo en el espejo de la habitación. Me he puesto un suéter negro con escote de pico con un foulard verde, ¿no se titula mi libro *Mi color favorito es verte*? Tejanos destripados, botines de tacón y encima un abrigo de terciopelo, negro también. Estoy elegante. ¿Por qué no honrar a una librería que cree en mí desde hace treinta años? ¡Lo merecen más que esos lugares empingorotados donde me ofrecen champagne francés helado, pero luego no saben pronunciar mi apellido y me llaman Leyre todo el rato!

Recuerda, Pilarita, que después vas a cenar con tus primas.

Me miro en el espejo con los ojos vacíos, tiemblan mis labios buscando su nombre, ¡Sébastien! Me dejo caer sobre la cama. Su recuerdo me golpea con brutalidad terrible, me sale un sollozo inesperado de la garganta. Todo esto, ¿para qué? ¡Si me vieras ahora, me amarías, Sébastien! Todavía me miran los hombres, pero ¿cuánto me queda?

Sébastien, dime que no te he perdido, ven pronto antes de que todo esto sea pasto de los gusanos.

Pero, pobre infeliz, ¿todavía albergas esperanzas? Sí, no quiero dejarlas ahí solas, bajo la lluvia.

En la mesa de noche tengo una foto de mis padres, jóvenes los dos, un día de viento, al fondo la muralla de Ávila. Se han bajado un momento del coche, mi madre se aguanta la falda de mezclilla que seguramente se ha desabrochado para ir cómoda y ahora se le resbala, mi padre lleva un abrigo sobre los hombros y sujeta las solapas cerradas en torno a su cuello, los faldones vuelan como una capa, son jóvenes y están muertos.

Cojo la foto y la beso.

Nuestra vida se va desforestando como los bosques brasileños que intenta remediar mi prima.

Es de noche, y por la noche, en Barcelona y en Cuenca, en Logroño y en Sevilla, la nostalgia de Sébastien se me enrosca al cuerpo como la yedra, me asomo a su recuerdo como a un abismo.

Cojo el bolso, meto el móvil, el miniiPad, ¿la bolsa con las pinturas hace falta? Bah, casi no pesa. No quiero mirarme en el espejo del ascensor, a veces he regresado a mi piso para volver a maquillarme, mejor dicho, para desmaquillarme, porque bajo su luz cruda mi rostro parece demasiado a menudo una máscara mortuoria.

Hace frío. Paro un taxi. El conductor me observa de forma inquisitiva por el espejo retrovisor, ¿le gusto o es simple curiosidad ante un rostro conocido? Apoyo la frente en el cristal y voy mirando el asfalto duro de las calles de mi ciudad por las que fluyen incesantemente coches y transeúntes y esa oscuridad difusa que invade las moles grises de los edificios. El taxista maniobra con ligereza y desenvoltura por el tráfico que abarrota la calle Muntaner, y de pronto, sin pensar en nada concreto, me invade una inmensa tristeza y tengo unas ganas horribles de llorar, me siento tan sola, joder, tan sola.

Susana y Cristina, las dueñas de la librería, me esperan en la puerta. Han montado un escaparate con mi libro, han puesto arena de la playa, una estrella de mar, piedrecillas y varios ejemplares haciendo una pirámide. Han recreado el cielo con el mismo papel azul con el que forrábamos los libros del colegio, me recuerda los ingenuos pesebres que hacíamos de niños, poníamos papel de plata para fingir ríos y musgo de verdad, unas ocas diminutas y al lado unas gallinas como vacas, no se guardaban las proporciones, pero nos daba igual, porque la vida ya en sí era portentosa.

Me explican:

—Lo ha hecho Bairon —es un joven de Perú que tienen prohijado—, ¿te gusta? Él también se ha ocupado del tema de internet.

Las abrazo, estoy emocionada, y ellas, sin entenderme muy bien, me dan golpecitos en la espalda y me preguntan:

—¿Había mucho tráfico?

Me doy cuenta de que llego media hora tarde, estarían temiendo que ahora que soy finalista del Premio Planeta me diera aires y las hubiera olvidado. Me propinan un pequeño empujón y me susurran:

—Ha venido mucha gente.

Y es verdad, una cola de unas veinte personas abarrota la minúscula librería, me quito el abrigo, pero Susana me dice temerosamente:

—No sé si tendrás frío, como están abriendo la puerta todo el rato —me mira de arriba abajo—, ¡qué guapa estás!

Estoy contenta de haberme arreglado. Las tres tenemos la misma edad, pero ellas lucen el rostro limpio de pintura y cremas de las monjas de clausura, no saben lo que es un cirujano plástico ni un tratamiento de belleza. Y, sinceramente, creo que, a pesar de eso, o por eso precisamente, parecen más jóvenes y lozanas que yo, ¡putada!

Me siento en la pequeña mesa, un botellín de agua, un tarro de Unicef con bolígrafos. La primera de la cola es una mujer con un niño en brazos:

—¿Puede poner para Manolo? Es mi marido.

A continuación, una pareja, «es nuestro aniversario», el tercero, un chico, «¿se lo puede dedicar a mi madre?», después tres muchachas que van juntas, pero se compran un libro cada una, tengo que discurrir tres dedicatorias distintas y, menos mal, porque luego veo que las comparan entre risitas, después una señora mayor que me conoce «de la tele» y qué delgada soy en persona. La siguiente en la fila dice que ella de eso no me conoce, pero que se compra siempre todos los premios Planeta. Yo firmo casi sin mirar, se va acabando la cola, con el último, «es para mi mujer», me detengo más y le trazo incluso un dibujo, una cara con diadema y collar que solía hacer en los primeros libros que firmaba, cuando se trataba de alargar al máximo el tiempo de esos pocos lectores que se acercaban. Miro a Susana, está contenta del éxito de la convocatoria. Se acerca cargada con un montón de libros:

—Para tenerlos, la gente los valora si llevan una frase de la autora. —Me señala la portada—. Mira, es la tercera edición.

Firmo uno detrás de otro como una máquina. Se oye la campanilla de la puerta, entra alguien más. Sonrío de forma automática, pero no levanto la vista mientras trazo la última rúbrica. Una sombra se instala delante de mí, hay un silencio mineral. Enorme.

Una mano sobre la mesa.

Esa mano.

10

Me quedé convertida en un bloque de granito. Dejé de respirar, abrí la boca y creo que me olvidé de cerrarla. Hipnotizada. Levemente posada sobre la madera, el índice arqueado de los grandes fumadores estaba avanzado respecto a los otros dedos como si esa mano estuviera a punto de caminar hacia mí. La reconocí porque ni los huracanes tienen manos tan fuertes como su mano.

Bruscamente, levanté la mirada. Y sí, allí estaba él, Sébastien. ¡Sébastien!

Me observaba con fijeza. Cuando lo miré, empalideció repentinamente, como si toda su sangre se hubiera ido calle abajo, sus pupilas se dilataron, sus ojos extraordinarios se cerraron con lentitud y volvieron a abrirse apenas, una rendija centelleante, como si le costara enfocar.

Estuvimos unas centésimas de segundo inmóviles, el uno frente al otro. Me levanté de un trallazo con el corazón en la boca, la silla cayó al suelo, cayeron al suelo el agua, los bolígrafos, los libros, alcé los brazos con un grito, los dos quisimos pasar por encima de la mesa, los ojos de uno prendidos en los ojos del otro, al final él la apartó de un manotazo sin perder mis ojos y no vino hacia mí, sino que me cogió por el hombro y me tiró hacia él contra su pecho, un golpe brusco y cálido como si quisiera arrancarme de la tierra para incorporarme a él mismo, escuché los latidos de su corazón desbocado y su ronca respiración en mi oído, después me apartó y volvimos a mirarnos, a hundirnos el uno en el otro, solo veía sus ojos, sus ojos, una oleada caliente me recorrió de arriba abajo. Él abatió sus pestañas, una medialuna perfecta sobre sus mejillas que le dio el aspecto de un ángel, torció la cabeza para encajar bien conmigo y nos besamos perdiendo la conciencia del lugar y del tiempo. Fue un beso hambriento y voluptuoso. Sus labios duros contra los míos y su lengua seca me calcinaron por dentro, sentí sangre que corría por mi boca, no sé si suya o mía, repetí Sébastien, Sébastien, y él, mi amor, mi amor.

Me di cuenta de que desde el principio estaba llorando, lloraba como nunca he llorado de niña y nunca seré capaz de volver a llorar. Aquel momento de delirio indescriptible, que vale toda una vida, todavía me sobrecoge. Fue tan hermoso ese instante que me pareció que estaba en la memoria, solo los recuerdos pueden ser tan sublimes.

Sébastien me apretaba fuerte queriendo fundirse, amalgamarse conmigo, y trataba de calmarme como si fuera una perra enferma:

—Shhh, shhhh...

Y otra vez me levantó la cara cogiéndome por la barbilla con una mano, la otra en la nuca, y me volvió a besar con lentitud deliberada, ah, su áspero sabor masculino.

Una voz a mi espalda, un carraspeo.

Entonces me soltó, fue como si nuestros cuerpos se desgarraran violentamente, la luz me deslumbró, todos los objetos tenían una especie de aura alrededor, estuve a punto de caerme.

Susana y Cristina me miraban absortas, sin entender, pero entendiéndolo todo. Luego me dijeron:

—Te pusiste del color de la tiza... Cuando empujó la puerta, ya nos supusimos que era él.

Empecé a decirles «no sabía nada..., no podía imaginar...», pero me encogí de hombros y meneé la cabeza, no quería hurtarle ni un minuto a Sébastien, que, indiferente a todo, solo me miraba a mí. Recordé que esa era una de sus características, su increíble capacidad de concentración, el mundo no le importaba y era inmune al juicio de los demás, solo estábamos él y yo.

Me colgué el bolso de mala manera en el hombro y nos echamos a una calle que nos recibió con los brazos abiertos, la ciudad ya convertida para siempre en el paisaje de nuestro amor. ¡No podré nunca caminar por ella sin recordarlo! El arco sobre la calle, la vaharada de olor a vino antiguo, a odres viejos, que salía de la bodega, el empedrado tosco del suelo, la frutería pakistaní, el bar El Paraiguas, todos existen porque los consagré en ese instante con nuestra presencia, qué importan los sesenta años previos, qué más da que en El Paraiguas pasara gran parte de mi juventud, ¡qué digo juventud, nunca he sido más joven que ahora!

En la puerta de la librería nos besamos, y frente a la farmacia también, nos besábamos mientras caminábamos, la gente al pasar nos empujaba y nos obligaba a soltarnos, pero nuestros labios ya conocían el camino de retorno a los labios del otro, nos besábamos y nos acariciábamos con impudicia, ajenos a todos, íbamos sin rumbo, estallantes de alegría, el viento nos despeinaba el cabello, él llevaba la bufanda sin anudar y ofrecía al aire gélido que llegaba del puerto su cuello desnudo y se le veían las puntas de las clavículas, tan extrañamente frágiles en un hombre tan grande, yo no me molesté en abrocharme el abrigo tampoco, lo llevaba abierto, flameaba alrededor de mí como las alas de la victoria de Samotracia, estábamos impregnados de una luz celestial y dentro de nosotros cantaban los pájaros.

No sé qué ruta cogimos para llegar a las Ramblas. El olor húmedo, empalagoso, levemente licorado de los llamativos puestos de flores nos asaltó de pronto, yo los ignoré porque los he visto muchas veces, pero no merecieron ni una mirada de él, que no los conocía, porque sus ojos iban clavados en los míos. Tropezábamos con la muchedumbre habitual de última hora de la tarde, turistas con anoraks encima de sus inadecuados atuendos veraniegos, ancianos autóctonos con sus ancianos y gordos perros, grupos de muchachos con camisetas negras con leyendas y piercings pasándose un cigarrillo de marihuana, rateros de poca monta, putas, no se enfadaban a pesar de que Sébastien mide casi dos metros y nos abría paso sin miramientos, nos observaban con indulgencia, cómplices sonrientes, nos guiñaban el ojo, decían ¡están locos de amor!, ¡rindamos pleitesía a estos enamorados!:

¡Gocemos y alegrémonos con ellos!
Celebremos sus amores más que el vino,
cuánta razón tienen para amarse.

No hablábamos, solo podíamos mirarnos y mirarnos, y de vez en cuando, con incredulidad, Sébastien se detenía, me pasaba la mano por la cara como hacen los ciegos para reconocer los rostros, unas veces con dulzura, otras con salvajismo, y entonces sí decía mi amor, Pilarita, mi amor, amor mío, y yo, te quiero te quiero te quiero. Pero en realidad no nos escuchábamos, hubiéramos podido decir palabras incongruentes, lunes, noviembre, albaranes, ¡no nos importaba! Los que hablaban furiosamente eran nuestros cuerpos, hola, cadera puntiaguda que he acariciado tanto, estás ahí, hola, hombros anchos, cómo estás vientre en el que tantas veces me he hundido, brazos duros y musculados, polla añorada, ¿sigues ahí, sigues siendo larga y algo sinuosa y tienes esa vena gruesa que te va desde la base hasta el prepucio? Él me metía los brazos por debajo del abrigo, del jersey, me tocaba la espalda piel contra piel, me atraía hacia él de lado y luego me hacía dar la vuelta para que quedáramos enfrentados, se pegaba a mí y yo notaba el bulto de su miembro mientras él iba mascullando una salmodia sin sentido:

—Ven, ven, más cerca, ven.

Se me contraían los músculos de la vagina con espasmos dolorosos.

Todo desaparecía, se desvanecía como se funde la nieve al calor del sol, como cae la arena a través de los dedos, esos dieciséis meses de sufrimiento —¡sí, son dieciséis, acabo de contarlos!—, la incertidumbre, el desconsuelo, las mentiras, cuando me quedé en la puerta de su casa como una mendiga, las noches insoportables, ese monótono discurrir lleno de días iguales, esa carta infame... ¡Todo pertenecía a otra Pilar, a otra vida que no era esta!

Ya subíamos por el Paseo de Gracia, aquí el elemento humano había cambiado, la gente iba bien vestida, los japoneses se detenían delante de las tiendas de lujo, los rostros iluminados por las luces espectrales de Gucci, Vuitton, Chanel. En Rabat las joyas, hábilmente dispuestas bajo unos potentes reflectores, brillaban como pedazos de mercurio solidificados, las luces blancas de las historiadas farolas de Gaudí estaban rodeadas de una nube de humedad condensada, todo tenía el ruido amortiguado de un túnel bajo el agua y me pasó algo que no voy a olvidar jamás, deseé morir, deseé morir, que sus manos me rodearan el cuello ¡una sola es suficiente! y me dieran muerte, unirnos los dos en ese beso final y que su aliento fuera mi último aliento.

No sabíamos de semáforos, y en el cruce con la calle Aragón estuvieron a punto de atropellarnos, de un coche surgió una cabeza, «¡a follar al hotel!», pero yo miraba solo sus ojos depredadores. Con la voz enronquecida me dijo con urgencias de macho:

—Sí, vamos a un hotel.

Claro, claro, dije yo, tan dócil a sus deseos que si me hubiera dicho tú sube arrastrándote lo hubiera hecho, en esos momentos pasábamos delante del elegante Majestic con su portero uniformado a la puerta y esa placa que cuenta la hazaña de unos diplomáticos en plena posguerra para salvar judíos y que...

Pero, cojones, yo no estaba para placas, Sébastien iba a detenerse para entrar, pero yo lo cogí del brazo y le dije apresuradamente:

—Más arriba.

Como es habitual en Barcelona, sin reserva será muy difícil obtener una habitación y en la calle Mallorca está el hotel Alma, el dueño es amigo mío y en último término siempre puedo recurrir a él. Oh, Pilar, a pesar de todo, ¡piensas!

Si se sorprendieron los recepcionistas al verme con la ropa desbaratada, sin equipaje, cogida a un hombre como si en ello me fuera la vida, no lo demostraron y fingieron no reconocerme, aunque fue mi carnet de identidad el que registraron. Nos dieron una habitación en el sexto piso, no fue necesario molestar a nadie. A la pregunta:

—¿Cuántas noches pasarán aquí?

Sébastien no contestó, porque seguía sin hablar ni una palabra de español, y yo tampoco respondí, porque no tenía ni puta idea. Mi contestación hubiera sido:

—¿Cuántas noches? ¡Todas! ¡Todas las que me queden de vida! ¡Y luego que esparzan mis cenizas sobre esta alfombra!

Gris contra negro. No sé qué diría mi amiga la decoradora Estrella Salietti, quizás lo pongamos de moda, las cenizas se pegarán a la suela de los zapatos y dejarán huellas en el pavimento de la calle como cuando el hombre pisó la Luna, yo ya no estaré para disfrutarlo, pequeño detalle.

Sébastien, apoyado en el mostrador, me miraba en silencio mientras yo realizaba todas estas maniobras burocráticas que duraron un par de minutos, pero que se me hicieron larguísimas.

El vestíbulo estaba lleno de gente, mujeres con vestidos negros, el bolso sin asas debajo de la axila y una copa en la mano, hombres obesos con bufandas rojas y chaquetas de tweed, había una muestra pictórica y los cuadros abstractos, en lugar de estar en las paredes, colgaban de varios móviles desde el alto techo, nos abrimos paso resueltamente, Sébastien me arrastraba ciego y sordo, había muchas caras conocidas, incluso oí que me llamaban:

—Pilar.

Un fotógrafo cámara en ristre se dirigió a nosotros, y Sébastien tiró de mí, impaciente. Alguien me detuvo con contundencia, era una amiga de mis veraneos de Sitges que estaba el día en que me dieron el premio en el Palacio de Congresos hace quinientos, mil años me parecía, pero en realidad, calculándolo también ahora que tengo la cabeza fría, hacía tan solo dos meses y una semana.

La cabeza fría, qué remedio.

Ahora, mientras estoy delante de mi ordenador, con las piedras de la playa que siempre tengo sobre mi mesa, una vela, el zapatito de mi hijo cuando era pequeño, con bolígrafos resecos y una lupa, una pinza larga del pelo, unos sellos caducados, hoy, primer día de primavera, un solo pájaro canta delante de mi ventana. Cuuuu, cuuu... Es negro y tiene el pico amarillo, se acerca al cristal y observa el interior con curiosidad, ¿y qué ve? A mí, escribiendo sobre mi vida en medio del resplandor dorado y enigmático del atardecer. Sé que también este libro lo vas a leer, Sébastien. Ambos lo sabemos, ¿verdad?

En medio del hall abarrotado, sosteniendo una copa de vino blanco y con expresión achispada, mi amiga se empeñaba en contarme que:

—Ya me he comprado tu novela, qué huevos tienes... —ahí se dio cuenta de que iba acompañada y miró a Sébastien de arriba abajo con admiración—, claro que..., así que este es..., ya entiendo...

Esperaba que la presentara, esperaba con la seguridad de la mujer que se mueve en un mundo convencional donde los hombres ayudan a ponerse los abrigos a las mujeres y las presentaciones de desconocidos son automáticas, ya tendía la mano, el rostro, beso, mano, las dos modalidades estaban permitidas en ese código no escrito de conducta que suele utilizar la gente bien, pero Sébastien la miró con una expresión ausente y ceñuda, creí que sería capaz de pegarle para abrirse paso hasta mis piernas y me apresuré a decir:

—Perdona, tenemos prisa.

Mi amiga, con una punta de resentimiento, me dijo:

—Sí, sí, hija, ve —y después se ablanda y, con un chispazo de humor en los ojos, concede—, yo también tendría mucha prisa.

Con nosotros subía en el ascensor una pareja de extranjeros, Sébastien se apoyaba con la espalda en la pared, las manos en los bolsillos, los cuatro en silencio, lo miré y ¡estaba tan demacrado! No pude evitarlo y a pesar de esas presencias ajenas le acaricié la cara y le dije:

—Cómo has adelgazado.

Intentó sonreír, me di cuenta de que la pequeña cicatriz que tenía en el labio superior hacía que su gesto fuera imperfecto y enternecedor, cerró los ojos, se echó atrás y me dijo:

—Ha sido por ti.

Llevaba un tabardo oscuro con el cuello levantado, debajo una camisa blanca con un jersey gris bastante usado, pantalones de pana y zapatos con cordones. Se pasaba la mano de forma descuidada por el pelo, siempre lo llevaba como si una amante acabara de revolvérselo. Ni siquiera iba bien afeitado, o quizás sea que se había dejado barba. Su rotunda presencia física no precisaba de coquetería alguna y percibí cómo la mujer de la otra pareja lo miraba de reojo.

Entonces me di cuenta de que él no había dejado de mirarme tampoco a través del espejo, nuestros ojos se cruzaron.

Cuando entramos en la habitación, levanta el dedo delante de mí, parece que va a decir algo, yo tengo la garganta tan atenazada que soy incapaz de pronunciar palabra y nada decimos, porque las peligrosas fieras de la pasión se han desbocado y solo podemos quitarnos la ropa a medias, él me coge al vuelo como si fuera una pluma, me lleva hacia la cama, pero no llegamos, ca, qué vamos a llegar, está demasiado lejos, tan lejos como las cataratas del Niágara, como Marte, como Casiopea y la Osa Mayor y la Menor, y de pie, manteniéndome en vilo, me ensarta y yo acojo su impetuosa acometida con agradecimiento y dolor, la protesta se me escapa como un sollozo, no, y después, sí, dame más, duele, más más y se corre dentro de mí con un rugido salvaje y desesperado. Me chorrea el semen por los muslos cuando me tiende en la cama, tengo el cuerpo tan sensible como si una quemadura me cubriera de los pies a la cabeza. Trato de incorporarme y él me señala los pechos con la barbilla:

—Dámelos.

Se los ofrezco, cierra los ojos para tomármelos con la boca, después me empuja con suavidad. Hunde su cabeza entre mis piernas, muerde mi clítoris con los labios, siento un dolor breve e insoportable y después todo se concentra en ese punto, una vez entré en barca en una cueva inmensa en la Costa Brava y el mar encerrado allí dentro, amo y señor de aquella gruta ignota, hacía el mismo ruido hondo y atemorizador de mi respiración. Y Sébastien vuelve a entrar en mí, y sin correrse sale, me da la vuelta con una sola mano, me pega en el culo para que lo levante y vuelve a metérmela. Yo gimo contra la almohada en una oscuridad sin fronteras y él cae sobre mi espalda, me aplasta con todo su peso, es un alud, una avalancha, noto una convulsión en los pulmones, no puedo respirar, hay destellos, su mejilla mojada contra mi mejilla mojada y así nos corremos los dos a la vez y cuando acabamos es como si nos electrocutaran y caemos el uno al lado del otro con los brazos abiertos sobre esta enorme cama.

Pero la avidez del goce no se acaba, seguimos deseándonos. Estamos en un edificio tan alto que solo se ve el fulgor amarillento y radiante de las calles en la parte inferior de la ventana y arriba todo está oscuro. Oigo unos dedos misteriosos de terciopelo que golpean los cristales, y veo señales de arañazos. Llueve.

Sébastien alarga el brazo y levanta sus pantalones del suelo. De un bolsillo saca un arrugado paquete de tabaco, reconozco el anticuado círculo rojo del Lucky Strike, extrae un cigarrillo, le quita el filtro y le da golpes contra el dorso de su mano, un gesto que repetirá muchas veces. Tuerce un poco la boca para ponérselo entre los labios y encenderlo con la cabeza baja. Se recuesta sobre la almohada, expulsa una larga voluta de humo y, sin mirarme, me coge la cabeza y la pone sobre su pecho.

Oigo los ensordecedores latidos de su corazón.

Atravieso mi pierna sobre las suyas, mi mundo visual tiene un horizonte y es la línea de su esternón, paso la mano sobre su vello rizado y entrecano, pongo los dedos haciendo tijera como si fuera a cortárselo, meto la uña en el agujero que tiene en el hombro, sí, tenemos que hablar, lo sé... La nevera ronronea monótonamente, el sonido de la lluvia arrecia, se oyen bocinas lejanas, nos desborda el deseo. Sébastien se aclara la voz, pero aun así le sale tan ronca y extraña como si llevara tiempo sin hablar con nadie, apenas lo entiendo:

—¿Sabes que te he añorado como una bestia?

Siento una dulzura insoportable, soy tan feliz que si me dispararan ahora no lo notaría, y pregunto con recato:

—¿Sí?

En lugar de responderme, me comenta con una risa breve:

—Hay una cosa que siempre recordaba de ti. —Se apoya en el codo, me mira—. Tú seguro que no te has dado cuenta.

—¿De qué?

Me observa con cierta picardía, juega con la cruz que llevo en el cuello:

—Cuando te follo, en lugar de mirarme a mí, desvías los ojos hacia el techo, como si vieras algo más allá —duda, y se burla un poco—, como si entraras en conexión con otro planeta.

Tuerzo los ojos de una manera horrible:

—¿Así?

Se echa a reír, me abraza tiernamente y vuelve a excitarse, y esta vez me hace el amor sin dejar de mirarme a los ojos entrando tan suavemente en mí que casi no me doy cuenta, y se mueve, qué océanos de placer, qué vastos e infinitos, y me va diciendo al oído con melodiosa cadencia:

—Mi Pilarita, mi Pilarita.

Y ahora soy yo la que se desliza hacia abajo sobre su cuerpo, sigo con la lengua la línea oscura que va desde su ombligo hasta su falo, y me lo meto en la boca sin usar las manos, solo succionando, él está apoyado sobre los codos y me mira atentamente, tiene los ojos duros y tiernos a la vez. Su cuerpo se agita, se dobla hacia atrás y yo lo recibo y me va garganta abajo, ah, este sabor inolvidable, como ese día en la playa.

Tenemos que hablar, pero todavía no, todavía no.

Cabalgo encima de él, balanceándome de un lado a otro, y me limpio la boca con el brazo como los chicos jóvenes e inexpertos después de beber en porrón:

—Pues yo recuerdo cuando señalábamos las estrellas en la playa, la última noche que estuvimos juntos.

Ese día. También.

—Casiopea, la Osa Mayor, las Hespérides.

—¡Lo recuerdas!

Me inclino sobre él, le beso, me aparta con naturalidad sonriendo mientras enciende otro cigarrillo:

—Claro que lo recuerdo. —Se saca un brizna de tabaco del labio, sigue sonriendo, los ojos se le llenan de arrugas, ahora parece mayor de sus cuarenta y siete años.

Descabalgo de él, me siento a su lado y le digo con una odiosa nota triste en la voz que no quisiera tener, pero es que ¡he sufrido tanto!

—La única pena que tengo es no poder recordar por primera vez, están tan gastados ya esos recuerdos, ¡los he usado tanto!

Él, con el cigarrillo, señala a nuestro alrededor y musita:

—Mañana esto también será recuerdo.

—Mañana.

¿Mañana ya? Aprieto los párpados, sí, lo sé, tenemos que hablar, sí, pero aún no. Él está distraído ahora, tiene los ojos risueños:

—¿Y sabes que llevo en el iPod una canción que siempre ponías en tu casa? La oí casualmente en la radio del coche y me la bajé, no sé qué quiere decir.

Me incorporo, lo miro sorprendida:

—Pero ¿escuchabas aquellas canciones? Yo creía que no les prestabas atención.

Mueve la cabeza:

—Pilarita, Pilarita, me acuerdo de todo lo que pasó esos tres días —tararea con torpeza—. *No sé si t'han dit...*

Río, lo estrujaría entre mis brazos, cómo lo quiero, Dios, cómo lo quiero, Ortega y Gasset, ven aquí y utilízame para demostrar tus teorías, esas de que hay mujeres que han nacido solo para un hombre en toda la tierra, ¡José, tómame, me presto a tus experimentos gratis total!:

—Pero, Sébastien, ¡la canción es en catalán!

Se asombra:

—¡Con razón no conseguía traducir las palabras! Se las

apunté a un alumno mío hijo de padres españoles y no tenía ni idea.

Me acuerdo de pronto de que llevo el miniiPad en el bolso. Me levanto de un salto, busco la canción febrilmente:

Hola amor meu, no sé si t'han dit,
que navego en un mar de silencis des que has partit.
Si t'han dit que he dormit amagant les carícies sota
[els meus coixins,
si t'han dit que els dies em passen volant però m'atrapen
[les nits.

—¿Era esta?

Gozoso, se sienta en la cama y asiente:

—Sí, esta, ¿qué quiere decir?

—Hola, amor mío, no sé si te han dicho...

No me deja acabar, me cierra la boca con un beso:

—Dices Sebastián y no es Sebastián, es Sébastien..., tien..., tien...

Repito embelesada:

—Tien..., tien..., tien...

Se incorpora y da una chupada al cigarrillo:

—La pongo muchas veces en casa.

Levanto la mirada vivamente:

—¿En tu casa? ¿Y qué dice...?

Le pasa una sombra por el rostro y me interrumpe con un ademán que podría significar «luego...», pero también «de eso no voy a hablar». Sí, mi amor, ahora me someto, pero hablaremos. Por esta cruz que llevo en el pecho (la beso sin que se dé cuenta) que hablaremos. Más tarde, pero quizás podríamos ir avanzando, ¡no puedo aguantarme! Le acaricio la cara, cierra los ojos, pongo las palmas de mi mano sobre sus párpados y presiono ligeramente, sé que le gusta:

—Solo dime una cosa.

Me aparta la mano y me mira con seriedad, en el sitio de sus ojos hay tan solo unos agujeros negros, como ha adelgazado tanto, los pómulos marcan huecos oscuros también, tiene arrugas nuevas, más pelos blancos en las cejas y en la barba. Le digo con la voz estrangulada:

—Te prometo que no te voy a preguntar si has estado con otras mujeres, además de con... Kirsten, claro —si se sorprende de que sepa el nombre de su mujer, no me lo demuestra, me mira imperturbable—, no te lo voy a preguntar..., pero ¿has disfrutado con ellas lo mismo que conmigo? ¿Las deseas a ellas como a mí?

No me contesta, apaga el cigarrillo e inmediatamente coge otro y lo enciende con parsimonia con su mechero barato. Fuma con tranquilidad, aspira, expulsa el humo, ahora se coloca el cenicero sobre el pecho y se pone el dorso de la mano sobre la frente, una pierna sobre la otra, el sexo le cuelga, flácido y enorme, hacia un lado, y sigue mirándome, inescrutable y misterioso. Y a mí me gustaría pegarle, golpearlo, arrancarle los globos oculares, patearle el vientre, mirar su billetero, ir a su coche y saber si ha cogido una bolsa o si ha venido en un impulso repentino, mirar su móvil y ver a quién ha llamado, que me hable de esa mujer y de esa hija y de ese trabajo y de mi libro y de por qué solo tiene chicas en sus clases.

Pero aún no, aún no es el momento, únicamente le escupo en un arranque de rabia, mitad grito, mitad sollozo:

—¿Pues sabes que yo sí que he estado con muchos hombres desde el año pasado? He follado sin parar, ¿te enteras? —me levanto, cojo mi móvil, trato de enseñarle fotografías de gente que casi no conozco, busco wasaps, mensajes—, mira, este es periodista, como yo..., y este es un premio Nobel de física, canadiense, ¡tengo hasta un francés!, ¡de Marsella!

Se gira para dejar el cenicero en la mesa de noche, no le veo la cara, apaga el cigarrillo e inesperadamente se da la vuelta con ímpetu y me agarra la muñeca con una mano, me aprieta, me duele, me quejo, hincha las fosas nasales, acerca su rostro al mío y le noto las ganas de abofetearme, se levanta un viento negro y frío, un mechón le cae sobre la frente.

Le reto:

—Qué, qué.

Justo en este momento el móvil se pone a sonar, me he olvidado de desconectarlo. Sí, sigo llevando el solo de trompeta de Louis Amstrong, *La vie en rose*. Quizás ha sonado varias veces dentro de mi bolso, pero no lo he oído, Sébastien me suelta, se levanta y se va a mirar cómo cae la lluvia o quizás está maldiciéndome, o quizás arrepintiéndose, no lo sé. Miro mi iPhone y me doy una palmada en la frente, mis primas están esperándome en el Mató de Pedralbes para tomar una copa, tecleo un mensaje apresurado, imagino la sensación que les causará la primera frase «estoy con Sébastien en el hotel Alma», mientras escribo, me tapo con la sábana, cuando Sébastien se da cuenta, vuelve y me la quita, se echa detrás de mí, su pecho contra mi espalda, me sigue con un dedo la columna vertebral y me recorre un temblor como el que produce en el agua la brisa ligera, la nuca, la curva de la cintura, el pezón, la rodilla, baja hasta el pie, me abre las piernas, se inclina sobre mi pubis y lo besa, cuando termino de escribir y apago el móvil sin esperar respuesta, me dice:

—Mi Pilarita, eres bella.

Sí, lo sé, Sébastien, demonios, ¡soy guapa! No hace falta que me lo digas, es tu amor el que me embellece. Pero a pesar de eso le di las gracias al dios de los enamorados que me había obligado a pasar por las manos expertas de mi peluquero y otros magos de su especie.

—Tus huesos..., tienes más huesos que las demás mujeres, ¿sabes?

Siento otra vez una punzada de dolor al pensar en las otras mujeres, ¿a todas las ha amado con la misma pasión que a mí? ¿Y encima les ha contado los huesos uno a uno? Me toca el muslo:

—¿Este cómo se llama?

—Fémur.

Repite fémur. Quiere que le diga en español el nombre de todos los huesos, rótula, tibia, peroné, ¡sí, hombre, ni que fuera osteópata! Me pongo a inventar y le señalo la parte posterior de la rodilla:

—Mira, este es el esternocleidomastoideo.

Intenta repetirlo, pero yo ya lo abrumo con nuevos nombres:

—Mariposa, astrolabio, sextante, unicornio... Ternera, tortuga.

Llaman a la puerta.

—Agrimensor, mejillones, comadreja. —Me extraño—. ¿Quién será?

Como veo que Sébastien no tiene ninguna intención de moverse, voy al cuarto de baño, me pongo un albornoz que me llega hasta los pies, intento peinarme, qué más da, el único que me importa es Sébastien y dice que soy bella, abro de mala gana. Es un camarero con una bandeja en la que trae una botella de Mumm dentro de una cubitera, dos copas y una servilleta supongo que cubriendo los habituales canapés fríos. Me dice:

—De parte del señor Ausejo.

Es el dueño del hotel, mi amigo, Sébastien levanta una ceja, pero no me hace ningún comentario. Nos ponemos champagne en las copas aflautadas, está muy frío y las burbujas son tan finas que apenas se notan. Bebemos y en un instante la botella está vacía, casi toda me la tomo yo, noto que a él no le gusta. Se levanta desnudo, con esa gracia felina y esa soltura animal que solo tienen los hombres muy seguros de sí mismos, ¡sus andares de príncipe! Va a la nevera, pone hielo en dos vasos y vodka y tónica para mí y whisky para él, duda, y al fin coge todos los botellines y los coloca en fila en la mesita de noche, yo lo espero en la misma postura en la que me ha dejado cuando se ha levantado, como si ya solo fuera un molde de su cuerpo. Nos tendemos en la cama, con su cara frente a la mía. Le miro los ojos, baja los párpados y se los beso, los labios, la barbilla, el rostro adelgazado hace que su nariz sea más larga de lo que la recordaba, las arrugas a ambos lados de la boca le dan un aire desdeñoso cuando está serio, que es casi siempre. Una y otra vez repaso su cara, apenas hablamos, sonidos inarticulados, expresiones animales, quejidos. Huele a sudor, acre, penetrante y masculino.

Le acaricio la cara, el cuello, los hombros, lo beso, lo muerdo, tenemos la garganta en carne viva, el sexo en carne viva, pero el deseo brutal nos vuelve a lanzar el uno a los brazos del otro, nuestros cuerpos colisionan como si fueran a romperse, el placer es esto, hacerse trozos y mezclarse, no sé dónde empieza él, dónde termino yo. La cama se mueve como en medio de un terremoto, de nuestras gargantas surgen ruidos agonizantes. Sébastien, todo, todo ha valido la pena, pero ¿cómo haré para salir de esta? Este amor es como una piedra atada al cuello que se hace cada día más grande.

El aire está cargado con el humo de incontables cigarrillos, de vez en cuando una claridad deslumbrante y rápida que hiere los ojos estalla en el cielo y retumba el trueno en todo el edificio que parece incluso que se balancea, nos envuelve el olor agrio del sexo, Adéle canta para nosotros:

Sometimes it lasts in love
but sometimes it hurts instead.

A veces el amor dura, pero otras en cambio duele.

Tambaleándome, me levanto para enviarle un mensaje a mi hijo, no es probable que se entere de que no duermo en casa, pero quizás sí, le digo que me he quedado con mis primas y veo que tengo precisamente un mensaje de Carla, ella no pierde el tiempo preguntándome y se limita a decirme que mañana, a primera hora, me dejará una bolsa en el hotel para que pueda arreglarme. Gracias, prima, te quiero.

Sébastien no me quita la mirada de encima, pero no me pregunta qué hago, él también se levanta e investiga en los pantalones y en su chaquetón, creo que busca el móvil, pero al final saca un papel y me lo tiende:

—Mira, aquí es donde tengo el coche.

Plaza Cataluña, parking, 463 d, aún lo recuerdo. No sé ni mi número de teléfono, pero estos dígitos los voy a recordar mientras viva.

Así que ha venido en coche.

—¿Desde Montpellier?

Asiente sin palabras mientras me va acariciando el cuello, me besa el pecho, primero el izquierdo y luego el derecho, primero me lame los pezones y luego me los mordisquea, no me atrevo a preguntarle cuánto se va a quedar, no me atrevo a preguntarle para qué ha venido en realidad, no me atrevo a preguntarle nada, ¡qué me importa, leches, ha venido a mí!, ¡que dure siempre este instante suspendido en el tiempo, como bailan las motas de polvo en los rayos de luz, las burbujas en el champagne en la copa, arriba y abajo, eternas en su efímera existencia!

Cuando Dios les puso nombre a las cosas, las hizo mortales.

Sébastien me mira leyéndome el pensamiento, lo sé, me acoge en sus brazos, único país en el que quisiera vivir. Mi patria son tus brazos, alma mía.

Volvemos a hacer el amor de forma lenta y sensual, yo en cada suspiro le digo te amo, él cierra los ojos y una arruga nueva aparece en su frente y le vuelvo a decir te amo, y esa palabra es una fuente inagotable de placer, te amo, te amo, y él mueve la cabeza con extasiada incredulidad y cuando termina en lugar de hacerse a un lado sigue abrazándome y yo no dejo de decir te amo, un te amo en cada exhalación, porque amarte es como respirar. Me pondría de rodillas para agradecerte tu infinita y sobrehumana potencia, hombre mío.

Transcurren las horas tan rápido que duelen, Sébastien me mira, absorto, me pasa el dedo por los labios, lo beso, beso sus dedos, las palmas lisas de sus manos, el dorso, las muñecas, el hueco del codo, lo besaría eternamente. Me mira con emoción y me pregunta:

—¿Por qué me quieres tanto?

¡No lo sé, Sébastien! No lo sé, tengo ganas de llorar, no sé qué contestar, ¡diría tantas cosas! Me pongo en pie por pura desesperación y veo la bandeja con los canapés que no hemos tocado, ni siquiera hemos levantado la servilleta de hilo que los cubre. Le pregunto:

—¿Te apetece?

Asiente, se incorpora, dobla las almohadas para que tengamos un respaldo confortable, yo llevo la bandeja, la pongo encima de la sábana, me siento a su lado, este pequeño rito doméstico me hace temblar de placer, si tenemos hambre es que estamos sanos, que esto que estamos haciendo es bueno, que el mundo está contento y nos apoya, levanto la servilleta como el mago revelando su truco, volarán palomas, saldrá un conejo...

—*Voilá.*

Lo que vemos es más sorprendente. Ni conejos, ni palomas. Ni canapés. Hay un enorme tarjetón, «¿Podrías dedicármelo? Gracias, Joaquín», es el dueño del hotel. Y debajo está mi libro.

Me quedo encogida y se instala entre nosotros un silencio tan largo que da tiempo a ir y volver ir y volver ir y volver a la Luna varias veces.

11

Empieza a hablar. Ignora el libro y mis ojos angustiados, busca un paquete nuevo de tabaco, lo abre con los dientes y, después de encender un cigarrillo, se recuesta en las almohadas y me pasa un dedo distraído por la mejilla:

—¿Sabes cuándo fue la primera vez que te vi?

Me acuesto a su lado, aliviada, pensaba que iba a gritarme, a reñirme, que esgrimiría el libro en alto diciéndome cómo has sido capaz de escribir esta mierda, locas ideas desordenadas me pasan por la cabeza, pero Sébastien parece simplemente cansado. Me tapo, tengo frío, y le contesto, soñadora:

—Esa noche en el restaurante.

Sonríe y niega con la cabeza, sin mirarme busca el cenicero:

—No, no, yo ya te había visto... El día anterior, desde la terraza del hotel, tú ibas con tu perro y una cesta en la mano.

Me incorporo para poder mirarlo:

—¿Cómo? ¡No puede ser! ¿Cuándo nos encontramos en El Gitano, ya me conocías?

Ríe, lo hace tan pocas veces que la habitación se ilumina toda:

—Conocerte, no, pero te había visto.

Sacudo la cabeza, él continúa con mirada evocadora, como si estuviera contemplando una película ya visionada muchas veces:

—¿Sabes qué me llamó la atención de ti? La forma en que caminabas, parecía como si tus piernas no pudieran sostenerte e ibas a saltos, ves —remeda sobre la sábana, haciendo compás con el dedo índice y con el medio, unas piernas vacilantes—. Fue inverosímil, porque te estaba mirando, te paraste en medio de la gente y levantaste la vista, ¿no te acuerdas?

Niego, pero luego pienso que quizás sí, pero no sé si es que quiero creerlo o es que lo recuerdo de verdad. Un hombre alto en la terraza de un hotel, las manos apoyadas en la barandilla, quizás sí. Admito con un hilo de voz:

—No sé si me acuerdo.

—Pues lo hiciste, nos estuvimos mirando, tu perro empezó a ladrar y te tuviste que ir. —Repite con los dedos el gesto de antes.

Pregunto con timidez:

—¿Y te gusté?

Se tumba boca arriba y mira el techo:

—¿Gustarme? No sé..., me quedé prendido de ti, fue algo muy extraño. —Duda si continuar, al fin lo hace—. Mira, en Japón, durante la Segunda Guerra Mundial, los pilotos llevaban en la mochila un hilo rojo, les debía servir para conectarse también después de la muerte con la persona que les estaba destinada.

Juega con mi pelo, me coge un mechón y tira de él:

—A nosotros también nos une un hilo rojo invisible, estábamos predestinados —tiene una risa irónica y avergonzada a la vez—, parece estúpido, pero no encuentro otra explicación para el sentimiento que me despertaste y para...

Chasquea los dedos dos veces, de ida y de vuelta:

—... esta conexión mental y emocional.

Dios mío, ¿me merezco todo lo que me pasa?

La lluvia nos arrulla como si estuviéramos en una inmensa cuna, solo queda encendida una luz en el cuarto de baño y la habitación permanece en sombras, todo tiene un aire irreal, nos sentimos entumecidos por esta larga noche a lomos de nuestra pasión desatada. Me coloco de lado, encojo las piernas y pongo las dos manos juntas entre la mejilla y la almohada como cuando era pequeña y Sara nos contaba viejas historias de meigas, la santa compaña, barcos desaparecidos y niños muertos.

Este lugar, este hotel, esta cama, ¿podría considerarse el paraíso, señor cartógrafo hacedor de mapas? Suplico:

—Sigue, por favor.

Parpadea algo sorprendido, me da un beso fresco y suave, y prosigue:

—¿Las mil y una noches? —Da una chupada al cigarrillo—. Yo tenía que trabajar, llevaba varias carpetas de apuntes, pero a partir de ese momento el asunto perdió todo interés..., pensaba en ti y era como si mi corazón alzase el vuelo, salí a caminar por el pueblo para volverte a ver...

¿Es posible? ¡Me buscaba! Como si oyera la pregunta, asiente:

—¡Te buscaba, ni yo entendía por qué! Le dije a Amandine que me dolía mucho la cabeza y que quedarme en la habitación era peor, ¡no podía dejar de pensar en ti! Por la tarde volví a encontrarte, pasaste muy cerca y hacías una cosa que me encandiló, ¡cantabas! Cantabas sola, parecías un ser tan libre... Un duendecillo atolondrado e irresponsable.

¿Yo? ¿Todo eso?

Una profunda perplejidad me deja sin palabras. Me había visto, le gustaba. Sébastien mueve la cabeza ante aquel recuerdo, qué encanto tiene su sonrisa triste, me pongo celosa de esa Pilar del año pasado..., la chica de ayer. Le doy un codazo suave:

—Um. ¿Y qué más?

—Te vi entrar en tu casa —claro, recordé, por eso parecía saber el camino la primera vez que fuimos juntos—, sabrás que cerca de ti viven unos franceses...

—Un matrimonio de jubilados, pero no los conozco.

—Pues ellos a ti sí, hasta sabían tu nombre, los vi por la calle y les pregunté por una supuesta familia de París, y me dijeron, no, no, esa casa es de una periodista famosa que sale en televisión, escribe en un diario, tiene un hijo y es viuda.

Mueve la cabeza con incredulidad:

—No entiendo cómo fui capaz de hacer todas esas cosas, ¡me volví loco!

Lo besaría en los labios ahora, cómo olvidar alguna vez la ligereza de su sonrisa fascinante:

—Y loco sigo.

Me acaricia la cabeza pensativamente, yo la muevo como el perro que busca la mano de su amo, lo miro extasiada... Yo con mis banales cuitas, quizás pensando en el sentido de la vida, la ropa que me tenía que poner o en qué libro escribir, y tú preguntando por mí, hombre alto. Me asalta una oleada de emoción que me pone un nudo en la garganta. Él prosigue sin darse cuenta:

—No podía dejar de pensar en ti. Cuando Amandine me dijo que quería ir a pasear por Playa de Aro, casi me muero de rabia, intenté convencerla de todas las maneras posibles, ¡no quería que te escaparas! ¡Pensaba que quizás te irías de Llafranc y ya no podría verte!

Así que esto debe ser la felicidad, ¿no? Esa palabra estúpida de la que todo el mundo habla.

—Cuando pasé con el coche delante de El Gitano, se me ocurrió mirar y te vi en la barra, ¡casi nos estrellamos! Aparqué en la rotonda, le dije a Amandine que me había olvidado el tabaco en el hotel y fui corriendo para verte, ¡no sé qué quería hacer, estaba fuera de mí!

Apaga el cigarrillo, yo, más que escucharlo, me estoy bebiendo sus palabras, lo amo cada minuto más y más y desearía que esta noche no cesara nunca:

—Pero ya te habías ido..., miré por todas partes, no estabas, me metí en el coche, iba conduciendo de forma suicida. Amandine se asustó y me preguntó qué me pasaba... Yo le contestaba, son problemas de la cátedra, de mi ensayo...

Trato de rebobinar el casete de la memoria para acordarme de qué había hecho antes de conocer a Sébastien, pero así como nuestros tres días juntos los recuerdo con exactitud clínica, no sé qué pasó ese verano. Sí, se habían enfriado ya las cenizas que habían dejado las hogueras de otros amores.

Pero ¿qué más? ¿Qué había hecho ese día? Es cierto que a veces quedaba a tomar una copa en El Gitano y luego íbamos a cenar a la Caleta o al Simpsons, pero podía ser ese día o un mes antes. Mas ya lo pensaré luego, amor, tengo todo el futuro para reconstruir mi pasado.

—Sigue, mi vida.

—No dormí en toda la noche, salía a la terraza y me daba cuenta de que lo que sentía por ti era tan puro e inexplicable como las estrellas. —El sonido de su propia voz le sorprende e intenta adoptar un tono ligero—. Al día siguiente pregunté en el hotel si tenían el periódico en el que escribes, me lo trajeron y te aseguro que no entendí ni una palabra, pero aun así leí tu artículo mil veces, decía una y otra vez tu nombre, ¡Pilar! Pensé que estarías en la playa y la recorrí de arriba abajo.

Me parece estar soñando, muevo la cabeza:

—En agosto no voy a la playa, salgo con la barca de Camila.

Pero no me escucha, está reviviendo esos días, supongo que es la primera vez que habla de ellos y es como si se hubiera abierto una espita y el agua manara torrencialmente:

—Hice ver que el coche se había estropeado para no tener que salir del pueblo, pero mi hija se empeñó en que la llevara a cenar a una pizzería, yo iba como alma en pena... No pensaba acostarme sin saber de ti, pasé otra vez por El Gitano, y cuando te vi, le dije a Amandine que me había quedado con hambre y la arrastré dentro, ¡no entendía nada!

Los dos entrando en el restaurante, consultando las enormes cartas de menú, él sin quitarme los ojos de encima, el resplandor de la luz en ese rostro que empecé a amar esa noche, ahí arrancaba nuestra historia.

—Pilar, Pilar, no podía dejar de mirarte, ¡te reías tanto! ¡Cómo recuerdo tu risa! ¡Y cómo reían los tipos que estaban contigo! Yo me ponía celoso de esas risas y quería que tú me hicieras reír así también. ¿Qué les contabas?

¿Qué les contaba? ¡Dios, no lo sé! ¿Se reían? ¡Quizás! Yo soy de las que siempre ponen cuernos a los amigos cuando no se fotografían y, según cómo, puedo ser divertida..., pero..., amor mío, no te he hecho reír mucho desde que nos conocemos, no. Le beso el hombro, el cuello, le muerdo el lóbulo de la oreja.

—Hubiera matado a esos que estaban contigo, ¡eras mía y de nadie más! Vi que uno de ellos te abrazaba en broma, y yo pensé, la vas a romper, no la toques, hijo de puta, es mía, es mía.

Se golpea el pecho. Sin mirarme, me dice:

—Tenía unos celos devoradores, te amaba ya, Pilarita. Jamás me había pasado algo así, mi mujer...

Me quejo, incapaz de contenerme, ese posesivo me hace daño:

—¡Tu mujer soy yo!

Tiene una risa seca y ronca:

—Kirsten dice que soy un hombre frío y poco comunicativo, que no me interesa el mundo.

¿Frío tú, criatura solitaria? Me acerco a él, tiene sombras oscuras bajo sus ojos intensos y febriles, le paso los dedos por las pestañas temblorosas, por la frente, sigo la curva de su boca, intenta atrapar mi carne con sus dientes, has cruzado toda la tierra por mí, amor mío, para estar conmigo aquí en la oscuridad, nuestras manos entrelazadas, ¡me intrigas y me deslumbras, Sébastien! Las palabras se me agolpan en la cabeza y le digo al oído:

—No sé nada de ti, quién eres. Dime quién eres.

Se levanta, va al cuarto de baño, oigo el chorro de su orina cayendo al váter, aparece con un albornoz puesto, le va pequeño, las mangas cortas, se ha lavado la cara, se echa varias veces el pelo húmedo hacia atrás con las dos manos y me pregunta:

—¿Queda algo en la nevera?

—No sé, mira.

Se agacha y rebusca, el cuerpo iluminado por la luz enfermiza que sale del aparato, hace mucho ruido, extrae unos botellines de ginebra que están al fondo, saca hielos, al fin se pone a hablar de espaldas a mí, su voz oscura y varonil:

—Mi madre..., coño, no queda tónica, mi madre era danesa y murió al parirme, y mi padre se mató en un accidente de coche una semana después —vuelve a la cama, deja las copas en la mesita y echa unas bolsas de cacahuetes y avellanas encima de la sábana, pero ni él ni yo las abrimos—, eso me dijeron al menos cuando me hice mayor, que había sido un accidente, chocó contra un árbol en el Bois de Boulogne de madrugada... Había mucha niebla.

Enciende un cigarrillo, mira la punta, le da un sorbo a su copa, que huele a colonia. Se queda callado, distraído:

—Sigue, mi amor.

—Perdona. —Parece volver en sí—. Yo me fui a vivir con una hermana de mi madre que estaba casada con el pastor de una pequeña comunidad religiosa llamada Misión Interna en Jutlandia, son muy severos y muy cerrados. Cuatro años después tuvieron una hija..., de hecho, Kirsten es mi prima hermana.

Me sorprende primero, y después me jode este doble vínculo, ¡para ser más que ella debería ser su hermana o incluso hija! No quiero contemplar la otra posibilidad (madre). Pero rápidamente me avergüenzan estos pensamientos basura y le toco en el brazo:

—¿Sí?

—Como mi prima no era muy inteligente, decían que no le hacía falta estudiar, y desde muy niña debía ayudar en las tareas de la iglesia, fregar el suelo, poner flores en el altar y cosas así... —Deja caer la ceniza de su cigarrillo en el cenicero repleto de colillas—. Los fines de semana tenía que hacer pasteles para los feligreses de la parroquia, nunca la vi jugar, tenía unas manos, sabes...

Con el canto de una mano se marca la mitad de la otra:

—Muy pequeñas, y la lejía se las dejaba muy rojas, y con las uñas comidas. Las sigue teniendo así.

Le brillan los ojos, tal vez son lágrimas:

—¿Y tú?

Se encoge de hombros:

—Yo, a los dieciocho años me fui a París a estudiar, pero mis tíos me pasaban tan solo lo necesario para comprar libros y pagar la universidad, intentaba hacer trabajillos esporádicos, pero me costó espabilarme, al fin y al cabo era un chico de pueblo... Vivía en una buhardilla llena de goteras y no tenía dinero ni para una estufa, los vasos de agua se helaban en la mesilla de noche...

El albornoz se le ha abierto, me lo está contando, pero también se lo está contando a sí mismo, quizás incluso es la primera vez que habla de eso, le cuesta encontrar las palabras, ha de rebuscarlas en su interior, son voces rabiosas y escondidas. Le paso la mano por el pecho, me acerco a su cara para besarla, se inclina un poco de forma automática, no quiere que lo distraiga:

—No sé cómo conocí a unos chicos del barrio y no sé cómo me metí en un buen follón con ellos...

Aunque es duro lo que me cuenta, noto que recuerda con compasión a aquel ingenuo pueblerino que se moría de frío y de ignorancia:

—Decidimos atracar una joyería aún no sé por qué, una burrada, porque ni sé tampoco qué hubiéramos hecho con las joyas... Era una tienda pequeña cerca de mi casa, íbamos con armas de juguete, y el mismo joyero nos redujo y su mujer se ocupó de llamar a la policía. Por mis circunstancias, huérfano, pobre y estudiante, me ofrecieron la posibilidad de enrolarme en el ejército y me enviaron al Chad...

¿El Chad? Fruncí el ceño, me acordaba vagamente.

—Había sido colonia francesa, ¿no?

—Sí, estaba en guerra civil, nosotros apoyábamos al presidente y a la oposición la apoyaba la Libia de Gadafi, fue una guerra muy dura.

Aplasta el cigarrillo con saña en el cenicero:

—Estuve dos años. En realidad, todo lo que te conté en Llafranc —hace un gesto amplio con la mano—, las atrocidades que vi en el Zaire, lo viví allí, no te mentía... Como comprenderás, al cabo de dos años volví convertido en otro hombre, fui a Dinamarca a buscar a Kirsten, como solo tenía dieciséis años, me tuve que casar con ella para poder llevármela, y regresamos a París.

Envidia de esa Kirsten de dieciséis años. Me acerco a él, ahora va deprisa, acelerado, quizás arrepentido de hablar:

—Trabajé de estibador en el muelle para vivir y para pagarme la carrera, Kirsten cuidaba niños... —ternura en la voz que me rompe el corazón—, se le dan muy bien, pero tuvo un accidente, un bebé se le cayó al suelo porque pesaba mucho, y dejaron de llamarla. Cuando terminé, escogí la ciudad más anodina de Francia, ya estaba harto de emociones..., y ahí vivo.

Hay un silencio denso y extraño.

—¿Pero estás bien?

Se encoge de hombros con fatalismo:

—Me gusta dar clases, pero por lo demás llevo una existencia muy retraída.

—Pero aun así te metiste en política.

Parece extrañado de que lo sepa, sonríe:

—Era una candidatura muy marginal, no tenía ninguna posibilidad de salir y me insistieron tanto... —Mueve la cabeza—. Eso y enamorarme de ti han sido las únicas locuras que he cometido en mi vida adulta.

Me besa en la frente, se oyen ruidos en el pasillo, el rodar de los carritos de desayuno, puertas que se cierran, el hotel se despierta:

—¿Y estás arrepentido?

Ríe:

—De una cosa sí, y de la otra no.

—¿De cuál? —le pregunto con malicia, ahí, arriesgando.

Se pone encima de mí, me inmoviliza con sus brazos en mis muñecas y me dice:

—A ver si lo adivinas.

—¿De enamorarte?

Se deja caer a un lado, la cama cruje:

—Bueno, de eso no puedo arrepentirme, porque ha sido inevitable, no ha sido algo voluntario... —Inesperadamente me pregunta—. ¿Has visto la película *Ciudadano Kane*?

Asiento, él rueda sobre la cama:

—Orson Welles, al final, dice, vi a esa mujer hace sesenta años, un instante, y no hay ni un solo día desde entonces en que no haya pensado en ella. ¡Me he acordado mucho de esa frase!

Lo miro con recelo:

—¿Hubieras preferido que no nos hubiéramos conocido?

Me responde con dureza:

—Muchas veces lo he deseado, ¡me has traído tantos problemas!

Vuelve a encender un cigarrillo, su voz tiene ahora el toque sombrío de una campana llamando a difuntos:

—A Kirsten le ponen muy nerviosa los extraños y todos los imprevistos, su vida tiene que estar regulada al minuto.

Se apoya sobre el codo, me mira a los ojos:

—Tú no sabes cómo está ella, cómo le ha afectado todo esto. Amandine leyó lo de tu premio en *Le Nouvel Observa-*

teur, se puso a investigar en internet y dedujo que te referías a mí en el... —ahora sí señala el libro—, y me lo comentó delante de su madre.

Me incorporo súbitamente alerta:

—¿Entonces ella sabe...?

Aparta su mirada, evita contestarme directamente, coge un paquete de tabaco vacío del suelo, lo abre y deja caer dentro con meticulosidad la ceniza del cigarro:

—El día en que esos... periodistas rondaban por casa, Kirsten se encerró en el cuarto de baño y no quería salir... La niña tuvo que entrar por la ventana, la encontró inmóvil frente al espejo, tenía unas tijeras en la mano y se había trasquilado el pelo... Está sufriendo mucho.

Me quejo débilmente:

—Yo también he sufrido.

Me mira sin compasión:

—Tú eres fuerte, puedes vivir sin mí, ella no.

—¿Pero tú puedes vivir sin mí?

Y me contesta con amargura:

—¿Quién ha dicho que lo que yo tengo puede llamarse vida?

Me mira con sus ojos impresionantes, no sé qué decirle. Lo abrazo, oculto mi cabeza en ese hueco entre su hombro y su cuello, él me aprieta, le voy a preguntar de nuevo, pero me susurra al oído:

—Luego.

Y me insiste con ternura:

—¿Quieres que durmamos, amor?

Asiento sin palabras, creo que me será imposible, pero al poco me sumerjo en las tibias aguas de un sueño sin sueños, y es que estoy entre sus brazos, el refugio más seguro.

No sé cuánto tiempo llevaba sonando el teléfono cuando me desperté, seguíamos estrechamente abrazados, como esos cadáveres entrelazados que se encontraron en Pompeya petrificados por la lava, tumbados en el suelo, quizás eran desconocidos que habían decidido entrar juntos en el sueño eterno.

Sébastien voltea la cabeza, su nuca, a diferencia de su rostro, está bronceada, y el pelo alborotado como el de un chiquillo, después se vuelve otra vez hacia mí, sus párpados son más blancos que su rostro. Tiendo la mano por encima de él y cojo el auricular:

—Qué, qué, dígame.

—¿Señora Eyre? Tiene usted una bolsa aquí en recepción, se la ha dejado su prima, ¿quiere que la subamos?

—Sí, por favor.

Pero no cuelgan, pausa y al fin una pregunta que es una afirmación:

—¿Se quedan un día más?

—Sí, sí, por supuesto —contesto al azar, no sé qué hora es, tengo el estómago revuelto, una luz grisácea se cuela a través de las rendijas de la persiana, podría ser el atardecer, el amanecer o es que sigue lloviendo y sigue siendo diciembre. El abrazo de Sébastien es ahora plenamente consciente, sus manos se deslizan por mi cuerpo en una caricia llena de experiencia y sabiduría, respondo primero maquinalmente, pero mi cuerpo se va encendiendo, me empiezo a mover y lo beso, el sabor de nuestras bocas es ahora el mismo, pero su pelo huele a humo y a sexo, al oído me dice:

—Mi Pilarita.

Llaman a la puerta, me levanto de un salto, voy al cuarto de baño a por el albornoz, busco apresuradamente una moneda de dos euros en el billetero, abro, el camarero lleva una bolsa de Santa Eulalia, pero también los periódicos del día, que me tiende en silencio. Pienso que dos euros es poca cosa y le pido que se espere un momento, ajusto la puerta, cojo un billete de cinco, vuelvo a abrir, ahora el chico me dice que su novia ha leído mi libro y que le ha gustado mucho, vuelvo a cerrar, cojo un billete de diez euros, el último que tengo, y sin querer escuchar lo que iba a añadir, que su madre/abuela/vecina habían leído también la novela, lo que me hubiera obligado a regalarle mi cuerpo o quizás un piso de esos viejos que nos legaron nuestros padres (no adivino qué opción preferiría), cierro la puerta y me apoyo en ella como si las fuerzas desatadas del mundo exterior se hubieran puesto de acuerdo para golpearla y entrar en tromba en nuestra intimidad.

Cuando me giro, veo que Sébastien ha abierto mi libro y está observando la foto de la solapa. Me acerco de puntillas. Sin mirarme, me dice:

—Estás distinta.

Es una foto de la Agencia Efe que escogí con la creencia (errónea) de que parezco francesa, voy de negro y con el pelo sucio. Me siento a su lado, sin saber qué decirle. Mejor dicho, sabiendo qué decirle, pero sin saber cómo hacerlo. Después de aclararme la voz varias veces, le pregunto:

—¿Tú cómo te enteraste de que lo había escrito?

No me mira, hojea el libro:

—Me lo dijiste tú, ¿te acuerdas?

Es cierto, se lo dije cuando lo fui a ver a Montpellier. Le paso la mano por la espalda, los omóplatos son grandes como las alas de un cóndor que vi volando una vez en Perú en esa vida tan sin importancia porque todavía no había conocido a Sébastien.

—¿Pero que lo iban a publicar?

Se echa a reír y lo cierra de golpe:

—Pilarita, Pilarita, vivimos en la época de la información globalizada... Solo tengo que introducir tu nombre en Google para que me salgan miles de noticias sobre ti... Eres una *celebrity*, mi amor.

—¿Y el premio?

—¿Lo ganaste a las doce? Pues a las doce y un segundo alguien puso un *twet* y me enteré.

Casi tengo ganas de soplarme el flequillo, como hacía cuando era pequeña:

—¿Y qué pensaste?

Me desabrocha el cinturón del albornoz, me lo abre, mira, me acaricia los pechos:

—Bueno, pensé que eras muy lista... y muy valiente también... Y me sentí muy orgulloso de ti, y también de mí, ¡te dejé preñada! Pero en lugar de un hijo te hice un libro..., no está mal, ¿no?

—¿Y querías leerlo?

Ahora tira del albornoz para sacármelo del todo, me coge por las caderas para acercarme a él:

—Claro, me moría por leerlo, en realidad ya lo he hecho, me lo bajé en ebook enseguida, y mal que bien, con un diccionario, lo he ido entendiendo casi todo.

Ahora me acaricia los muslos, gimo, pero pregunto a pesar de todo:

—¿Y te ha gustado?

—Mucho, *c'est une belle histoire*!

Así es como termina mi libro, con estas palabras, pero ya no puedo continuar hablando, porque ahora me está besando el cuello, un escalofrío me recorre de la cabeza a los pies como si hubiera tocado un cable eléctrico, sin dejar de mirarme, sus dedos bajan hasta mi vulva y me los mete dentro, estoy muy dolorida, me arqueo para expulsarlo, me quejo, pero él empieza a moverlos suavemente, me voy humedeciendo, los saca y me los mete en la boca, me saboreo a mí misma y él acerca su boca para beberme, es un intercambio de fluidos extrañamente erótico. Me vuelve a besar con fuerza, pero yo lo aparto y le cojo la mano, me la pongo sobre los labios.

Nos miramos.

Me pregunta al oído, es un cazador con un brillo peligroso en las pupilas:

—¿Quieres? ¿Quieres que te lo haga?

Lo quiero. Fue en Llafranc, ningún hombre me lo había hecho antes, con ninguno me atreveré a hacerlo después. Me tapa la boca, la oprime con fuerza, me corta la respiración, los pulmones van a estallarme, y cuando parece que ya no puedo más, aún me dice al oído:

—Aguanta.

Me la mete, saca la mano de mi boca en el último momento justo antes de que me sobrevenga la asfixia definitiva, y eyacula, su semen se extiende lentamente por todo mi cuerpo, llena todos los resquicios, es como oro fundido, como cera caliente, ¡desearía tanto ser fecundada por Sébastien! Lloro, río, creo que me voy a morir y tengo un orgasmo tan prolongado que sigue y sigue hasta dejarme extenuada, agarrada a él como el náufrago que se aferra a un madero en medio de la corriente y sigue más y al final solo puedo decirle:

—Gracias, gracias —y también—, te amo, gracias, te amo.

Y sigue, y más:

—Te daría mi vida, amor.

Se desploma a mi lado, resopla y mueve la cabeza como si viniera de otro mundo, se pasa los dedos por el pelo, su pecho sube y baja, me da un beso tan brusco que me hace daño y con voz enronquecida se rinde:

—Yo también te amo, no puedo vivir sin ti.

Su voz añorada; si la recuerdo ahora, mientras este libro se va escribiendo, me hace llorar, menos mal que estoy sola en casa y nadie puede ver que me desplomo sobre el teclado del ordenador y aúllo por esta vida insoportable. ¡Tu voz, aquí, en este despacho en el que trabajo! A veces siento como si vinieras a mirar lo que escribo por encima de mi hombro, casi puedo ver tu dedo señalando esta línea..., este pasaje... ¡Tú sabes que todo es cierto! Ah, qué triste récord ostentamos, el francés sobre el que una española ha escrito más páginas... Sébastien, qué gran putada me hiciste enamorándome.

¿Y me soltaste a la cara que no podías vivir sin mí?

¡De repente me pareció increíble que me dijeras esto! ¡Y tantas preguntas sin respuesta! Llevaba un año soñándote, temiendo volverme loca, ¡Y me estás diciendo que no puedes vivir sin mí! Qué eres, un cínico, un embustero, qué soy, un saco de boxeo al que sacudir, grito no, la habitación del hotel se llena con mis gritos, la garganta me bulle de gritos. ¡Es como si me golpearan la base del cráneo con una tubería de plomo, me sale todo! Una aguja de rabia al rojo vivo me atraviesa entera, de norte a sur, de este a oeste. ¿Me amas, hijo de la gran puta, me lo dices ahora? La ira me arrastra a una velocidad vertiginosa, me duelen los ojos, le aporreo el pecho con los puños, me hago daño con su esternón, pero continúo golpeándole como ese viejo anuncio de Adidas que tanto nos gusta a Ferri y a mí en el que un sonado Muhammad Ali da puñetazos ciegos al aire.

—¿Me amas, hijo de puta? ¿Y cómo pudiste hacerme eso? Dime, Sébastien, ¿cómo has podido decir que no nos conocíamos, que mentía, que estaba loca? ¿Cómo has podido contratar un abogado para humillarme, escribir ese..., esa mierda que le enviaste a George...? —Lloro sin consuelo, rotos ya todos los diques de la sujeción y el autodominio—. ¿Por qué me has hecho esto? ¡Por qué!

Incapaz de contenerme, exasperada, solo puedo repetir lo que he gritado tantas veces en la soledad de mi habitación:

—¿Por qué me has hecho esto? ¿Por qué?

Es un grito animal que me sale de las entrañas, Sébastien me abraza tan fuerte que no puedo moverme, noto que tiembla también, me aprieta con la barbilla hincada en mi cabeza, mis gritos se van deshaciendo en largos suspiros que me parten el pecho mientras él me susurra al oído:

—Pilarita, Pilarita.

Dos veces, tres, cien veces dice mi nombre, al final nos quedamos los dos en silencio, me aparto, sigo sollozando, me seca las lágrimas con la punta de la sábana, me retira el pelo del rostro, me lo peina hacia atrás y me dice con la voz razonable de una persona mayor dirigiéndose a alguien muy pequeño:

—Vamos a hacer una cosa —quiero hablar, pero me detiene con la mano—, vamos a salir, vamos a ir a buscar mi maleta al coche, comemos y hablaremos, qué te parece.

Asiento sin palabras, solo con la cabeza, con docilidad perruna.

Se mete en la ducha y yo mientras abro la bolsa que me ha enviado mi prima, ese ángel. Ropa interior modesta y casta, de algodón, un jersey de Max Mara y unos pantalones tejanos Liu Jo, el foulard caro creo que debe ser de Leo, porque huele a su perfume. Recuerdo que por una inspiración brutal —alguien estaba de guardia en el cielo— he cogido mi bolsa de maquillaje antes de irme de casa, hace varios siglos. Cuando sale Sébastien con la toalla alrededor de las caderas (procuro no mirarlo, no se puede estar follando todo el día), me meto yo en el cuarto de baño. Me miro en el espejo con terror, pero no me veo tan devastada como imaginaba, los ojos muy abiertos y las pupilas dilatadas como si estuviera drogada, eso sí, pero por lo demás parece como si me hubieran pasado una goma de borrar por las arrugas, me pongo el gorro de baño, rezo para que Sébastien no sea de ese tipo de hombres que se empeñan en entrar en la ducha para enjabonarte, cosa que odio (pero confieso que en él hasta eso me gustaría), me ducho con rapidez, me maquillo cuidadosamente, me paso el secador por el pelo para alisármelo, me visto sentada en el borde de la bañera, y cuando salgo me lo encuentro al lado de la ventana con el chaquetón puesto, fumando y mirando el exterior. Sin mirarme, me pregunta:

—¿Sabes qué hora es? —sin esperar mi respuesta, me dice—, las ocho... de la tarde

No sé qué hacer, si asombrarme o no, la verdad es que no tenía ni idea, si me llega a decir que estamos en el año 2022 o en la estación donde florece el limonero en Tokio hubiera ofrecido la misma boba expresión, me meto en el abrigo, sí, él me ayuda a ponérmelo, cojo el bolso y advierto que el móvil vibra nerviosamente, como si protestara por un abandono tan largo. Lo miro y tengo 42 mensajes.

De todos ellos, la editorial, *El Mundo*, periodistas, amigos que van a venir mañana a la presentación, solo me interesa uno: el de Ferri. Le dirijo a Sébastien una mirada de disculpa y me aparto un poco para llamarle. La voz de mi hijo es muy fría, supongo que debe haber hablado con Carla, le digo recatadamente:

—Hola, Pirruskis.

Tono seco:

—Hola.

Intento estar animada y empiezo con una voz fuerte que se va apagando poco a poco:

—Estoy con Sébastien, ha venido a verme, ¡fíjate qué sorpresa! —Para distender la cosa me hago la moderna cual Camilo Sesto—. Mola mazo.

Pilar, ¿qué te pasa? ¿Mola mazo? ¿Y qué esperas? ¿Que todo un señor empresario que da conferencias en Esade y se acaba de reunir con Bill Gates te conteste chachi piruli?

Mi hijo se queda cortado:

—¿Mazo? ¿De qué vas? —Pero pronto se acuerda de que está furioso, aunque trata de contenerse—. Mamá, a mí de esto no me cuentes nada..., ¡no me interesa!

—Ya, pero entonces...

Sébastien me hace una seña para que salgamos de la habitación, cierra la puerta detrás de mí.

—Solo te recuerdo que mañana tienes el final de gira en La Casa del Libro, los de la editorial me han llamado a mí porque no pueden localizarte, y que a ver qué haces.

Con voz débil contesto:

—Me pondré en contacto con ellos.

Ya en el pasillo, Sébastien se adelanta a grandes zancadas para llamar el ascensor, yo aprovecho para decir:

—Cuco, no te enfades, entiende que esto es lo más importante que me ha pasado desde..., desde... ¡el último concierto de Julio Iglesias por lo menos!

Mi hijo se ablanda, pero aún refunfuña un poco:

—Ya lo sé, pero prefiero que no entres en detalles. —Al final concede majestuosamente—: Va, qué quieres que haga.

Le susurro:

—Mira, llama a Isa Santos y dile que me estoy sometiendo a un tratamiento estético, ella lo entenderá, además ya estaba todo organizado.

Mi hijo se asusta:

—¿Pero no vas a volver nunca más a casa?

Pobre hijo mío, siempre ese temor aleteando en el fondo como un pajarraco de mal agüero, los padres se van, ya no vuelves a verlos. Muertos, adiós. Trato de bromear:

—Tonto, claro, pero ahora tengo que resolver mi vida privada, ¿entiendes? —pongo la misma voz de los famosos que salen en televisión—, y de esto no voy a hablar..., aunque quizás con una exclusiva de por medio...

Mi hijo ríe de mala gana:

—Vale, vale, ya les llamo y les digo que todo está okey.

Estoy tan humildemente contenta que para agradecérselo tengo ganas de postrarme de rodillas haciendo al mismo tiempo la ola y quizás fregando el suelo también:

—Gracias, cocoliso.

—De nada, mamunfia... Mola mazo.

—Mola mazo.

Cuelgo con una sonrisa embelesada, levanto la mirada y me encuentro los ojos crueles de Sébastien. Tartamudeo señalando el móvil:

—Era mi hijo..., estaba preocupado.

Se da la vuelta para apretar el botón de bajada, una espalda hostil y extranjera. No puedo soportarlo, le toco el brazo con un gemido, se gira destempladamente y me abraza:

—Perdóname, Pilarita, es todo tan irracional, no sé qué me pasa contigo, hasta tengo celos de tu hijo.

Lo entiendo, mi amor, yo también estoy celosa de Amandine. Curiosamente, no de Kirsten, me conmueven sus manos, trato de no pensar en ella.

El vestíbulo del hotel está en penumbra y hoy no hay casi nadie, una pareja de turistas aburridos mirando las vitrinas, un hombre leyendo un periódico arrimado a una precaria luz de pie, a través de la puerta acristalada se ve caer la lluvia torrencial. Nos acercamos y abrimos unos centímetros, el agua corre lúgubremente por las alcantarillas, la gente lleva el cuerpo inclinado para que el viento no haga volar los paraguas, justo delante del hotel hay un gran atasco de taxis amarillos que tocan la bocina y expelen toneladas de humos tóxicos por el tubo de escape. Retrocedemos instintivamente, nos miramos y me pregunta:

—¿Tomamos algo en el bar?

Volvemos a entrar, lo sigo haciéndome pequeña, diminuta, insignificante, me gustaría que me metiera entre su chaquetón y su piel como se llevan los gatos enfermos al veterinario, no quiero ver ni hablar con nadie. Cuando acude el camarero es Sébastien el que pide bocadillos, ¿y para beber? Me pregunta, voy a decir agua, pero, qué coño, ya me queda el resto de mi vida para cuidar mi hígado, y pido:

—Vino, por favor. Puente del Ea.

Es de unos amigos míos. El camarero, un joven con patillas, me dice que no tienen y me trae una carta de vinos tan gruesa como el listín telefónico (lo siguen publicando, ¿verdad? Me molesta no actualizar los referentes). Finjo estudiármela bajo la mirada silenciosa del camarero y de Sébastien. Leo con atención, paso hojas, al final señalo al azar uno, el más barato, oh, casualidad:

—Tráigame este, me lo han puesto muy bien.

El camarero deduce que soy la que paga y me lo sirve para que lo pruebe. Hace muchos años hice un cursillo de cata y trato de recordar los conocimientos que adquirí, bastante precarios dado el grado de ebriedad que alcanzábamos tanto alumnos como profesorado. Cojo la copa por la base, la meneo, la huelo, meto dentro morro y nariz a la vez, cosa bastante difícil porque no los tengo pequeños precisamente, me introduzco un sorbo en la boca, me la enjuago como si fuera a hacer gárgaras y asiento tan gravemente como un juez inglés, solo me falta la peluca y golpear la mesa:

—Adelante.

Mientras nos sirve, voy comentando con suficiencia:

—Tiene un sabor elegante, con un regusto a madera de roble y a óxido con una nota frutal, a fresas primero, a moras y a —trato de buscar la palabra— ¡a ruibarbo!

No sé qué demonios es el ruibarbo, solo lo conozco por las novelas de Agatha Christie, pero a todo asiente el camarero con grandes golpes de cabeza, Sébastien saborea su copa también:

—Yo le veo más bien sabor a pies, mi amor.

Me tengo que llevar la servilleta a la boca como si me sangraran las muelas, y la carcajada se trasforma en tos. El camarero, que no habla francés, le da la razón con más entusiasmo a Sébastien que a mí, por algo es el macho alfa y qué va a entender una mujer, vamos, hasta ahí podíamos llegar. Se lleva los dedos a la boca y pone los ojos en blanco:

—Mmmmh, eso que ha dicho... El señor lo ha acertado.

Me dirige mientras una mirada de soslayo, tú a lo tuyo, hembra de la especie, a abrirte de piernas si eres joven y si no deprisita hacia la caja de pino, que hay que dejar sitio a la generación siguiente en este mundo tan superpoblado.

Cuando nos quedamos solos, Sébastien pone la copa encima de la mesa y me pregunta:

—Qué, no tienes ni puta idea, ¿no?

—No, pero este vino te lo vas a beber tú y ahora pedimos otro, ¡y no quiero oírte ni una palabra!

Ríe satisfecho como el niño que ha consumado ya su travesura y empieza a comer el bocadillo a mordiscos voraces, pedimos otra botella y otra y, como todos los enamorados del mundo, nuestro principal tema de conversación no es el planteamiento macroeconómico de los países del Golfo, ni siquiera discutir la teoría de la destrucción creativa de Joseph Alois Schumpeter, sino desmenuzar hasta porciones infinitesimales el día en que nos conocimos.

El brillante profesor de Historia Contemporánea de la Universidad Paul Valéry y la finalista del Premio Planeta se quitaban la palabra de la boca para decir cosas tan enjundiosas como estas:

—Y yo te dije venid a tomar algo.

—Y Amandine se asombró y protestó, papá, no los conoces de nada.

—¿Te gustaba esa blusa que llevaba?

—Me hizo perder la cabeza...

—¡Y yo te cogí la mano!

—¡Qué dices! ¡Te la cogí yo!

—No, yo, y además te besé.

—Pero no, ¡eso fueron horas después! ¡Cuando ya estábamos en tu casa!

—¡No, te besé en el bar!

—Pilarita, estás loca —se toca la sien con el índice—. Estábamos en la cocina y tú me hablabas y hablabas y yo solo pensaba en besarte. No pienso en otra cosa desde entonces, no te puedo sacar de dentro.

Podría volar, pero me castigo a mí misma con las palabras de los demás y lo provoco burlona:

—¡Solo fueron tres días!

Levanta una ceja:

—¡Una eternidad!

Me arde la cara, repito como aletargada:

—¡Una eternidad!

Le cojo la mano y me acaricio con ella la mejilla, nos besamos una y otra vez una y otra vez, y las horas pasan fugaces y felices. Los árboles del pequeño jardín, cargados de agua, se inclinan para mirarnos como vecinas curiosonas. Oye, dos enamorados.

El bar se está vaciando, solo se siente la lluvia golpeando contra los cristales. Sébastien se ha quitado el chaquetón, lleva la camisa mal abrochada y el jersey gris le tira en los hombros, pero es hermoso como un dios, levanta el dedo y le pregunta al camarero:

—¿Se puede fumar?

El hombre niega con un gesto de disculpa y señala el patio, que apenas se ve a causa de la lluvia:

Sébastien me mira y decimos a la vez:

—¿Vamos a la habitación?

Me coge del brazo, «es costumbre en este hotel subir siempre corriendo a las habitaciones porque si no se las dan a otro», corremos para ver quién entra el primero en el ascensor, me empuja contra la pared, me sube el jersey, me masajea los pechos, trata de besármelos como un adolescente calenturiento, se refriega contra mí, yo lo empujo y salgo pitando, me persigue por el pasillo, me arrincona en una esquina, trata de besarme el cuello, muevo la cabeza a un lado y a otro, se abre una puerta y sale un huésped a mirar qué pasa, es un hombre mayor de expresión adusta, pero cuando ve que el jaleo lo armamos nosotros, sonríe, dice:

—*Vive l'amour.*

Y vuelve a meterse en su habitación.

Nos invade una risa loca, Sébastien inserta la tarjeta en la ranura y entramos, la habitación está recién hecha, huele a ambientador como un cine, la colcha doblada a los pies, el embozo de la sábana reluce inmaculado. Sébastien me suelta para palparse los bolsillos hasta que encuentra su paquete de tabaco, extrae un cigarrillo y lo enciende con avidez.

Lo amo tanto.

Ha dicho tenemos que hablar. Quizás ha llegado el momento. Sí, ahora. Respiro hondo para coger fuerzas, me acerco, lo cojo del brazo, quiero empezar de forma sutil, pero al final le pregunto con una rudeza y brusquedad que lo sobresalta, ni yo me reconozco:

—Sébastien, oye, dime —se revuelve, me mira como a una extraña, se aparta con incomodidad, pero sigo, el vino me da valor, es ahora o nunca—, no puedo explicármelo..., es tu trabajo el que te preocupa, ¿no? ¿Temes que te expulsen de la universidad?

Levanta las palmas de las manos como protegiéndose o haciéndome callar, su calma me enardece y sin querer me surge una incontrolable nota histérica en la voz, otra vez me ciega la ira, le golpeo en el brazo:

—¡Porque no me explico cómo has sido capaz de negar que me conoces y de verter sobre mí todas esas infamias! ¿Dices que me amas y quieres hundirme de esta manera?

Gimo como una perra, él tiene una mueca de contrariedad, temo que coja la puerta y se vaya, con esfuerzo sobrehumano bajo el tono y le pongo la otra mano en el hombro, suplicante ahora:

—Sébastien, por favor, dime por qué lo has hecho.

Se suelta con desagrado, se cruza de brazos, me contesta con frialdad:

—Sí, lo he hecho por mi trabajo también, ¿te parece raro? Vivo de mis clases y de mi reputación, Pilarita... Pero, aunque te parezca mentira, sobre todo lo he hecho por Kirsten.

La rabia es verde como la bilis, le escupo:

—¡Y por Kirsten quieres joderme la vida!

Camina unos pasos para alejarse de mí, me da la espalda, fuma y al fin responde:

—He contratado a ese abogado, le he entregado todo lo que tengo de nosotros dos, los mensajes y las fotos, y le he dicho que se las arregle como pueda, pero a partir de ahí él actúa según su criterio para quitarme... —su voz sonríe sin ganas— este marrón de encima.

Me pongo delante de él para preguntarle:

—¿Sabes lo duro que ese hombre ha sido conmigo?

—Yo le he dicho que lo fuera.

La tensión me quiebra la voz:

—Le dijo a George Dubuffet que yo era una psicópata.

Me mira, se encoge de hombros sin darle importancia:

—Quizás tu amigo ha exagerado. —Se pone a observar su cigarrillo, como si en él leyera el futuro o, tal vez, el pasado—. Pilar, si Kirsten creyera que nuestra historia ha sido verdad, que es auténtico lo que cuentas en tu libro, si sospechara que estoy enamorado de ti, se mataría... No, no creo que tuviera valor, más bien se dejaría morir.

De pronto cambia el tono y me señala el cuerpo:

—¿Sabes que ella también tuvo tuberculosis?

Me asombro:

—Pero, de mí, ¿cómo lo sabes?

Me levanta el jersey con la misma mano en la que tiene el cigarrillo, me pasa levemente el dedo por la cicatriz que me recorre el torso:

—La reconocí, ella tiene la misma..., a Kirsten también le extrajeron un pulmón.

Sonríe afligido:

—Pero ella no es como tú —qué manía, ni que fuera Sansón—, es una persona muy frágil... No se ha recuperado nunca del esfuerzo de tener a Amandine.

—Entonces, ¿no hacéis ya el amor?

Otro cualquiera me hubiera dicho que no, pero Sébastien sabe que no tiene necesidad de mentir, porque me muero por sus pestañas estrelladas, y me contesta con brutalidad:

—¡Claro que lo hacemos! —Se sienta en la cama, tira de mí para sentarme a su lado, me coge por la nuca, me obliga a mirarlo—. Entiéndelo, Kirsten es mi responsabilidad, yo la fui a buscar, la saqué de su casa, me hice cargo de ella. ¡No puedo desecharla como si fuera un trasto molesto! ¡No es una cosa, es un ser humano que depende de mí, vive para mí, la he hecho a mi manera! ¿No te das cuenta? ¿Qué tipo de persona sería yo si exhibiera mis sentimientos por otra mujer en público? ¡No soy de esa clase de gente!

Estoy tan cerca de sus ojos que me doy cuenta por primera vez de que tiene el iris verde rodeado de un círculo negro, lo que le da un aspecto exótico y peligroso:

—¿Pero la quieres?

Me suelta, se revuelve, molesto:

—La quiero, y mucho, pero es otro tipo de amor... Kirsten es como si fuera mi brazo, o una pierna, forma parte de mí. —Repentinamente, parece quedarse sin fuerzas, apoya los codos en las rodillas y las manos caen como pesos muertos—. ¿Crees que podría dejarla sola, expuesta, desamparada? ¿No lo entiendes? ¡Si yo le fallara, todo su mundo se vendría abajo!

Por primera vez, lo veo tan roto como yo:

—Joder, eres escritora, ¿tanto te cuesta entenderlo?

Lo miro con intensidad, lo amo más que nunca, pero es un amor que duele, ¡Adele, canta para mí!

Nos quedamos en silencio, le acaricio el brazo y le pregunto:

—Pero, entonces, ¿qué le has dicho a ella?

Aparta su rostro ensombrecido, me responde con ferocidad:

—Lo mismo que a Amandine y que al jodido periodista amigo tuyo, que, por cierto, no me cree y no sé qué coño va a publicar al fin.

—¿Qué?

Respira hondo, ha estado a punto de perder el control, pero se ha rehecho y contesta con delicadeza:

—Creo que ya lo sabes, ¿no? Que todo te lo has inventado, que viste esa entrevista en televisión en la que hablaba de Llafranc y a partir de ahí te has montado tu película...

Muevo la cabeza con incredulidad:

—Pero tu hija...

Me pone un dedo en los labios:

—Quizás ha adivinado la verdad, pero ella nunca dirá nada. Si tiene que testificar, me apoyará sin duda ninguna.

—La gente de tu hotel...

Mueve la cabeza:

—No, ninguno de ellos lo supo nunca.

—Mis amigos de El Gitano...

—No creo que me recuerden, nadie se acuerda de un extranjero más en un verano lleno de turistas...

Arguyo aún, en este juego inhumano y cruel soy como un ratoncillo acorralado no por un gato, sino por un tigre:

—Las fotos que tenemos juntos...

—Las has sacado de internet, has hecho un montaje, tienes quien te ayude, ¿no? Al fin y al cabo, el más beneficiado por las ventas de este libro va a ser tu hijo...

La daga se ha metido un poco más adentro ahora, pero no, no es una daga, es una mordedura de reptil que me hace reaccionar, apartarme y mirarlo como a un monstruo. Le increpo con violencia, vuelvo a golpearlo:

—¿Pero cómo has podido? Todo es mentira, les has mentido a todos. ¡Tú que vas de justiciero y les has mentido!

Me mira tranquilamente y me coge por los hombros, acerca sus ojos excepcionales a los míos, saltan chispas doradas y me hundo en ese torbellino de fuego:

—Sí, Pilarita, les he mentido..., y tú vas a hacerlo también.

Niego con la cabeza, con el cuerpo, me ahogo, sus palabras asesinas me desgarran el alma... No, ¡no! ¡Eso no!

12

La oscuridad cansina y melancólica nos envuelve, pero ninguno de los dos nos acordamos de encender la luz. Lo que me pide Sébastien es demasiado espantoso para ser cierto y retrocedo hasta el límite de la cama para alejarme de él, aún creyendo que he entendido mal:

—¿Pero qué dices, qué dices?

Se me acerca tanto que veo su rostro borroso, me coge del brazo, me clava las uñas en la carne, siento su aliento en mi mejilla:

—Sí, Pilarita, si tanto me quieres, si me amas hasta el delirio, si has sido capaz de seguir amándome durante este tiempo en el que no has sabido nada de mí —con cada frase me aprieta el brazo más hasta hacerme daño—, si crees que hay un hilo rojo que nos une..., tienes que decir que todo ha sido mentira. Que la historia que cuentas en tu libro es inventada.

Me suelto con brusquedad, me froto la piel:

—Pero ¿cómo voy a hacer eso? ¡Estás loco!

Y después una súbita revelación:

—¡Has venido por esta mierda! ¡Todo ha sido una farsa!

Y de nuevo, sollozando:

—¿Cómo voy a hacer eso?

—¿No decías que querías morir por mí, que me ibas a dar el sol, la luna y las estrellas? —Se me aproxima, me mira con fiereza, me vuelve a agarrar, hunde su boca en mi oído—. Las mujeres de verdad lo hacen todo por sus hombres, ¡prostituirse, robar! ¡Arrastrarse! Dilo, ¿no serías capaz de hacer todo eso por mí?

Me aparto con repulsión de su abrazo, le doy un empujón. Irritada, gimo:

—Déjame, déjame, vete.

Me mira burlón.

—¿Irme? Desgraciada, si no podemos vivir separados, tú me buscarías o yo a ti, ¡estamos enfermos el uno del otro!

Respondo débilmente, un estremecimiento me invade como un dolor:

—Pero así no... —me pongo los puños en los ojos, no sé ni lo que digo—, así no quiero...

Me agarra de las manos, tira de mí, me coloca un mechón detrás de la oreja, imita mi voz:

—Así no quiero, así no quiero. ¡Tú vas a hacer lo que yo te diga, soy tu dueño, tú también tienes poder sobre mí, somos el uno del otro! —Coge sin mirar el encendedor de la mesilla de noche—. ¿Que yo no te quiero? ¿Quieres verlo? ¡Quémame! ¡Hazlo!

Me tiende el mechero, noto como si tuviera los pies metidos en un bloque de cemento, no puedo moverme, miro en silencio a Sébastien, hipnotizada. Entonces, sin dejar de clavar sus ojos en los míos, lo enciende con el pulgar y acerca el dorso de su mano izquierda a la llama, la mantiene encima, un segundo, dos, tres..., huele a carne quemada, reacciono con un grito, lo aparto de un empujón, tiro el encendedor al suelo, me abrazo a él con un sollozo contenido:

—No, no... —Cojo la mano y se la beso, me queman los labios—. No te hagas daño, mi amor, no te hagas daño...

Mis lágrimas caen sobre su pobre carne magullada, la piel se hincha con rapidez, me encojo sobre su mano, la beso interminablemente, me duele más que si fuera mía. Él me susurra contra la oreja:

—Te quiero como un animal... Ponme a prueba...

Lloro, temblorosa y febril, solo repito:

—No, no —y también—, no te hagas daño, no, Sébastien, te quiero, te quiero...

Con voz oscura y los ojos como piedras ardientes me confiesa:

—Lo sé, mi Pilarita, sé que me quieres, lo he sabido siempre porque te conozco más de lo que te conoces tú a ti misma... y sé que vas a hacer lo que te pido. —Me pone la palma de su mano delicada y noble en la mejilla, la mantiene ahí, me mira con serenidad—. Sé que hoy tienes un acto en La Casa del Libro, a las ocho, y que es el final de tu gira... Dilo ahí, que te inventaste la historia, que tu libro es una novela, una ficción, nada más que eso.

Voy a hablar, pero él me tapa la boca:

—Ni siquiera hace falta que entres en detalles, di que imaginaste este argumento y ya está. —Se agacha para verme la cara, esboza una sonrisa—. Pero si no es nada, tonta... ¿Qué importancia tiene?

Sacudo la cabeza como si quisiera librarme de un encantamiento que se hubiera enredado en mis cabellos, como esas telarañas que se nos enganchan cuando hacemos limpieza en los desvanes. Vuelvo en mí, protesto:

—Sébastien, es imposible. ¿Por qué me atormentas así?, ¡cómo puedes llegar a creer que voy a decir esa mentira!

Me suelta, se encoge de hombros, enciende un cigarrillo.

—¿Mentir? Lo hacen todos los escritores todos los días, inventar historias. ¡Tiene mayor mérito utilizar la imaginación que las experiencias personales! —Me mira con frialdad—. ¿Pero por qué le das tanta importancia? ¿No ves que para ti no es nada y para mí lo es todo? ¡Para nosotros lo es todo!

Un pequeño paso para la humanidad, un gran paso para el hombre.

Me abrazo a la almohada interponiéndola entre los dos, tengo el cuerpo tan tenso como una fusta, lo miro con incredulidad:

—Pero, Sébastien, ¿cómo que para mí no es nada? Es mi prestigio profesional, probablemente me quitarían el premio, me vetarían en todas las editoriales, sería el hazmerreír de los periódicos, ¡estaría acabada como periodista y como escritora!, ¡sería una estafadora! Llevo decenas de entrevistas diciendo que tú existes y que todo es verdad, la gente se emociona con esta historia porque saben que es real! ¿Por qué voy a jugármelo todo?

Vuelve a acercarme sus ojos sabios, tienen incluso una chispa de humor soterrado. Su voz persuasiva me susurra en medio de la noche más confusa y extraña de mi vida:

—Porque para ti todo eso que dices, tus lectores, tu editorial, tu popularidad, ya no es nada. Lo tienes desde hace tiempo, ¿y qué te ha aportado? ¡Nada! ¡No te ha dado nada! —Se aleja, dispara una larga espiral de humo al techo—. Por eso ahora solo te importa el nosotros y lo que va a pasar con lo nuestro, ¡y tu... confesión lo cambiaría todo, joder! ¿No te das cuenta?

Tartamudeo:

—No te entiendo...

—Hostia, podríamos vivir nuestra historia hasta el límite. ¡Yo tampoco puedo estar sin ti! ¿No vale la pena que lo hagas por esto? —Señala su cuerpo y el mío, y después esta habitación donde nos hemos dado tanto, se le rompe la voz—. Nuestro amor merece esta oportunidad.

Levanto el rostro y le pregunto con un atisbo de esperanza:

—¿Pero te separarías de Kirsten si lo hago?

Niega con rotundidad:

—No, eso quítatelo de la cabeza, porque no lo voy a hacer nunca... Pero seríamos amantes, novios, como quieras llamarlo —cruza un dedo sobre el otro—, ¡un lazo más fuerte que cualquier matrimonio! Yo viajaría, Montpellier está muy cerca, todas las semanas reviviríamos estas noches, y más, Pilarita, necesitaremos mil días, mil vidas para todo lo que nos espera, miles de instantes llenos de pasión. ¡Tú todavía no sabes cómo quieren los hombres de verdad! ¡Esto no ha sido nada!

Sí, los hombres de verdad como tú es lo que anhelo sobre todas las cosas... ¡No, pero no, qué digo, no tiene que ser a este precio! Engallo la cabeza, me debato conmigo misma, protesto:

—¡Pero si esto que me ofreces es una mierda!

—¿Cómo? —Se enfurece, levanta una mano, una sombra en la pared amenazadora y terrible, la deja caer sobre mi hombro, me incrusta en la carne sus dedos ávidos como garras, hago un gesto de dolor, pero no me hace caso, es la cólera funesta de Aquiles que causó infinitos daños—. ¡Eso no lo digas ni en broma, no te consiento que hables así de nosotros! ¿Una mierda, dices?

Me lanza contra la almohada, me brotan lágrimas calientes de los ojos y comprendo con más fuerza que nunca cuánto lo amo, golpeo con el puño las sábanas, «no, no, no». Sébastien se retira y deja de hacerme caso, fuma en silencio. Pasan los minutos, no sé qué hacer, al final se inclina sobre mí, trata de cogerme la cara, me resisto, se echa a reír con indulgencia:

—Qué boba eres.

Sigue fumando, voy calmándome, se tiende a mi lado, me observa apoyándose sobre el codo, con la mano que sostiene el cigarrillo me repasa los labios, el humo se me mete en los ojos y me escuece, pero estaría así el resto de mi vida:

—¿Te imaginas cómo viviríamos estos encuentros? ¡Estoy seguro de que batiría todas las marcas de velocidad entre Montpellier y Barcelona! —Se da la vuelta para mirar el techo, el dorso de la mano herida en la frente, voz soñadora—. También iríamos a Gizwill, es un pueblo muy pequeño en Suiza, allí tengo en el bosque una cabaña que heredé de mis padres, siempre voy solo. ¡O te llevaría a París! ¿Dónde te gustaría ir? ¡Dímelo, Pilarita!

Con la boca contra la almohada, contesto:

—No quiero, no sé.

—¡Pues sí, a París! Siempre pienso en nosotros paseando por la orilla del Sena, tomando un vino en un bistrot. ¡París en primavera, con el olor de las mimosas! Nunca lo he vivido de verdad, porque estaba esperando hacerlo contigo. ¿Sabes que allí se puede hacer el amor en los lavabos de los bares? E iríamos a tu casa de Llafranc, ¡tengo tantas ganas de ir a esa casa! —Me mira con los ojos centelleantes—. Ya verás, voy a tener mucha libertad de movimiento. Ahora que la madre de Kirsten se ha quedado viuda, ella irá a pasar temporadas allí con Amandine. La hemos matriculado parte del año en un colegio en Dinamarca.

Me abraza, yo me dejo abrazar, su corazón palpita alborotado tan cerca del mío que parece latir dentro de mi cuerpo, me acuna, soy un bulto, una niña pequeña y débil. La niña pequeña pregunta con un hilo de voz:

—¿Y seremos felices?

Ríe con amargura:

—¿Felices? Yo qué sé, yo qué mierda sé lo que es la felicidad, pero lo que sí sé es que estar sin ti es estar muerto.

Yo repito:

—Sí, yo también... Muerta.

Me levanta, me ayuda a sentarme como si fuera una inválida, se moja los dedos con su saliva y me limpia la cara, me dice:

—Tú eres una mujer libre, Pilar, libre, loca y apasionada. Cuando estemos juntos siempre será una celebración, siempre será verano aunque sea invierno, ¿no lo entiendes? —Se le oscurece el rostro, sigue sin mirarme, pero me coge la mano y me besa la parte interior de la muñeca—. Ahora, eso sí, tendrías que olvidarte de otros hombres, yo te daría todo lo que necesitas..., hablaremos todos los días, no estaremos ni una semana sin vernos... Coño, toda la vida esperándote, toda la vida.

—Pero tú te acostarías con Kirsten.

—Dejaré de hacerlo, a ella no le importará..., si te tengo a ti, no necesito nada más, ¡solo te deseo a ti! ¡Solo quiero tu cuerpo, follarte hasta que nos muramos!

Levanta una punta de mi jersey y me ordena:

—Desnúdate, sácate esto.

Como una autómata, lo empiezo a hacer, me quito el jersey, el pantalón, me desabrocho el sostén... Me obliga a tenderme en la cama y me pasa levemente la mano por todo el cuerpo como acariciamos al caminar las altas hierbas que bordean los caminos. Observa con curiosidad cómo se me eriza la piel como si tuviera vida propia, me bordea los pezones, me toca el ombligo, baja hasta el coño y vuelve a subir:

—Me gusta todo de ti, tus pechos blandos, tu vientre, tus muslos. Aunque te resistas, sabes muy bien que estás hecha para mí, has nacido para mí. —Su verga se ha hecho enorme, la piel está tensa, de color granate—. Pilarita, Pilarita.

Me quema la sangre, pero un instante de lucidez me atraviesa como un rayo, le detengo a medio gesto como si recuperara el sentido, vuelvo en mí, trato de cubrirme con la sábana, repito palabras que ya no significan nada, porque me las dicta el cerebro, desconectado de mi corazón y de mi voluntad:

—Sébastien, ¿pero y mi carrera?

—Tu carrera, la mía, no tienen importancia..., yo no te pido esto para evitar quedarme sin trabajo, aunque tienes razón, lo más seguro es que me expulsen de la universidad...

—¿Sería posible?

Se encoge de hombros, sonríe:

—¡Me es igual! He trabajado de descargador de muelle y aún podría volver a hacerlo. —Se toca los bíceps como hacen algunos niños, ah, esos brazos—. Estoy fuerte aún, aunque ya no soy tan joven como antes...

Musito:

—Yo tampoco.

Suelta una carcajada:

—¿Sabes que hasta eso me gusta de ti? Que seas mayor que yo, tengo ganas de que seas vieja de verdad y que ningún hombre te mire, que te cuelguen las carnes y estés arrugada, y aun así te desearé locamente y te haré el amor hasta que no puedas más y me digas basta.

No contesto. Con dulzura, prosigue:

—¿No ves que nuestra vida profesional no tiene importancia? ¡Ya le hemos entregado mucho! No importa, yo no te lo pido por eso..., sino por Kirsten, yo lo soy todo para ella, lo mejor de mí te lo voy a entregar a ti, pero ella me necesita, si no me tuviera estaría perdida...

Protesto con amargura:

—Y qué me importa ella.

—Ella no, pero te importo yo..., me has de jurar que vas a decir que tu historia es mentira, si no lo haces, no me verás nunca más. Entonces sí que me perderás para siempre —con desprecio—, si se empiezan a publicar esos cotilleos en Francia...

Lo interrumpo:

—No te preocupes..., los paparazzis me han dicho que no van a volver...

Me mira con sorpresa:

—¿Ah, no? —Parece animarse, pero pronto lo gana el escepticismo—. Bah, cuando salga *Le Nouvel Observateur* con ese reportaje se lanzarán sobre nosotros como buitres...

Lo que queda de la periodista racional que fui le reprocha:

—Tú has puesto en marcha todo esto, Sébastien, enviando esa nota a George Dubuffet.

Se queda callado, ahora advierto que el hombre inteligente está procesando la información y que descarta varias respuestas posibles, al final puntualiza con una voz precisa y dura, y comprendo que tiene razón:

—Pilar, podría decirte que tú lo has provocado todo con tu libro, pero la verdad es que no me atrevería a reprocharte nada, porque antes de eso estábamos nosotros, es como si dijera, si no hubiéramos nacido... Las cosas han sido así, no podemos cambiarlas.

Ahora varía el tono y me mira con los ojos entrecerrados:

—No podemos evitar seguir enamorados —se rehace, enciende otro cigarrillo—, pero sí podemos prever el futuro, y si se traduce el libro al francés y se publicita como una historia real, si le pasa a Kirsten algo por tu culpa, no te lo perdonaré nunca, seguiré queriéndote, porque eso no podría dejar de hacerlo, ¡y mira que lo he intentado!, ¡pero me repugnarías!

Me da miedo el rictus cruel de su boca y el gesto rápido de su mano como un cuchillo cercenando su cuello:

—No me lo perdonaría a mí mismo y no te lo perdonaría a ti... Kirsten es mi hermana pequeña, sería como matar a un niño, a un animal indefenso, ¡los dos cómplices de asesinato, aunque no hubiera sangre! ¿Tú quieres eso? ¡No puedes quererlo!

Me clava un dedo en el pecho:

—Tienes corazón, Pilarita.

Suspiro. Con toda la angustia de mi alma dolorida, le digo:

—A cambio de este gran sacrificio, tú solo me propones ser tu puta.

—Sí, ven, puta, ven.

Me abraza con fuerza, pecho contra pecho, un abrazo sin ternura, de combate, y al oído me dice:

—Las putas se lo dejan hacer todo, pero ellas no se corren, ¿sabes? —me acaricia sabiamente, gimo—, no disfrutan como tú, ¿sabes?...

Noto su cuerpo pesado encima de mí, su abdomen increíblemente plano sobre el mío, su aliento huele un poco a alcohol y mucho a tabaco, enrosco las piernas alrededor de su cintura, pero no quiere entrar en mí, gimo, culebrea hacia arriba, hasta mi boca, y luego vuelve a bajar, me pone la mano en el culo para que levante bien el pubis, al final coge una almohada, me la pone debajo, me siento como una virgen ofrecida en sacrificio a su ídolo, y después me da la vuelta y ya no sé dónde tengo el centro del deseo porque en mí se abre un inmenso pozo de placer interminable y exigente. Quiero más, quiero más, gimo, grito, suplico, y él al oído me va diciendo:

—Puta, eres mi puta.

Caemos el uno al lado del otro, extenuados, vacíos. Tengo un tirón en el pecho y respiro agónicamente. Él también. Pero poco a poco vamos recuperando el aliento, unas luces raras y hermosas entran a través de la ventana, las motas de polvo giran muy lentamente. Y pienso de nuevo, con una claridad absoluta, que ha venido únicamente para convencerme. Le pregunto con voz fingidamente firme e indiferente:

—¿Has venido solo para intentar convencerme? No sabes por quién se va a decantar George y has tenido que venir para que yo te apoye.

Rueda sobre la cama, me mira apenado:

—¿Tú crees que estoy fingiendo mi amor por ti? ¿Piensas que los hombres podemos fingir todo esto? Sí que he venido a pedírtelo, pero te amo con locura, más de lo que puedo expresar..., no soy escritor como tú... No puedo vivir sin ti, Pilarita.

—Has vivido sin mí.

—No, te equivocas, sin ti no he vivido nunca desde que te conozco. Desde que me fui de Llafranc no ha habido ni un minuto en el que no haya pensado en ti —fuma, mira un punto indefinido con una sonrisa evocadora—, te he perseguido en Twiter, en internet, en la prensa..., siempre he sabido de ti, conozco tu tour al detalle, por eso me enteré de que firmabas anteayer en esa librería, por eso sé que hoy es el día final de tu gira...

Repentinamente me pregunta:

—¿Crees que no sabía que me buscabas?

Me sorprendo:

—¿Sí?

Está pensando en algo divertido, sopesa si decírmelo y al fin se decide:

—El detective de Montpellier que contrataste, ¿te acuerdas?

Lo miro con los ojos como platos:

—¡Sí, claro! Le enseñé tu foto y me dijo que no te conocía.

Ríe con desenfado:

—Pues sí lo conozco, y mucho, soy profesor de su hijo y me contó que querías contratarlo... Y mi amigo, el dueño de Villebriquin..., el auténtico Sébastien Pagés, me llamó para contarme alarmado que una periodista española estaba intentando averiguar sobre él en las redes sociales, en Linkedin... —Me mira con una sonrisa tolerante—. Hasta Amandine me dijo que habías entrado en su Facebook, lo sé todo, Pilarita...

Estoy avergonzada, le hurto la mirada, me coge por la barbilla para observar mi rostro:

—Mi espía de pacotilla... En el fondo yo hacía todo lo posible para que me encontraras, pensaba, yo no la voy a buscar, pero si ella me encuentra, ¡será el destino! ¡Lo siento, no puedo luchar contra eso! Pero, mi amor, ¡eres muy torpe!

Río sin poder evitarlo:

—¿En serio?

Me abraza:

—Bobota, torpe, tonta, mujercita mía... —Se separa de mí, me mira a los ojos—. ¿No te das cuenta de que la única forma de estar juntos es esta? ¿No lo entiendes?

Ronroneo, quiero más. Me vuelve a abrazar, me susurra al oído:

—Qué importa, es muy fácil..., es poca cosa, solo una frase. Mira, yo estaré allí también, me mezclaré con tu público, no habrá nadie más orgulloso de ti que yo —me aprieta más fuerte, me estremezco—, estaré ahí dándote ánimos, porque nunca más estarás sola, hazlo, mi amor, te necesito tanto..., este año ha sido un infierno...

Sus brazos interminables me rodean, ¡el olor de Sébastien! Tengo el sexo escaldado y su semen todavía corriéndome por dentro, la embriaguez de la pasión sigue latiéndonos en el pecho. Solo quiero esto, solo esto.

—Te amo, Pilarita, te amo.

Se inclina sobre mí y me dice:

—Date la vuelta y no te muevas.

No oigo nada, solo su respiración, y de pronto un pinchazo agudo, un mordisco sobre la nalga derecha, doy un grito:

—¡Qué haces!

Él se aparta y observa su obra con satisfacción de artista, me dice, mírate pero no te duches, me gusta que huelas a mujer y no a jabón, voy al cuarto de baño e intento verme en el espejo adoptando posturas inverosímiles, tengo un pequeño círculo morado, quizás sus dientes, con una gota de sangre negra coagulada en medio. Me meto corriendo debajo de las sábanas gimoteando, él se pone a reír:

—Exagerada, ahora los dos llevamos la señal del otro... —con el dedo me sigue los contornos del cardenal—, te he marcado para mí, solo para mí, este cuerpo es coto vedado...

Me acaricia suavemente, la señal que me ha dejado tiene el tamaño de una moneda, me hace poner boca abajo, poco a poco va cediendo el dolor y pienso con tristeza que él se irá y continuará doliendo:

—Pilarita, ¡tiene forma de flor! —la repasa con el dedo—. Mírate luego y verás, sí, parece un miosotis, una flor que crece en las altas montañas en Suiza, y es un poco como tú, porque es especial, rara, muy resistente, solo se desarrolla en terrenos difíciles y con temperaturas extremas, si arrancas una y se la tiras encima a alguien, se queda pegada y no se la puede quitar por mucho que lo intente, por eso todo el mundo las llama nomeolvides, *d'ont forget me, ne m'oublie pas...*

Repito, extasiada:

—No me olvides, *d'ont forget me, ne m'oublie pas.*

—Te me has quedado enganchada, y aunque haga así —se mira el pecho e inicia el ademán de sacudirse—, no te he podido sacar de mí nunca, Pilarita, no he podido olvidarte...

Me abraza. No hay nada fuera de aquí que me interese, premios, dinero, fama, reconocimientos... Soledad... Vete, soledad, desterrada de este país en el que el amor te ha decretado persona non grata.

Le digo con voz muy tenue:

—Quiero ir a coger esas flores contigo.

Me susurra:

—Sí, iremos en mayo, el aire es tan puro que te lastima los pulmones y, cuando amanece, los picos de las montañas tienen una cara rosa como un cristal de cuarzo en medio de la noche oscura, ¡allí se reúnen todas las estrellas del universo! Subiremos a esas montañas, amor mío.

Ponemos en altos parajes nuestras trampas para la dicha, dijo un poeta romántico, la noche es un animal perezoso e inmóvil, me duele la piel, cuarzo rosa, estrellas centelleantes, nomeolvides, me duermo, iremos allí, prométemelo.

Me despierto quejándome por algún sueño que no recuerdo y con las mejillas humedecidas. Sébastien está mirándome, tal vez no ha dormido, me besa los párpados:

—Te amo.

Me toca el vientre, la cicatriz de mi cesárea:

—Algún día conoceré a Ferri, sé que boxea, yo le podría dar unas clases... Es de mi estatura, los dos debemos ser peso supermedio...

¿Qué? ¿Qué dice, de qué habla? Todo se me hace presente de nuevo, me siento en la cama, la enormidad que me propone Sébastien se me aparece como una inmensa pared de granito que tengo que escalar con las manos desnudas. Sollozo de rabia de no poder resistirme y de impotencia:

—Pero, Sébastien, mi hijo ¿qué dirá?

Me responde con paciencia:

—A él le gustará que aclares que es una historia de ficción que nada tiene que ver con tu biografía. Me ha parecido que nunca se ha sentido muy cómodo cuando cuentas que es tu vida de verdad, ¿no?

—Pero ¿y mis editores? No puedo hacerles esto, ellos han apostado por esta novela dándome su premio, ¡han confiado en mí!

—Mi amor, ellos han premiado un gran libro, ¡no sabían que era tu historia, desconocían que estabas tú detrás del pseudónimo! Ellos lo que quieren es vender, y tu novela lo hace porque tú eres una escritora muy buena, ¡hasta yo, que no entiendo el español, me he dado cuenta! Para ellos no es nada, si acaso más propaganda y más ventas, pero para nosotros lo es todo.

Me retuerzo los dedos, las manos, se acerca:

—¿Lo harás?

—Sí, no, no sé...

Me coloca encima de él cogiéndome por la cintura, juega con mis manos, mi interior vibra como una campana a su contacto:

—Pilarita, no estás diciendo que el libro no lo has escrito tú, sino que no es tu vida. —Se incorpora para coger un cigarrillo y me caigo al suelo—. Perdona, ¿te has hecho daño? Pero es que, joder, el libro es bueno, ¿a quién le importa si es o no tu vida? ¿No he leído que va a salir en Estados Unidos? Allí no saben quién eres, si lo publican es porque tienen esperanzas de que sea también un éxito.

—Pero no puedo decir que he mentido a todos los periodistas que me han entrevistado estos días. ¿Cómo podría mirarles a la cara luego?

—Pero ¿qué te importan ellos? Tú tampoco les importas, ellos luego se van a sus casas, con su familia, al minuto lo habrán olvidado... Todo es efímero en tu mundo, Pilarita. Hay periodistas que han tenido tropiezos más importantes que este y han salido adelante..., mi amor, ¿es que no me quieres lo suficiente? Si es así, dímelo... —me tapa la boca con un beso—, es igual, no te creeré, yo sé que soy el gran amor de tu vida, como tú eres el mío.

Amarnos eternamente en un lecho de flores.

—¿Estaremos siempre juntos?

Solo los enamorados se atreven a poner en la misma frase siempre y juntos. Sébastien me estrecha entre sus brazos, oculto la cabeza en el hueco entre el hombro y su cuello, es mi hogar, su voz enronquece:

—Siempre, te lo juro... Yo esta noche debo irme, pero volveré el viernes, dentro de dos días. Y no tenemos que estar siempre encerrados en una habitación. —Se aparta y me mira sonriente—. Cuando pase un tiempo, podremos salir incluso, y socializar con otros seres humanos si quieres.

Niego con la cabeza, se ríe:

—¿No quieres? Vale, vale, diremos que nos pasen la comida por debajo de la puerta.

Yo afirmo ahora mudamente, solo con la cabeza. Él comprende a lo que me refiero y me pregunta en tono bajo y formal:

—¿Lo harás entonces?

Asiento otra vez, y con una voz que no parece la mía, le contesto:

—Sí..., lo haré por ti.

—No por mí, no, lo haces por nuestro amor.

Me abraza en silencio, me mantengo apretada contra él mucho rato, creo que los dos temblamos. Al final formulo la pregunta que más odian los amantes:

—Qué hora será.

—Las seis, mi vida.

Me siento como una convaleciente, Sébastien me ayuda a vestirme y a recoger mis cosas desperdigadas por el cuarto, me abrocha el abrigo hasta arriba «para que no te enfríes», en la puerta le doy un último vistazo a la habitación, tiene una luz misteriosa y sentimental, miro maravillada el parquet de roble oscuro, las sábanas arrugadas e inmaculadamente blancas, como surgidas de un cuadro de Rembrandt, el cenicero lleno de filtros rotos y colillas, las toallas tiradas por el suelo como sudarios, su cinturón pendiendo como un ofidio del respaldo de una butaca de cuero negro, todos los objetos que sé que recordaré mientras viva, Sébastien me abraza:

—Vete, yo ya me haré cargo de todo esto, a las ocho nos veremos. —Se separa, me mira a los ojos—. Estaré ahí, estaré siempre a tu lado, Pilarita, ya somos uno, mi amor, ¡para siempre!

Frota su cara contra mi cabeza:

—Ya eres cosa mía... y que nadie intente hacerte daño, ya somos uno.

Sí, somos uno, porque separarme de él, aun sabiendo que en una hora lo volveré a ver, es una de las cosas más difíciles que he hecho en mi vida, una amputación a lo bestia no puede doler más que esto. Hace años vi una película en la que un hombre cae por un barranco y el brazo se le queda atrapado bajo una roca, con los dientes trata de cortárselo para no morir... ¡No le dolería tanto como a mí separarme de Sébastien, tuve que arrancarme de él! En el taxi hundo sin ningún recato el rostro en el respaldo con un llanto incontenible, el conductor me mira inquieto a través del espejo retrovisor, y cuando me deja en casa, me dice:

—Lo siento mucho.

Una casa que está fría, su soledad me produce un odio irracional. Fender viene a arrimarse a mis piernas buscando una caricia y deja su enorme cabezota fija en mi rodilla. Me voy a mi habitación. Sin calefacción y perfectamente ordenada, parece una habitación de muerto.

Me meto debajo de la ducha y observo el agua que se va por el desagüe llevándose el sudor, el semen, la saliva de Sébastien, nuestros fluidos mezclados, ¡río que vas a acogerla, trátala con cariño; de rodillas, peces! Me visto maquinalmente recordando apenas lo que tengo preparado desde hace semanas, la chaqueta verde, el pantalón de cuero, los botines, el foulard. En mi pelo se refugia el último olor de Sébastien, no me lo voy a lavar nunca en la vida. Mientras me pongo el abrigo con desmaña, como si tuviera los brazos de madera, llega a toda prisa mi hijo, me mira brevemente y me dice con apremio:

—Luego me cuentas.

Mi hijo, que tan orgulloso está de mí, ¿qué pensará? ¿Se sentirá aliviado, como me decía Sébastien? Quizás sí, pero también lo decepcionaré en el fondo, porque él sabe que todo es verdad y que lo niego porque me lo ha pedido un hombre. Un hombre que no le va a gustar nunca porque no es su padre. Seguirá queriéndome, claro, Pilar, pero tiene novia y te dejará, formará su propia familia, y conste que me alegro, porque la gran preocupación de las madres es quién cogerá el testigo cuando nos vayamos..., pero yo ya no tendré a nadie. Estaré sola.

Soy de Sébastien, no hay nadie más que él en el mundo, solo a él le importo. Juntos, cruzo un dedo por encima del otro.

Ajeno a mis pensamientos, a gritos, Ferri me dice mientras se viste:

—Te esperan en diez minutos en el bar que está al lado de la librería. ¡Vete ya!, yo iré directamente a la charla, que antes tengo que sacar a Fender.

Cuando mi perro oye la palabra Fender se pone a mover la cola.

Ha dejado de llover, en la barra del bar están mi editora, el jefe de comunicación, Isa Santos y Anna Alós, amiga y periodista de *El Mundo*, que va a presentarme. Si pretendían hacer algún comentario jocoso, cuando ven mi aspecto se callan, Isa, que cree que acabo de hacerme un tratamiento de estética, no entiende qué puede pasarme, supongo que atribuyen mi rostro de cansancio a los viajes, y me comentan conmiserativamente:

—Pobre, la gira ha debido ser tremenda.

Ya te daré gira, siete polvos, los he contado mientras venía en el taxi. Debo ser como una aparición fantasmal, creo que he adelgazado estos días, me duele el mordisco de Sébastien en el culo, nomeolvides, no te olvido, amor, no te preocupes, seré buena.

Me hablan de las ventas y me anuncian la cuarta edición del libro, pero, a pesar de las buenas noticias, mi editora tiene una arruga en el entrecejo. Sé que está pensando en el reportaje de *Le Nouvel Observateur*, sopesa su influencia y el daño que puede hacernos, supongo que habrán tenido largas conversaciones para resolver cuál debe ser la política de la editorial cuando salga, pero creo que no me van a decir nada, se dan cuenta de que no podría soportarlo. No me digáis nada, por favor. No.

Cuando vamos a salir del bar, entra una chica, me mira con timidez, oculta algo en la espalda, de pronto siento un miedo descabellado, tengo ganas de gritar ¡Sébastien! Me refugio detrás del jefe de comunicación, que abre los brazos protegiéndome, pero la muchacha se limita a agitar delante de mí un ramo de flores. Muy sencillo, quizás las haya cogido incluso en algún parterre, porque van envueltas en papel de periódico, y me suelta de carrerilla lo que parece un discurso aprendido:

—Es un homenaje a usted por haber vivido esta historia y por haber tenido la generosidad de compartirla con todos nosotros... Me ha hecho sentir que, si usted ha sido capaz de tener todo eso, por qué yo no.

Cojo el ramo y, antes de que pueda darle las gracias, la chica se va corriendo. Isa se apresura a quitarme las flores que sujeto contra el pecho:

—Trae aquí, que te estás manchando la chaqueta...

—Me la sacude, y entonces dice como para sí misma—: Es increíble cómo aprecia la gente la sinceridad de Pilar...

La editora la mira, precaución, tema tabú, pero Isa prosigue a pesar de todo:

—Es así, Pilar ha sido muy valiente contándolo... y yo me la creo como se la creen todos sus lectores.

Me emociono, pero yo ahora tengo que decir que todo es mentira, Isa, voy a desilusionarte. Lo siento. Perdóname tú, perdonadme todos.

Entro en la librería por una puerta lateral, subo a la tarima, a un lado mi editora, al otro Anna. Hablan las dos, mientras voy mirando a las doscientas personas que han venido a verme y escucharme. Es mi ciudad, son mi gente, distingo con confusión algunos rostros, mi tía, las farmacéuticas, mi neumólogo, en el pasillo está echado Vespo, el pastor alemán de mi amigo Nicolás, mis ojos se mueven como polillas deslumbradas por la luz, no lo veo, no lo veo, no está..., busco alocadamente, muchas manos se levantan para saludarme, sí, sí, ya sé que estáis ahí, luego hablaremos, luego, luego, pero dónde está él, ¡Sébastien! ¡Me has prometido que vendrías! ¿Dónde estás? Va entrando gente, Lolo y Mario están de pie al lado de las puertas de cristal, se ven algunos flashes, no escucho las presentaciones y, sí, sí, allí, al fondo, sobresaliendo de la multitud, hombros cuadrados, gesto impasible, está Sébastien. No se mueve, a su lado una mujer bajita lo observa fijamente y se arregla el pelo. Él solo me mira a mí, con los brazos cruzados, veo que se ha anudado torpemente un pañuelo alrededor de la mano para hurtar su quemadura a los ojos de los demás, noto que echa a faltar un cigarrillo.

Eh, qué, qué pasa. Silencio, todo el mundo está callado, y es que Belén y Anna han terminado y me observan inquisitivamente, ah, vale, me toca hablar a mí... Olga y Georgina están en primera fila, me miran, hermanas, os voy a dar un disgusto, Pedro, Mariluz, que has descendido de los cielos del *prime time* para visitarme, compañeros de profesión, he aquí a una traidora, una estafadora, ¡Madoff a mi lado es un niño de pecho! Os voy a decepcionar, primas, amigos, ¡pero si ha venido Jesús Sotelo! ¡Y hasta Gladys! Vais a asistir a un suicidio en directo, porque para vivir tengo que morir primero, entendedlo, amigos, romanos, compatriotas, prestadme vuestros oídos, Sébastien, todo te lo doy, así se deben sentir las mujeres yihadistas cuando se anudan un cinturón de explosivos al cuerpo por amor a su hombre, soy tuya, mira cómo me inmolo por ti, allá vamos.

13

Carraspeo:

—Muchas gracias —beso a mis dos presentadoras—, no me merezco todo lo que habéis dicho, pero gracias.

Soy sincera, si supieran todos cuán poco mérito tengo y qué mal estoy a punto de portarme, no habrían venido, recoloco el micro «hola, hola», lo subo, lo bajo, sonrío, los asistentes me devuelven la sonr isa, paseo la mirada por la sala sin perder de vista a Sébastien, ahí está mi amor, nadie lo sabe, pero es él, musculoso como un leopardo, voy observando a los asistentes, sus rostros vueltos hacia mí con interés, curiosidad, cariño, ¡pero si está Rubén, mi vecino de Llafranc! Me hace un gesto cohibido, está bien, amigo, no te voy a dar más el coñazo porque ya no me hace falta tu testimonio y si miraras hacia atrás te llevarías una sorpresa, su voluptuosa mujer me tira un beso con la mano, te perdono, Pilar, gracias, gracias, tampoco es ofensivo, no, lo de voluptuosa, a mí me gustaría serlo también, Martín mira a su alrededor dándose un poco de importancia, él estaba ahí cuando empezó todo, y Santi, que también estaba, se coge de la mano de Carla.

¿Qué diréis vosotros cuatro, que sois los únicos que sabéis que todo es cierto? Callaréis, lo sé, sois demasiado educados para montar el número y llevarme la contraria, y en último término pensaréis, locos, los escritores están locos, no es nuestro problema, son cosas suyas.

Y ocupando varias filas de asientos están todos mis primos y sobre todos ellos uno, Salvador, que por esas putas casualidades que tiene la puta vida se acaba de ir para siempre mientras escribo este capítulo, tus hijas me han contado que mi libro estuvo hasta el último momento en tu mesa de noche, gracias, añorado, en mi memoria siguen viviendo aquellos niños que fuimos un día.

—Estoy muy contenta de que hayáis venido, con lluvia además, lo cual tiene mucho mérito... Es el final de mi gira planetaria, lo que no quiere decir que haya sido un tour intergaláctico, pero casi...

Los únicos que no se ríen con mis chistes son Lolo y Mario, que se han sentado al fin al lado de Isa, que tampoco se ríe, ¡los han escuchado tantas veces! Están distraídos, hablan entre sí, Isa les está enseñando algo en el móvil, Lolo y Mario se inclinan y aprovechan para tocarse, los miro con complicidad, sí, soy de los vuestros, yo también toco y me tocan. Gladys, qué casualidad, se ha sentado junto a Jesús Sotelo y creo que están intercambiando números de teléfono, mira como cuando le interesa alguien deja de toser el muy jodido, mierda, ¿es que nadie le va a prestar atención a esta pringada? Eh, peña, estoy aquí, en la tarima, y voy a anunciar el fin del mundo.

Las amigas de mi gimnasio, bronceadas y atléticas, me saludan con gran movimiento de manos, dientes impecables y relojes de oro, y todos mis grupos de wasap han venido también y hacen fotos compulsivamente:

—Pero hoy es un día especial, estoy en mi ciudad, sois mi familia y mis amigos, que en realidad viene a ser lo mismo...

En medio de la sala, perfectamente vivos aunque estén muertos, mis padres. Papá levanta la mano en la que lleva una boquilla sin cigarrillo, se sienta de lado, como siempre, una pierna sobre otra, balanceando el pie con elegante displicencia, mamá mira a su alrededor, satisfecha, sí, ha venido mucha gente normal y no esos melenudos con pinta de tísicos con los que solía alternar cuando ella estaba viva.

Tengo ganas de acercarme y decirle al oído:

—Mamá, son los mismos, pero se les ha caído el pelo.

—... Doy las gracias a la editorial, que ha creído en mí y me ha concedido el segundo premio más importante de las letras castellanas, el primero ha sido para... —chasqueo los dedos varias veces—, ¡no lo recuerdo!

Cristina y Susana, las libreras, que han venido con su ahijado Bairon, ríen a carcajadas, son frases repetidas decenas, cientos de veces, está también mi gestor, y Javier Val, mi abogado, y mi amigo Jordi Casas, y los administradores de nuestro mermado patrimonio familiar y hasta la directora de mi banco, sí, todos ríen también, Tea lo hace a lo grande, exagerando, dándose golpes en los muslos... El único rostro serio es el de Sébastien, que se abre el chaquetón con impaciencia y junta sus brazos en la espalda. Con el gesto se le desabrochan los primeros botones de la camisa, ha llevado la misma estos dos días, ¿olerá a mí? ¿Tanto amor y hemos estado en total, antes y ahora, cinco días juntos? ¿Por qué estos cinco días valen lo que toda una vida? Poned en un plato de la balanza cada porción de tiempo y veréis que una es plomo y la otra paja... Sí, Sébastien, ya voy, ¡inmolándome que es gerundio!

De pie, junto a la puerta, está la muchacha que me ha dado las flores en el bar, se parece mucho a la bloguera de Vigo que trabajaba en una conservera, por un momento se me superponen en la mente ambos rostros, las dos diciéndome lo mismo:

—Gracias por haber compartido esta historia.

Ahora advierto que hay también muchas personas anónimas abrazadas a mi libro, parejas cogidas de la mano, grupos de chicas, mujeres de rostros cansados que han salido de trabajar o han dejado a sus hijos un momento en casa, pero que creen que pueden encontrar todavía su gran amor al doblar cualquier esquina, hombres con un ejemplar envuelto en papel o en una bolsa, no se han sentado porque las sillas son para la gente con nombre y apellidos, pero esperan pacientemente a que yo les eche una firma, ¿voy a defraudarles?

Yo no soy nada, pero lo poco que soy, ¿voy a destruirlo?, ¿a pisotearlo, a escupir encima?

Dios mío, contéstame, ¿hago bien? Cuando somos felices no necesitamos a Dios, pero cuando somos desgraciados y acudimos a Él, ¿qué recibimos, silencio? Sébastien, no quiero perderte, no puedo vivir sin ti. ¡Sébastien, por favor, ven aquí a abrazarme! Arrástrame contigo, luchemos contra estas olas gigantes y estos muros de piedra:

—... Cuando subí a recoger mi galardón en el Palacio de Congresos, hace dos meses y una semana...

Hoy no hay muchos periodistas, ya todos me han entrevistado y están hasta los cojones de mí y de mi libro, además se acercan las navidades y la vida adquiere ya un aire un poco vacacional. Es más bien una reunión de amigos, pero sí está el muchacho pelirrojo y escéptico de la primera rueda de prensa que dimos en el Princesa Sofía, y también un fotógrafo que sé que trabaja para una agencia internacional. Alex Salmon, el director de mi diario en Catalunya, tiene un pequeño bloc entre las manos, Alex, ¿me seguirás mirando con la misma simpatía cuando explique que lo que he contado hasta ahora a todos los periódicos, incluido el nuestro, es mentira? ¿Cómo viviré a partir de este momento sin el respeto de mis iguales? No quiero volver mis ojos donde está Sébastien, no quiero..., pero aun así lo miro. Advierto sus pupilas alertas clavadas en mí, amor, ya va, no te enfades, ahora activo el cinturón de explosivos.

¿Qué me dijo el pelirrojo? ¿Juras sobre la Biblia que todo lo que cuentas en tu libro es verdad y te pasó a ti? Y yo levanté la mano y juré con gravedad, aquella Pilar cargada de buenas intenciones no concebía renegar de esas horas solemnes, lo más auténtico que me ha pasado en la vida, ¡es amar, y no que te amen, lo que te hace grande! ¿Voy a abjurar de esa Pilar también?

Bajo la mirada, tomo un sorbo de agua, hay un silencio expectante, una mujer en la última fila cree que el acto ya ha acabado y se levanta para irse, alguien tose, los empleados de la librería colocan bien el cartel en el que anuncian, «*Mi color favorito es verte*, una historia real que ha conmovido ya a cien mil lectores...».

No sé de dónde surgen mis palabras, no de la garganta, ni de la faringe, ni de las cuerdas vocales, salen de un lugar recóndito más profundo que el propio corazón:

—Este libro cuenta una historia:.. —titubeo, alguien grita «más alto», me sudan las palmas de las manos y me las seco con disimulo en el pantalón, toso—, una historia basada en un episodio...

Dilo, dilo, engaña, clávate el cuchillo en el vientre, hazte el sepuku y luego muéstrale a él la hoja de acero ensangrentada para que vea cuánto lo amas. Cierro los ojos un momento y al abrirlos siento una especie de vértigo, como si me fallara el mundo bajo los pies, y prosigo:

—... real. Sébastien y yo somos personas de carne y hueso y esta es la historia de nuestro amor.

¡Sébastien, al final te he fallado!

Lo he dicho, no lo he dicho. ¿He pronunciado en verdad estas palabras? Nadie sabe lo que me cuesta articularlas, nadie lo sabría si yo ahora no cometiera la indecencia morbosa de contar mi vida en este libro. Para todos era una conferencia normal, igual a las decenas de charlas que he dado desde que me han concedido este premio, no hay ninguna diferencia, solo yo sé que estoy clavando los tres clavos de mi cruz, que este es mi Monte Calvario y mi Gólgota, y al fin mi muerte sin posibilidad de resurrección, *eli, eli lanma sabactani,* Dios mío, ¿por qué me has abandonado?

—Era francés, y cuando se fue empecé a buscarlo con desesperación, más que para saber quién era, para saber si me había amado de verdad.

Automáticamente mis ojos se dirigen hacia donde está él, todo el mundo me mira a mí y soy la única que advierte que ese hombre alto del fondo se va bruscamente sin girar la vista atrás, palpándose los bolsillos, sé que está buscando un cigarrillo y ese gesto tan suyo hace que todavía sea más insoportable este desgarro. Se me abren de nuevo las puertas de ese infierno reciente que ya conozco, ¡estar sin él! Pero bajo la cabeza y acato con pesadumbre el tajo seco de su marcha y todo el dolor que me espera, quizás en el fondo siempre he sabido que no sería capaz de obedecerle, quizás es que yo no estoy hecha para la felicidad, ¡no lo sé! Prefiero no recrearme en esta posibilidad pavorosa.

Pero ya no hay marcha atrás, directora de mi banco, mi corazón está en bancarrota, mi cuerpo es ya una casa deshabitada, ¡que salga todo a subasta! ¿Quién da más? Venga, venga, calentito, como nuevo, que me lo quitan de las manos... ¡Adjudicado, al caballero de la tercera fila, ese que lleva cuernos, rabo y huele a azufre!

Quizás se puede vivir sin amor..., pero la cuchillada de memoria que son sus besos me hace doblarme en dos, toso para disimular, bebo otro sorbo de agua y prosigo, nadie se da cuenta de mi agonía, sigo y sigo:

—... Contraté detectives, hice lo imposible para recuperarlo...

¿Te has dado cuenta, Sébastien, de que abandonándome de nuevo me despojas de todo, incluso de cosas de mi pasado que ni siquiera hemos compartido? Hay tantas maneras de sufrir... Las voy a experimentar todas, seguro que hay alguna forma nueva que se está fraguando en este momento y que me atacará por la noche como el asesino que viene con un hacha a partirnos el cráneo.

Sigo hablando hasta que me tocan el hombro y me dicen en voz baja:

—Ya está, Pilar, llevamos más de una hora... La gente se está cansando.

Sigue el dulce tormento interminable del ritual de firmas y después queda la copa que la editorial ofrece en Cachitos, cuando llego, el bullicioso grupo de amigos de Ferri ha acabado con todas las existencias, los conozco a todos, son un poco mis hijos también, ¿pero estarán orgullosos de mí o renegarán de esta madre postiza que tan excéntrica les ha salido? Lucía, la novia, me da un abrazo y me susurra:

—Cuando sea mayor quiero ser como tú.

Nadie puede pensar eso en serio y sé que lo dice para halagarme, pero aun así me entran unas absurdas ganas de echarme en brazos de esta cría y ponerme a llorar. Pero ya noto un tacto blando contra mi pierna, bajo el rostro y me encuentro a un impertérrito y peludo Vespo, tan cómodo como si estuviera en su casa, Nicolás, sujetando con fuerza el arnés, me susurra al oído:

—Gracias por haberle enseñado a un ciego cómo es el color verte.

Ha venido con Álvaro desde Badajoz, querría hablar con ellos, contárselo todo, pero ya llegan en tromba mis amigos de Llafranc, Jaimito Urpí, Joan Bellmunt, Elio, Jaume, Alberto, Guillaume, Faust, Sergio, Eugenia, Conchita, me cogen, me abrazan, intentan subirme a hombros y solo desisten cuando los amenazo con sacarlos en mi próximo libro, mi jefe de Madrid, Romualdo Izquierdo, levanta su copa desde la otra punta del local, los de la editorial me llevan de un lado a otro presentándome altos cargos que no conocía, me preguntan, ¿estás contenta? Me dicen ¡todo ha quedado muy bien! Pero están preocupados, hablan en grupitos de tres por las esquinas y cazo al vuelo una frase, «¡joder, y esto tenía que pasar después de tantos años de premio!».

A pesar de eso y como si se hubieran puesto de acuerdo, uno a uno me conminan:

—Ahora a descansar y a no pensar en nada.

A todo asiento con grandes cabezazos, pero Lolo se desprende por un momento de los brazos amorosos de Mario, me agarra y me lleva a una esquina:

—Aunque no te lo confiesen, están muy intranquilos, se han enterado de que tu reportaje sale el día nueve de enero en *Le Nouvel Observateur* y que irá en portada.

¡Nueve de enero! ¡Faltan dieciocho días! Tic, tac, tic, tac, ¡empieza a correr al reloj de mi desdicha y de mi vergüenza pública! Se me cierra la garganta y pregunto con una angustia por dentro que por un instante desaloja las otras emociones:

—¿Se sabe ya qué dirá?

Se encoge de hombros:

—No, pero el título que le ha puesto George Dubuffet se las trae. —Larga pausa, aunque sé que está preocupado por mí, no puede dejar de lado su macabro sentido del suspense—. ¿Sabes cuál es?

—Claro que no.

—«Mentiras arriesgadas». ¿Qué te parece?

Pues qué me va a parecer, ¡una puta mierda, coño!

Mi amigo me mira con atención y me hunde el dedo en el estómago entre acusador y sorprendido:

—¡Tú has follado!

Estoy a punto también de contarle lo que me ha pasado estos dos días, pero me entra una pereza infinita, una desgana abrumadora, y ya vienen mis amigas periodistas, Silvia, Leonor, María José, las hermanas Núñez, Mireia, Pepa, a hacerse fotos conmigo, sonrío, les pongo los dedos por detrás de la cabeza a modo de cuernos y luego brindamos, el camarero me sirve un nuevo vodka tonic y me trago esta pena que no termina nunca.

No sé qué hora es, como anfitriona he tenido que esperar a que se fuera todo el mundo, vamos mi hijo y yo con los brazos cargados de paquetes, libros, carteles, flores, el taxi se detiene frente a nuestra casa y salimos, veo sin ver un coche enorme aparcado sobre la acera, se me mete un tacón en la reja de la alcantarilla, le doy mis cosas a mi hijo y saco el pie de un tirón, hay un hombre recostado en el capó, lanza el cigarrillo con fuerza a un lado, se pone en pie y viene hacia mí. Sí, es Sébastien.

Y por eso, porque vino esa noche al final de todo, sé que me quiso, ¡a pesar de lo que me dice la gente, sé que me amó, que quizás me ama todavía! Miradme con piedad si queréis, decid pobre estúpida, os he enseñado los rincones más oscuros de mi alma, ¡pero, joderos, sé que me quería y todo tuvo sentido!

Los amantes no se separan, viven el uno en el otro para siempre.

Su voz:

—Pilar.

Me coge del brazo y tira de mí, primero no puedo ver sus ojos, pero su rostro se contrae como si sintiera un dolor inaguantable, mi hijo se extraña de que no lo siga y vuelve la cabeza, cuando ve a Sébastien se sorprende tanto que no sabe qué hacer, cuando era pequeño y llegaba a casa del colegio alborotado, rojo, con la mochila deshecha, las rodillas ensangrentadas y el pelo de punta, gritando mamá, se detenía en la puerta si había visita con el mismo ademán receloso, frotaba los zapatos en la alfombrilla interminablemente y no sabía si irse a su habitación o entrar a saludar, seguir gritando, o callarse de golpe como si estuviera en un funeral, qué pequeño es todavía aunque mida más de metro noventa, pero aun así es más bajo que Sébastien, ¿cómo puedo reparar en este estúpido detalle en el momento en que mi futuro se va desagüe abajo como el agua de la ducha esta tarde?

¿Ducharme? Los solitarios descuidan su aseo personal, dejaré de hacerlo como cuando era niña, por cierto, ¿era esta tarde lo de la ducha? Yo diría que pasó en otra vida..., cuando todo era posible, ahora ya nada lo es, bueno, envejecer y morir, este es el único argumento de la obra, como dijo Gil de Biedma.

Joder, Pilar, para, muchacha, que te vas a hacer daño.

Ferri se rehace y va a decir algo, pero yo lo corto echando mano de la autoridad que tenía sobre él cuando era pequeño:

—Vete subiendo, no pasa nada, es un minuto.

Masculla algo, duda, no sabe si hacerme caso, al final, después de observar a Sébastien con curiosidad, entra en casa, pero se queda en el vestíbulo, sin llamar al ascensor. Sébastien no ha dejado de mirarme, tartamudeo:

—Lo siento, no he sido capaz de hacerlo...

Me lleva contra su pecho con una sonrisa desolada:

—Calla, no digas nada. —Tiene la voz afónica, como si hasta la saliva le raspase la garganta—. Pilarita, estoy contento y triste a la vez.

Sé la respuesta, pero le pregunto a pesar de eso:

—Por qué.

—Estoy satisfecho porque sé que no me he equivocado enamorándome de ti..., ni antes, ni después, por más que viva mil vidas, habrá nadie como tú aunque eso ahora no importe una mierda.

—¿Y estás triste también?

—Sí, lo sabes, ¿no? —Tiene un gesto vacilante—. Porque pase lo que pase, no voy a verte nunca más.

Sí, lo sé, lo acepto, hágase en mí según tu palabra. Estamos así, abrazados, no sé cuánto tiempo, siento en mi oído su respiración entrecortada, desliza la mano por mi espalda hasta que doy un respingo, sí, mi amor, ahí llevo tu señal, soy un cordero marcado para el sacrificio... Mi hijo remolonea en la portería, no se atreve a salir a la calle ni a subir a casa, se escuchan los ladridos lejanos de Fender, nos ha oído y seguro que está rascando la puerta, el guardia de seguridad de la empresa que está frente a mi casa hace su ronda y nos mira de reojo, al final Ferri se decide y entreabre la puerta, Sébastien musita urgente:

—Pilarita, solo te quiero pedir una cosa antes de irme...

¿El sol, la luna, las estrellas? ¿Las nubes, las cuevas de

Altamira, la bondad, el color amarillo? Todo eso te lo busco, alma mía.

—Sabes cómo me llamo en realidad. ¿Puedes decirlo? Quiero sentir mi nombre en tus labios.

Me pongo de puntillas, lo deslizo en su oído una vez, lo intento otra, pero el sonido de mi propia voz me hace daño y de golpe mis ojos se llenan de lágrimas, trago para evitarlas, pero es inútil, me surge un sollozo como un lamento, nos envuelve una ráfaga de viento helado, le acaricio la mejilla áspera, los labios resecos, ese cuerpo, ¡ese cuerpo! que me ha ofrecido tanto placer y al que yo he amado tanto y de tantas formas...Tus tristes ojos de muchacho triste, mi vida, ¿cómo olvidarlos? Dime, Dios todopoderoso, cómo dejar de pensar en ellos, cómo calmar alguna vez los latidos desobedientes de este loco corazón.

Rechina la puerta y mi hijo articula en tono perentorio:

—Mamá.

Sí, ya voy, la separación de la tierra y los mares el tercer día de la creación no costó tanto como separar nuestros cuerpos, Sébastien me toca con el dedo la mejilla por última vez y me dice:

—*Ne m'oublie pas.*

Por esto, y por todo lo demás, sé que me quiso y valió la pena.

14

Ayer fue día de Reyes, hace frío y le pido que suba la puta ventanilla al taxista que me lleva al aeropuerto, ¿por qué cuando nos vamos haciendo mayores nos parecen más largos los inviernos? Recuerdo que cuando Ferri era pequeño las celebraciones pascuales se extendían a varias semanas, pero ahora ya ni sé si le he regalado algo.

Saldrá el nueve de enero, faltan dos días.

Ayer mi casa era un remolino de maletas que tuve que deshacer yo, porque mi hijo se había ido corriendo a reunirse con Lucía para recuperar el tiempo perdido con la pesada de su madre en Jordania. Caminando por el desierto de Wadi Rum me torcí un tobillo y tuve que recorrer ese país generoso, valiente y pobre con el astrágalo esguinzado y el corazón roto. Amputado, más bien, pero el miembro fantasma sigue doliendo, como todo el mundo sabe. En Jordania no había turistas y recorrimos absolutamente solos la ciudad de Petra, la capital de los nabateos, los adoquines de esas avenidas de tres mil años, vacías de voces, se me clavaban en la planta del pie como una penitencia merecida.

Hay una luz plomiza típicamente barcelonesa, el conductor me pregunta:

—Menudo día para viajar, ¿adónde va?

No entiendo su comentario, pero aun así contesto de mala gana, «a Madrid». Tengo una reunión a las cuatro con una de mis editoras, Raquel Gisbert, voy a hablar con ella de mi futuro, corto futuro, tan solo llegará hasta pasado mañana, después se extiende un inmenso desierto tan grande como el de Wadi Rum, ¡la soledad de los apestados!

Seguiré escribiendo, lo sé, aun sin editorial, solo para mí. Y tengo muy claro sobre lo que voy a hacerlo, sé que hay muchas historias flotando por el mundo en espera de que alguien las convierta en libro, pero yo no puedo escribir otra que no sea esta.

La que están ustedes terminando.

Tengo la impresión de que hay una cortina entre el resto de la humanidad y yo, el duelo forma parte integral de la experiencia del amor, todos los médicos del alma lo dicen... Sí, será eso... Estoy de luto por mí y también por mi amor perdido, muerto. No he vuelto a saber nada de Sébastien. Lo que no puede ser, no puede ser y además es imposible. De hecho, si lo pienso bien, apenas lo evoco, su recuerdo ha sido sustituido por una especie de apático vacío, como cuando se terminan las películas y el rollo sigue girando, pero ya no hay imágenes en la pantalla, solo un blanco deslumbrante, y tú te quedas mirándolo sin pensar en nada, demorando el instante de levantarte de la butaca y volver a tu vida real.

Ay, ándale carajo, y yo qué sé. Qué alta está la radio, apoyo la frente en el cristal y me sorprendo a mí misma coreando la canción que suena en este momento:

Tu es parti, mon frère,
Boire ton dernier verre
Seul au grand bar de l'eternité
C'est fini... Salut, Charlie.

Repito:

C'est fini, salut, Charlie.

¿Qué? Es un viejo éxito de Johnny Hallyday, en francés, cojones, de entre todos los idiomas que hay en el mundo, cuatro mil, has tenido que escoger este, el destino se está cachondeando de mí, ¿no dicen que la coincidencia es la forma que tiene Dios de actuar de forma anónima? Pues, primo, no sé qué diablos quieres de mí, harta me tienes con estos jueguecitos, voy a decirle al taxista que cambie de emisora, pero algo me llama la atención, gritos, ruidos confusos, la voz del locutor apremiante y acelerada, ¿qué pasa?

Pregunto:

—¿Qué ha pasado?

El conductor se gira y me mira con asombro tanto rato que el coche se pone a dar bandazos, vuelve la vista a la carretera y me dice con incredulidad:

—¿Pero no se ha enterado? ¿No es usted periodista? Hace una hora han entrado dos terroristas en una revista francesa y han matado a once personas...

—¿Cómo? ¿Qué revista?

El taxista seguramente no había oído hablar nunca de ella, pero la tragedia la ha hecho ya famosa:

—*Charlie Hebdo.*

El horror tiene nombre y lo están contando. Escuchamos sobrecogidos, «once personas, de ellos diez periodistas, han muerto en París en la redacción de la revista satírica *Charlie Hebdo*», «los asesinos han huido y han matado a un policía que estaba en el suelo de un tiro de su kalashnikov en la cabeza», «once personas más gravemente heridas», musito sin palabras el poema de Rafael Alberti, «corría la sangre por las calles como sangre de niño». Conexiones con París, «nadie sabe quiénes son los asesinos y los muertos aún no han sido identificados», y de pronto me viene a la cabeza un nombre, ¡George Dubuffet! Colaboraba con ellos, ¿lo llamo? ¡Sí, claro! ¡Es amigo tuyo, joder, llámalo!

El taxi se ha detenido delante de la terminal, pero no quiero bajar aún, estoy tan nerviosa que me cuesta encontrar el número en la agenda del móvil, no lo coge, es natural, pero recuerdo en las catástrofes esos teléfonos que suenan angustiosamente en las mochilas de los muertos y me estremezco, que no le haya pasado nada, por favor, en la radio siguen, «se ha perdido el rastro de los asesinos en Porte de Pantin...», «parece que una de las víctimas es el director del semanario, Charb...», «mientras disparaban los terroristas gritaban Allah Akbar y hemos vengado al profeta Mahoma...». El taxista me advierte con amabilidad:

—Va usted a perder su avión.

Sí, es verdad, pago, el ambiente del aeropuerto está enrarecido, hay gente corriendo, vuelos cancelados, largas colas frente a los mostradores de facturación. Mucha policía con perros. Llamo a Isa:

—Sí, Pilar, es horroroso, pero la cita sigue en pie, sabes lo ocupada que está Raquel y lo que le ha costado encontrar este hueco...

Me tiemblan tanto las manos como al auxiliar que me comprueba el billete, en el escaparate de la librería alguien ha puesto un folio con estas palabras escritas con bolígrafo, «je suis Charlie». Voy cojeando a mirar las pantallas, mi vuelo sale con retraso, me sentaré en el bar a tomar un café con mucho azúcar, temo desmayarme. El pequeño local está casi vacío, hay una pareja con un niño en un cochecito y un hombre a mi lado leyendo su tablet y hablando al mismo tiempo por teléfono en alemán, creo. Estoy tan aturdida que casi no me doy cuenta de que suena mi móvil, ¡es George! De la emoción, está a punto de caérseme el aparato, hablo a gritos, aunque no me doy cuenta:

—George, soy Pilar Eyre —le digo innecesariamente, si me ha llamado sabe quién soy—. ¿Estás bien?

—No, no, Pilar, no estoy bien —su voz suena muy distante, como si estuviera lejos del auricular—. ¿Cómo voy a estar bien?

Grita, se enfada:

—¡Se han muerto todos! ¿Y quieres que esté bien? ¡Todos mis compañeros! ¡Mis amigos, mis camaradas! Ayer estuve desayunando con Wolinski, ¡no paraba de decirles piropos a las mujeres, me cabreé con él, le llamé viejo verde! Cabu era como mi hermano, Pilar, Pilar, es horrible todo, una puta mierda... Yo iba mucho a la redacción, en esa sala me he pasado muchas horas, ¡el perro me conoce, movía el rabo cuando me veía!

Llora, es un hombre hecho y derecho, pero está llorando como un niño:

—Están todos muertos.

No sé qué decir, solo me salen simplezas y tópicos:

—George, vente a España, te dejo mi casa de Llafranc para lo que quieras, si me necesitas ahí, cojo un vuelo y voy a París... —Son tonterías, tampoco nos conocemos tanto, él tiene mujer e hijos, pero es que no sé de qué forma ayudarle—. George, ve con mucho cuidado...

Silencio, creo que se ha cortado, voy a colgar, pero ahora habla con serenidad:

—Gracias, Pilar, pero lo que tenemos que hacer es mantenernos unidos... Estoy en mi redacción, en *L'Obs* —así es como llama a *Le Nouvel Observateur*—, estamos montando un número especial.

Un número especial, sé que no debería, me considero una persona horrible por hacerlo, pero pienso en mi pobre historia con Sébastien, iba a salir en este número, no me atrevo a abordar el tema, la voz de George sube de tono:

—Todo nuestro mundo ha cambiado, Pilar, no puede volver a ser el mismo..., los cimientos de nuestra civilización se tambalean, ¡es una guerra, es la guerra! —suelta una risotada nerviosa—, mira, si me vieras ahora..., estoy borrando todos los temas que teníamos preparados... Todo chorradas...

Oigo sus dedos furiosos sobre el teclado del ordenador, con voz estrangulada pregunto:

—¿Ah, sí?

Lee sarcástico:

—Sí, escucha, los tengo en la pantalla aquí delante, todos, sospechas de corrupción del exministro Cazeneuve, a la mierda, París candidata olímpica, a la mierda, el Louvre, el museo más visitado del mundo, a la mierda, hasta esa historia ridícula tuya, «Mentiras arriesgadas», a la mierda también, perdóname, Pilar, tú eres periodista, son nuestros hermanos del alma, qué pobre se ve todo eso, ¿verdad?

—Cierto, así lo siento yo también—. Cabut perdió un hijo hace cuatro años, escribía relatos infantiles para consolarse, Tignous era un dibujante de puta madre, tenía cuatro hijos y se los quería llevar de viaje, estaba todo el día dándome la lata preguntándome por hoteles baratos de la Costa del Sol, ¡y ahora están muertos!

Repite una y otra vez:

—Están muertos, ¿te lo puedes creer? Muertos.

Se corta la comunicación. Dudo, pero al fin escribo un mensaje, «el reportaje de *Le Nouvel Observateur* sobre mi libro ya no va a salir, regocijémonos», borro lo de regocijémonos, porque la ironía no se detecta en los textos escritos, y lo envío. Debería sentirme aliviada, pero la verdad es que no me importa. Dejo el móvil sobre la mesa, levanto la vista, el mundo sigue existiendo, pero solo para los vivos, para los muertos ya no hay ni felicidad ni desgracia, ni amores ni desamores, ni miedo ni esperanza, no hay más vino, ni más polvos, ni risas, ni llantos.

Le vin et les filles
Les flics et ses grilles
... c'est fini, salut, Charlie.

La comedia se ha terminado, telón para los muertos, salud para los vivos. Estoy temblando, tengo un poco de asma, trato de calmarme, busco una toallita refrescante y me seco las sienes, el alemán que está a mi lado deja su tableta, se cruzan nuestras miradas y vuelve a girar la noria implacable de la vida, tarara rara tara, sí, sube, Pilar, sube, tonta, ¡aún hay sitio para ti!, ¡venga, una vuelta más!, ¡va, que te aupamos!, ¡aaaasí! Sonrío sin querer y el hombre me devuelve la sonrisa mientras mueve la cabeza con pena:

—Es tremendo lo que ha pasado.

Contesto sin saber lo que digo, sí, sí, y él extiende una mano velluda y firme:

—Soy Dieter Bachmann, economista del Deutsche Bank en Madrid.

Respiro hondo varios decilitros de oxígeno y lo miro no como se mira a un mueble, sino a un hombre, es rubio con canas, algo grueso, quizás no muy alto, pero tiene los ojos radiantes de un intenso color azul zafiro. Desaparece la inmensa roca que me aplastaba al corazón, estrecho la mano que me tiende y le digo:

—Soy Pilar Eyre y estoy viva.